新媒体环境下汉语言文学教学优化策略研究

冯　婕　张媛丽　苟迎迎◎著

吉林文史出版社

图书在版编目(CIP)数据

新媒体环境下汉语言文学教学优化策略研究 / 冯婕,
张媛丽,苟迎迎著. -- 长春 : 吉林文史出版社,2024.1
ISBN 978-7-5752-0028-8

Ⅰ.①新… Ⅱ.①冯… ②张… ③苟… Ⅲ.①汉语－
文学语言－教学研究 Ⅳ.①I206

中国国家版本馆CIP数据核字(2024)第016806号

XINMEITI HUANJING XIA HANYUYAN WENXUE JIAOXUE YOUHUA CELUE YANJIU
书　　名 新媒体环境下汉语言文学教学优化策略研究
著　　者 冯　婕 张媛丽 苟迎迎
责任编辑 陈　昊
出版发行 吉林文史出版社有限责任公司
地　　址 长春市福祉大路 5788号
印　　刷 北京四海锦诚印刷技术有限公司
开　　本 787mm×1092mm 1/16
印　　张 11
字　　数 212千字
版次印次 2024年1月第1版　 2024年1月第1次印刷
定　　价 52.00 元
书　　号 ISBN 978-7-5752-0028-8

前　言

在当今数字化和信息化的时代，新媒体技术的迅猛发展对教育领域产生了深远的影响，而汉语言文学教学也不例外。随着新媒体环境的兴起，学生的学习方式和学习需求发生了巨大的变化，他们生活在一个信息爆炸的时代，通过互联网和移动设备，他们能够随时获取海量的信息资源，共享全球范围内的知识和文化。在新媒体时代，学生对于学习内容的呈现形式和教学方式提出了更高的要求，他们期待能够通过多媒体、互动性和个性化的学习体验来激发兴趣，提高学习效果。因此，优化汉语言文学教学策略，适应新媒体时代的要求，成为当前教育领域亟待解决的问题。

基于此，本书以"新媒体环境下汉语言文学教学优化策略研究"为题，首先，阐述新媒体基本认知、汉语言文学专业概述、新媒体环境下汉语言文学的转变；其次，分析语言及其符号运用技巧、汉语的发展及其规范化、现代文学的产生与发展、文学的本质及相关关系；再次，讨论汉语言文学教学方法、汉语言文学学习方法、基于新媒体的汉语言文学教学课件制作，然后从微课模式、慕课模式、混合式模式、翻转课堂模式的角度，探讨新媒体环境下汉语言文学教学的模式创新，对汉语言文学阅读教学的认知、新媒体环境下汉语言文学阅读教学的依据与意义、新媒体环境下汉语言文学阅读教学的策略进行论述，接下来探讨新媒体辅助语文写作教学的优势与必要、汉语言文学专业写作教学模式的构建、新媒体环境下语文写作教学的实现；最后，研究对汉语言文学教师教学能力的培养、汉语言文学教师科研与管理能力的培养、新媒体环境下教师教学能力的发展与提升。

本书以全面系统的视角，结合理论和实践，提供了针对新媒体环境下汉语言文学教学优化的策略和方法，它将为教育界和相关从业人员提供有益的参考和指导，推动汉语言文学教育与新媒体的融合发展。

笔者在本书的写作过程中，得到了许多专家学者的帮助和指导，在此表示诚挚的谢意。由于笔者水平有限，加之时间仓促，书中所涉及的内容难免有疏漏之处，希望各位读者多提宝贵意见，以便笔者进一步修改，使之更加完善。

目 录

第一章 新媒体与汉语言文学概述

第一节 新媒体基本认知

一、新媒体的形态

"新媒体的出现改变了人们的生活和工作。"[1] 伴随着网络与数字技术的快速发展，新媒体的形态日益丰富多彩，甚至不同形态的新媒体之间出现了交叉与融合的现象。因此，对新媒体形态的划分并不是一件简单的事。这里采取的是一种较为普遍和易于接受的划分。

（一）移动媒体

移动媒体在广义上是指用户使用手机、平板电脑、掌上电脑等数字移动终端，通过移动网络获取移动通信网络服务和互联网服务；在狭义上是指用户使用手机终端，通过移动网络浏览互联网站和手机网站，获取多媒体、定制信息等其他数据服务和信息服务。

（二）网络媒体

网络媒体的定义有广义和狭义之分：广义上的网络媒体是指遵循 TCP/IP 协议传送数字化信息的计算机通信网络；狭义上的网络媒体是指通过互联网传播新闻信息的发布平台。网络媒体是最早出现同时也是最重要的新媒体形态，主要包括以下两种类型：

1. 原生网络新媒体

原生网络新媒体目前主要包括门户网站、搜索引擎、即时通信、网络社区、网络视

---

[1] 张忆辰，李若男，刘蕊，等. "互联网+"背景下新媒体营销特征与策略创新性研究 [J]. 中国商论，2022 (21)：129.

频、网络游戏、博客、微博等。从功能而言，它们扮演着新闻信息传播、信息搜索、娱乐、社交等多种功能，并且出现网络媒体形态功能融合性的发展趋势，即某一网络媒体同时具备多种媒介功能。

2. 上网媒体

上网媒体即将传统媒体的内容照搬和移植到互联网上，如早期的网络报纸、网络广播和网络电视。不过，发展到后来，由于充分理解和吸收了新媒体的特点，这些"上网媒体"改变了早期简单复制的模式，因此，我们也将其纳入网络媒体的范畴。

（三）数字化媒体

数字化媒体是指传统媒体通过数字化转型、改造和升级后形成的媒体。由于经过数字化变革之后，这些传统媒体生成和具备了新媒体的基本特质——数字化和互动性，所以，也将之纳入新媒体的范畴。在媒体行业大军中，数字化媒体是新媒体形态的重要构成方式，基本包括数字化报刊、数字化广播和数字化电视。

二、新媒体的特征

（一）信息传播及时性

新媒体的一大优势正在于传播渠道里的媒介，互联网带宽的扩张使每秒能通过的数据位更多，就如同给新媒体这个高速公路拓宽道路使得同时通过的车流量更大。现在百兆光纤将信息传输速度进一步提升了一个数量级。最明显的信息高速传达体现在新闻采访中，每当重大新闻事件发生时，新闻直播节目都会连线当地记者进行现场报道，这种实时连线以1秒左右延时，传输来自主持人和连线记者之间的沟通，以及现场记者所在场景的一切声画。因此，信息传达的高速及时性，让传媒环境更加真实可信。

（二）信息传播海量性

信息传播海量性是互联网时代下媒体传播的独有特点，从技术角度看这一切都归功于互联网技术和数字化技术，互联网空间上的无限性使信息只在时间轴上形成覆盖，但在空间线上形成堆砌，每分每秒信息都在急剧增加，所以从空间上信息海量还在递增。另外，数字化技术让世界四个维度的信息都可以经过数字化处理而传播，理论上依托数字化技术的新媒体就具有了信息资源的无限丰富性。再者，带宽的增加，为海量信息的传播提供载体，如果说互联网平台和数字化技术是个大仓库可以让信息进行海量存储，那么互联网带宽就相当于运输工具可以帮助海量信息传输。

（三）信息传播跨时空化

新媒体的跨时空传播体现在时间和空间两方面。跨时间方面，是指信息传播突破传授双方时间上的间隔，也就是可以即时传播。跨空间方面是真正突破自然空间限制，只要有公众关注的消息，新媒体都可获取，地球空间近乎被信息全部覆盖，当时间、空间被结合起来形成跨时空传播时，公众就可随时随地接受即时信息。

（四）信息传播多媒体化

媒介融合已经成为当前媒体发展的基本态势，传统媒体在新媒体的发展下走向转型。基于网络的新媒体是超文本的传播方式，纸媒以字符为基本单位，广播以电波频率为基本单位，电视以帧速率为基本单位，而新媒体以结点为基本单位，结点是由文本、图像、声音、画面等共同组合而成的，因此，新媒体和传统媒体并不是一个维度的事物。这种传输的差别在于过去纸媒传播文字和图片，广播传播声音，电视传播声画，而新媒体传播的是多媒体内容。

（五）信息传播互动性

互动特点是新型媒体的标志，是新兴媒体到新型媒体的一次质的飞跃。互动性改变了传统媒体"点对点""点对面"的固定传输方式，这种传播方式下信息传达以时间为轴呈线性传播，公众的态度只能通过事后的民意调查和收视率等来反馈。

新媒体采用双向传输，信息是权利双方的互相转化，传授身份不再一成不变，曾经的传输方发现接受公众的反馈会利于其良性发展，并且公众生产信息可以帮助传输方内容的丰富，而曾经的接收方主体性也在增强，发现参与到信息生产中也是对自己生存媒介环境的打造，就会积极主动地参与其中。这种互动循环圈形成的是自发的良性互动，不同于之前的民意反馈，传者欣然接受并重视，收者主动参与并献策，双方有来有往，循环往复又相辅相成。

（六）信息传播数字化

新媒体采用数字化的制作传输手段，是从技术层面上突破传统模拟线路的传输，将采集信息转换成二进制编码，通过数字信号传递到终端，再进行数据的解码进行呈现。

从量的角度上看，数字化传播解放了传播中介和传播终端，也诞生了信息：首先，在不拓宽信息公路宽度的情况下，为信息瘦身；其次，解放了模拟信号对线路的要求，让终端可以自由移动；最后，信息本身的传播范围、传播速度也得到极大提升。

从质的角度上看，数字信息的复制、传输和转换更加容易，在编码及解码的过程中信息损失小，而且随着数字化技术的不断改进，高清、超清、无损画质日益出现，数字传播的质量越来越高。

（七）信息传播个性化

新媒体在数据支持下，通过算法进行内容习惯推荐、协同过滤推荐或其他混合推荐方式来判断公众喜好，提供个性化服务。内容习惯推荐基于公众的接收喜好和历史浏览记录来分析公众的兴趣点，当信息库里出现接近公众兴趣点的信息时就会优先推荐；协同过滤推荐是通过公众兴趣分析和公众社群划分，为有相同兴趣的群体提供群体中成员感兴趣的信息。内容习惯推荐是运营商跟着公众喜好走的方式，采用保守方式巩固公众，如果算法不准确将面临失去公众的风险；而协调过滤推荐是走在公众前的方式，通过合理猜想来引导公众的收视习惯。新媒体信息传播的个性化让大众媒介变成分众媒介，同一传播端可以生成"千人千面"的终端服务。

三、新媒体的功能

（一）新媒体的记忆功能

新媒体对日常生活的记忆是对集体记忆的描述，也有可能是对社会记忆的建构。日常生活记忆研究涵盖从记忆到个体记忆到集体记忆再到社会记忆的整个过程，而媒介记忆的涉入被认为颠覆性地改变了人类记忆与思维方式。

"记忆"被视为进行思维、想象等高级心理活动的基础，从心理学上看它是保存和积累个体经验的过程。记忆过程是对视觉看见的客观图景，进行人为筛选并采集输入，在大脑中加工并保持最后主观再现的一系列活动，因客观存在和个体的差异记忆过程会形成鲜明的个性化和信息存储时间差异。即使是相同的客观存在，在不同个体的记忆过程中也会产生不同的主观图景和再现，而个体的记忆能力、客观存在的记忆难度和对客观存在的主观选择会产生瞬时记忆、短时记忆、长时记忆三种记忆结果。

基于记忆活动的个性化产生的个体记忆，个体记忆在人际交互中形成的集体记忆及集体记忆的整体化组成的社会记忆构成了日常生活记忆的全部内容。

新媒体通过增强记忆间的互动模式和转变人类对媒介记忆的使用方式，起到了颠覆性的效果。

新媒体依托技术优势和媒介特色频繁穿梭于个人记忆与集体记忆之间，形成更强的互动模式，将记录的媒介符号作用在个人记忆和集体记忆中，又从二者中获取源源不断的素材，同时在个人记忆和集体记忆间搭起了传输的桥梁。

新媒体成为信息记忆的中心，一个巨大的信息存储库，人们从这里提取记忆，媒介也主动传输记忆，正是如此，人们解放了大脑的记忆，将原先记忆的时间用来创造更多的信息，要是有记忆模糊或者记忆缺失，只需要打开信息存储库来获取。

（二）新媒体的服务功能

新媒体传播形成了三大社会服务内容趋势：一是社会服务信息覆盖全面化，涉及出行、经济、教育、医疗等方方面面，和生活息息相关的信息日益丰富；二是社会信息服务专业化，新媒体不仅可以做到提供信息广，更可以做到信息的深度更深，以出行方面为例，新媒体可以提供分时段天气情况、最优交通方式、交通流量情况等周全齐备的服务支持；三是社会信息服务个性化，依靠私人定制或数据分析提供更适合使用者个人的个性化信息服务，过滤掉其他分散信息。

基于新媒体提供社会服务的周全详备，公众依赖性也与日俱增，公众更是将这些服务信息视为自己日常生活必备的一部分。新媒体的服务功能包括以下四个部分：

1. 提供信息

提供信息是媒介固有功能，也是其释放社会价值的所在，通过媒介信息的传递，人们获取外在消息，进而和人交流，最后形成对客观世界的主观图景。媒介结构的两端分别是信息内容和受众，而媒介充当的是传输信息内容给受众的中介，这决定了媒介的本身意义就在于传递信息。

2. 产业价值

新媒体的产业价值主要体现在四个方面：①新媒体的零成本传播，新媒体有固定成本，需要一次性投入设备、网络等成本，却有着无限趋近于零的边际成本，每一次信息传播几乎不需要额外付出什么；②新媒体有着巨大的市场，不仅新媒体公众的数量庞大，变现方式多样，内容影响还可以涉及周边交叉产业或者泛媒体产业，以至于如今几乎所有产业都会引入新媒体运营；③新媒体的内容生产由规模化转向个性化，让个人端的信息生产产生价值；④新媒体充分发挥了"长尾效益"。较互联网带来的长尾效益更进一步，新媒体本身就给存储和流通提供了足够大的渠道，如微商营销、微博商品营销、公众号软文营销等都提供给个体获取长尾收益的可能。

3. 教育功能

新媒体的社会教育在于提供了社会教育和信息流通的平台，新媒体自身的互动性和吸引来的公众群，形成了一个舆论场或者知识场，信息的交会讨论，为公众提供源源不断的新信息或自己信息框架中的盲点，奠定了相互学习、讨论相长的平台基础。当然目前平台的优质信息较少，充斥着大量无效甚至负面信息，这也是新媒体需要重视社会教育功能的原因，避免过度娱乐化而忽视了媒体的社会职责。

4. 娱乐功能

从电子媒介时代起，媒介的社会娱乐功能就越来越突出，而从电子媒介到网络媒介，社会娱乐功能进一步被放大，电子媒介时代社会娱乐还仅停留在媒介通过轻松的内容呈现，让受众接受信息的同时感到解脱和娱乐，网络媒介则将社会娱乐上升到娱乐产业的层面。

新媒体环境下，媒介的娱乐功能分为新媒体本身的娱乐性和新媒体内容的娱乐性。新媒体本身是娱乐化的，由传统的机器和人的互动，转变为人和人之间的互动方式。如电视通过画面来娱乐受众，而网络则通过平台上的多媒体内容促进公众与公众之间的交互来起到娱乐的效果。相较之下，传统机器的娱乐方式更固定和单一，且是相对而论的，不同受众可能会产生迥异的体验，而新媒体的人际互动，则提供了动态的、多样的娱乐方式，在人际互动中，同类相吸引产生更优的娱乐体验。

（三）新媒体的现实重构

重构是个人认识世界的方式，将现实世界加工成人脑能接受的图景。媒介被视为人的延伸，是帮助人们认识现实最有力的工具，所以在新媒体环境下，重构的方式也有了新的变化。

媒介传递外部世界的消息对人们的重构起到重要作用，从口语传播的小范围到电子媒介的"全球村"，媒介延伸了人们的触角去感知更为丰富的外部世界。但即便在如今这个看似无所不能的新媒介面前，依然无法真切地体验到本真的世界。一方面，客观世界是庞大而复杂的；另一方面，个人在主观认识世界上存在差异，而"媒介+科技"只起到辅助作用，提供更多真实世界的信息，提供更多的认识渠道来弥补人未体验到的部分。因此，人们和外部世界还存在交集，虚拟环境还会生成在人们的脑海中，人们无力消除，只能适当弥补，而相较于弥补个人认识能力的缓慢和微弱，"科技+媒介"是唯一仰赖的，媒介的演变和科技的发展让我们看到虚拟环境也是一个动态的过程。

虚拟世界是依托互联网技术并基于人类心理需要开发出的模拟环境，虚拟环境源于真实世界，其中的场景设置、人物排列或多或少都来源于真实生活的反映，这样体验者才能有更深的浸入感，体验者在虚拟世界中可以满足现实生活中无法实现的需求，在虚拟世界中穿越、飞行等这些随着千百年来人们诉诸神话幻想的心理需求，一一得以实现。虚拟世界却又和真实世界有所不同，即使虚拟现实技术极力营造浸入感，也无法给体验者带来等同于真实世界的多维感觉，视觉上 3D 的立体呈现和真实场景中的多感官接触相比少了许多质感，只能是作为工具来使用，帮助人类获得较人体感官更进一步的真切体验。

第二节　汉语言文学专业概述

汉语言文学就是以研究中国语言的词语、句法，赏析古今诗歌、散文、小说等众多的文学作品为主要内容，并对相关工作技能进行理论指导和实践训练的专业。汉语言文学专业课程覆盖面广泛，旨在培养学生掌握汉语言文学教学与研究技能，具有宽厚的文史哲基础知识和理论，具备一定的文学修养和鉴赏、评论能力，较强的写作能力、古籍阅读能力、外语能力和一定的科研能力。"汉语言文学在我国历史悠久，随着我国的综合国力不断提高，汉语言在国际上的影响力也越来越大。它是一个与时俱进的专业，所涵盖的知识面十分广泛，有很强的文学特征。"①

一、汉语言文学的重要性

汉语言文学是中国传统文化体系的重要组成部分。无论是连绵不断的文学脉络，还是语言文字的发展演变，无不与传统文化及时代风貌相契合。除此以外，汉语言文学对于人的素质提高也具有重要作用。汉语言文学的重要性主要体现在以下方面：

（一）提高人文素养

人文素养就是一个人的基本素质，包括价值观及行为准则。汉语言的内容有《论语》《老子》《孟子》以及唐诗宋词等优秀的文学著作，其中不乏古人的人生经验和哲学智慧。学习这些古典文化有利于提高阅读者自身的文学素养，从古典文化中体会到真正的人生智

---

① 　管琰琰. 论茶文化在汉语言文学教学中的融入 [J]. 福建茶叶，2017，39（11）：210.

慧，并用先人的智慧来解决人生中的困惑。汉语言文学学习具有培养学生文学修养、写作能力、语言表达能力、文学鉴赏能力的作用。汉语言文学教育的目的在于使学生具备坚实的汉语言文学知识基础，并具有语言文字分析、解读能力。

（二）提升道德品质

法律是约束人们行为的最低标准，而道德使我们建立一个更好的社会。文学作品、语言文化本身具备许多优越的文化元素，是中华民族优秀文化的集中体现，优秀的文化能够起到熏陶、感染、道德规范的作用。正是从小在汉语言文学的熏陶之下，才让人们形成了初步的价值观和人生观。例如，《史记》作为司马迁的传世之作，其中记录了许多人物的传记。读《史记》，能够对人的道德品质进行洗礼，帮助人们树立崇高的理想，培养普世价值观。

（三）充实精神生活

汉语言文学是中华民族精神和传统文化传播的学术载体，是精神文明建设的重要环节。汉语言文学充实人们的精神世界，给予人们精神追求。汉语言文学用其自身广博的知识，为人们建设精神家园开辟道路。现在人们的物质生活越来越丰富，精神却越来越匮乏，个别年轻人在挫折中选择放弃生命，这些都是汉语言文学教学的主要内容。汉语言文学能够帮助学生找到自我，不随波逐流，有精神追求。

（四）规范个人行为

汉语言文学的学习使社会发展井然有序，产生了规范人们行为的准则。正所谓，法律可以规范人们的行为，而道德规范着人们的思想，汉语言文学具备规范人们思想的强大力量。无论是汉语言文学的内容还是汉语言文学的潜在规范，学习它们都有利于规范人们的行为，修正人们的思想，保证社会健康有序地向前发展。

总之，目前汉语言文学在当前各类学习科目中占据重要位置，也是现阶段素质教育的重要载体。通过学习汉语言文学，能够深刻感知中华传统文化，吸收感悟更为深刻的民族精神。在先人的思想价值和人文情怀的基础上，积极汲取先进的思想，对于学习和生活具有重要的指导价值，帮助人们提升人文素养、丰富精神世界。

二、汉语言文学专业的课程

汉语言文学专业的主要课程包括以下方面。

（一）古代汉语

古代汉语包括通论和文选两部分。其中通论部分主要讲授：①文字，包括汉字的构造、古今字、异体字等；②词汇，包括古今词义异同、单音词和复音词的本义和引申义；③语法，包括词法和句法；④音韵，包括音韵基础知识、上古音记略；⑤古书的注解。

（二）现代汉语

现代汉语以国家语言文字政策为依据，系统讲授汉民族共同语（普通话）的基础理论和基本知识，包括语音、文字、词汇、语法和修辞五个部分；进行有关现代汉语语音、词汇、现行汉字、多种语法现象和修辞现象的分析训练，培养和提高学生理解、分析和运用现代汉语的能力。

（三）文学概论

文学概论以马克思主义文艺观为指导，讲授文学的性质、特点和基本规律。主要内容包括文学的基本性质、文学的起源和发展、文学的文体、文学的创作和接受。通过课程的讲授，学生能够比较全面地掌握文学的基本概念、基本知识和基本原理，能运用文学的基本原理理解和评价各种文学现象。

（四）文学史

文学史主要包括中国古代文学史、中国现代文学史、中国当代文学史以及外国文学史。

1. 中国古代文学史

中国古代文学史是中国文学史和历代文学作品选两门课的综合课程，是汉语言文学专业的基础课程。它以五四新文化运动以前（含近代）的全部文学作品及文学现象为研究对象，系统阐述和揭示我国文学发展的过程与规律，努力探讨文学观念和文学潮流的发展变化，重视对文学流派的分析，并在历史发展中对历代文学作家作品的思想和艺术做出恰当的分析和评价。

2. 中国现代文学史

中国现代文学史讲授从五四新文化运动到中华人民共和国成立几十余年的文学运动、文学思潮、文学流派和文学创作情况，重点讲解各个历史时期的重要作家、其代表作品的思想艺术成就以及其在文学史上的地位和影响，从而揭示中国现代文学的性质、特点和发展历程。

3. 中国当代文学史

中国当代文学史讲授从中华人民共和国成立至新时期的文艺运动、文艺战线上的思想斗争和文学发展历程，重点讲解各个历史阶段的重要作家及其代表作品的思想内涵、艺术特色及其在文学史上的地位和影响，总结当代文学发展的历史经验和教训。

4. 外国文学史

外国文学史系统讲授古希伯来文学，古希腊、古罗马文学，中世纪文学，古典文学，文艺复兴、批判现实主义文学，20 世纪西方现代主义文学，无产阶级文学，重点分析各个历史时期的重要作家和代表作品，揭示外国文学发展中的规律性问题，使学生不仅能够从历史发展的角度把握外国文学的主要内容，而且能够运用适当的文艺理论观点分析外国文学作品。

（五）语言学

语言学讲授普通语言学的基础知识和基本理论，了解语言学理论的整体状况和主要思想观点，了解语言学发展历史上的重要代表人物及其理论著作，联系实际，帮助学生认识各种语言现实和语言现象。

（六）音韵学

音韵学是汉语传统语言学门类之一，主要研究汉语声、韵、调特点及其历史演变规律。从断代上分，共有上古音、中古音、近古音和现代音四部分。学习音韵学，可以对汉语不同时期语音系统有全面的了解和掌握，对更好地研究现代汉语方言、汉语韵文史，学习训诂学都有较大帮助。

（七）写作学

写作学讲授写作的基本理论知识，揭示一般写作规律和方法，认识主体、客体、本体、受体四大写作要素的含义及其相互关系，认识新闻、理论、文学、应用四大类问题的特点和写作方法。通过系统的写作训练，学生能够提高实际的阅读和写作能力。

（八）训诂学

训诂学是研究古代文献意义解释的一门学科。训诂学侧重于从语义的角度来研究古代汉语文献意义的诠释。其任务是从训诂实践和训诂材料中总结归纳出理论和方法，其目的是为古代文献的释义工作提供某些可操作的方法及理论指导。

三、汉语言文学专业的性质

汉语言文学专业首先是语言，然后是文学，其中语言起修饰文学的作用，文学是中心词。

（一）语言性

语言类是个集合总称，它包括语言学、文字学等。汉语言文学专业，关于语言类的专业课比较多，其所涉及的层面也比较多。该专业不仅有现代汉语的层面，也有古代汉语的层面。在语言性的延展上，又包括文字学以及文字训诂学。所以，汉语言文学专业的语言性比较强。

（二）文学性

汉语言文学专业中，有关文学类的专业课占总课程的一半以上，单单是古代文学就包括两门课程，又有现当代文学，以及和文学相关的文学史，课程繁多，深浅不一，要求所学者掌握的程度也不一样。汉语言专业的文学类课程相当多，而且都需要着重掌握。因此，汉语言文学专业的文学性质占其总性质大多数，是最重要的性质。

（三）教育性

汉语言文学专业所包括的专业课，不仅应用性强，而且指导教育性也很强。文学教育性的最主要体现是其自身的深刻性、理论性以及研究性。文学教育性在本质上揭示了汉语言文学专业的内在规律性，是汉语言文学专业最深刻的性质。

第三节　新媒体环境下汉语言文学的转变

当下文学活动中，将各要素整合的媒介成了文学活动中不可或缺的要素之一，它给予文学活动不同的方式与面貌。文学的传播媒介对文学活动有直接而巨大的影响，可以说，媒介塑造着文学，渗透到文学活动的各个环节和各个方面。新媒体的出现与普及再次创造了文化新变的可能，给文学生产机制转变提供了现实条件和空间。新媒体的网络化、开放化、个体化等特点，对当下的文学创作、文学传播、文学接受等文学活动的发生机制产生影响。文学活动的整体方式相比过去出现了不同的面貌。

一、汉语言文学生产的转变

新媒体在文学活动中的介入，首先改变了汉语言文学的生产方式。文学活动的环境、作家的身份和组织形式、文学的生产模式都发生变化。一方面，在市场经济条件下，逐渐形成经济化的文学生产；另一方面，新媒体的网络化、个人化、平等化、开放化等特点，使得文学活动的主体突破身份的限制，从知识精英到普通大众都能够参与到文学活动中来，并因共同的文化倾向，借助网络平台形成新的文学活动群体。

（一）文学活动领域的拓宽延伸

新媒体所营造的文学新环境，创造了全民自由参与的虚拟时空，带来了新的文化逻辑，打破了传统的文学规约，改变着传统的文化观念，重建着文学秩序，为文学发展提供了新的可能。

新媒体创造的虚拟空间，打破了物理时空的限制，创造着人际交往新空间，给予全民参与以时间与空间的自由。新媒体创造了自由、平等、民主的话语环境，每一个人的意愿在这个虚拟的时空中都可以得到充分的表达，也有机会得到充分的重视。每一种声音都需要被尊重，每一种声音也得到了尊重的可能。任何人只需要一台能上网的电脑，或是能上网的手机，就可以从世界的各个角落在任何时间，实时地参与到话语活动中，让他人听到自己的声音，分享自己的作品。

当新媒体介入文学活动中，其所创造的新的文学生态环境，则改变了传统媒体时代的文化规则和文学秩序。新媒体介入下的文学活动成为每个人日常生活的组成部分。文学活动参与者跨过传统媒体的限制，自由地写作、发表、参与评论。新媒体创造的虚拟时空所提供的这些自由，使全民参与，文学回归生活自然、人性自然、个性自然成为可能。

新媒体使大众成为文化活动的主体；表现在文学创作中，呈现出深度模式的削平、主体性的缺失、距离感的消失等诸多特点，应和着后现代主义文化特征。

新媒体创造的文学活动新环境给文学创作、文学接受、文学批评提供了多种可能，拓展和改变了文学的领域。从目前的文学状况来看，文学发展已经改变了传统文学的发展条件和由此造成的制约。全民自由参与的虚拟时空和新的文化逻辑共同为文学生产机制的改变提供了条件，社会的文学生产也面临着持续的调整与发展。

（二）文学活动主体身份的转变

新媒体时代，文学的组织方式也发生了转变。任何人都可以参与到文学写作中去，不再受身份的限制，实现了平民的文学。

新媒体降低了文学创作门槛，文学写作几乎不受身份的限制。文学成为普通大众日常生活的组成部分，成为记录和体验生活的方式。新媒体时代是一个全民作家的时代，任何人都可以进行写作，呈现非职业化、平民化趋向。网络数字空间的平等性和包容性，使得年龄、性别、相貌、财富等在数字化的文学空间里变得无足轻重。每一个普通大众都能参与到其中，而不必再受身份的束缚。

（三）文学活动组织形式的转变

新媒体时代，出现了因共同的文化立场、价值倾向所建立的网络文学社团和文学同人群落等新的组织形式。写作者的文学活动正超出体制的范围，并以新的方式组织在一起。

新媒体时代，写作成为每个人都可以涉足的领域。写作者的创作大体上可分为两类不同的价值取向：一种是标榜自己所拥有的文化资本，在抒发"性灵"的同时，展示出自己的精神品格，他们的创作成果可以划到严肃文学当中；另一种则是以写作为生，文学创作成了生产，他们追寻文学的消遣性、娱乐性和经济性。

新媒体时代，产生了因共同的文学理想聚集在一起的同人团体，如网络文学社团、文学读书会以及微信朋友圈等。它们作为有别于传统组织化、一体化的文学组织形式，应该得到充分关注，这些新的文学群落为考察当下社会民间的精神生活以及文学生活提供了一个新的视角。

新媒体时代的文学社团活动出现了新特征。相比传统的文学社团，它们的发表周期短、作品容量大，给更多的文学爱好者实现文学梦想的空间。网络平台的交互性，又使文友之间得到及时的交流。他们以创作群体的身份出现，因相近的文学理想和文学追求，聚集在一起；每个社团都有各自的文学主张，且有组织原则与规章制度。

新媒体时代，传统的读书沙龙重新出现，一些读书爱好者聚集在一起，分享读书过程中的心得体会，讨论当下的社会、文化现象，还会请相关专家讲座。全国各地都有读书会，在各大中小学，有组织的文学读书会也成为文学教育、语文学习的一部分。这些读书会有组织地展开读书活动，给在繁忙生活中的人以新的精神生活空间。

微信为文学爱好者提供了一个便捷的分享、交流平台。微信网民对朋友圈公众号的共同关注，间接地体现了相似的文化程度、教育背景、生活经历，也进而决定了他们语言表述方式、思维方式的某种一致性。他们或是以"群""讨论组"的形式表达他们自己对热点问题的看法，产生争论；或是直接对一些文章进行转载，表明自己的立场。

(四) 网络文学生产模式的产生

现代社会，写作者为了维持自我的生存和发展，必然与出版商、市场产生联系，其创造的文学作品也就具有了商品的属性。作者作为商品流通链条中的一个环节，不再是孤立的存在，他要时刻关注文化市场的需求，创造出符合消费者的审美口味的作品。新媒体促成了新的经济化文学生产模式——文学网站的文学生产模式以及利用网络资源的文学生产。

1. 文学网站的文学生产模式

文学网站作为新的文学活动平台，正在形成有别于传统文学生产的形式。文学网站作为文学生产、传播、消费的重要场地，为文学创作者和文学接受者提供了写作和阅读的场所。作为经济化的文学活动平台，文学网站受资本运行规律的规约，确立着新的生产模式。网络写手通过文学网站或网络平台发布文学作品，并通过点击率和作品排行获得稿酬。但是，只有在网络写手的作品达到一定标准时——在文字的数量上或是读者的推荐下，写手的作品才能与网站签约，获得一定的报酬。写手们通过与文学网站签约，完成协议规定的文字数量，并参照作品的点击率获取经济效益，而这种网站签约写作是有别于传统的文学生产的，更多的是以写作的名义追求着经济收益，作品的价值更多是在接受者的点击率下被衡量的。

从各大文学网站的栏目设置来看，文学网站的文学生产模式，在某种程度上促进了类型文学的兴起，玄幻、仙侠、言情、校园等出现在网站的标头，还有女生专区、男生专区的设置，这些分类详尽的文学作品是标准的文化工业产物，文学也如生活用品被批量化生产。阅读者的喜好将决定写作者写什么、怎样写；文学网站也会主打一些新的类型作品推荐给读者。商业价值在审美价值和意识形态价值之外成为新的文学评价标准。

2. 利用网络资源的生产形式

利用新媒体的特殊功能，即复制技术，用复制+粘贴组合键就可以轻松地将文字从一个页面复制到另一个页面。在这样的写作条件下，衍生出利用网络资源拼贴的文学生产形式，即在某一主题的要求下，根据一定的关键词，生产团队在网上搜集相关文字篇章，再筛选出自己需要的网络资源，通过复制粘贴，简单排版后，加以精美的封面，不去考究文字的原始出处，可以结集出版了。这种通过整合网络资源的写作方式，满足了消费者在某一热点文学现象下的即时阅读需求。

另一种利用网络资源进行生产的形式是利用网络的人力资源，充分发挥众包的效用。众包模式，是指一个公司、机构把过去由职工完成的工作任务，以自由自愿的形式承包给网络大众去完成。企业不再需要雇用全职员工，而在虚拟的网络社区中，招聘有适当才能的人来共同完成某一项任务。通常情况下由个人来承担，但需要多人协作完成。网络众包的生产模式，已经应用到文学生产当中。

二、汉语言文学创作的转变

新媒体改变了传统的文学创作观念。在多元化的社会环境中，文学很难再承担唯一的价值和意义，不同的作家也因不同的文学追求，在文学活动中践行着文以载道或是娱情快意的文学观念。文学作品的内容、艺术样式和美学品质因数字技术的介入出现了新的思想意蕴和审美品质。

（一）文学创作观念的重塑

作家的文学创作观念是同一定社会历史时期的政治、经济、文化、思想状况密切相关的。新媒体时代，文学更加注重抒发自我的功能，着重表现人的精神世界。更多的创作者秉持着自由的创作心态，不拘格套，在网络的自由空间内表现自己的内心生活和情感世界。新媒体时代的文学创作观念是从我出发，再回归到我。

人们在自由的文学创作当中看到了真实的精神世界、价值取向和文化立场。透过文学的窗口，更加关注人的存在。而这些是与新媒体时代自由的文学生产与传播平台密不可分的。新媒体时代，文学正在找到它的自由之精神，努力摆脱各种社会因素的影响。自由、真实和开放，便是网络原创文学的宗旨。这也是网络原创文学赖以生存和发展壮大的基础和核心。

（二）文学内容与形式转型

新媒体在文学中的介入，改变了文学的内容和艺术形式。从文学体裁、题材到表现手法都出现新的样式，文学发展出现新的趋势，出现了小叙事、超长篇、类型文学等新产物，多媒体技术丰富了文学的表现形式。

新媒体时代，体裁的稳定体系遭到破坏，新的文体应时而生，而已存在的文体正消亡、整合，传统的文类划分已经无法适应今日的文学新发展，新出现的文学样式正在打破传统文类的既定规约，网络文体正在迅速发展，并逐渐形成了新的审美范式，被普通大众接受。

反体裁已经成为时代的主导模式。在全民写作的时代，大批非专业作者由于没有受到过正规的文学训练，文体意识淡薄，只是即兴创作、有感而发，而不像传统的精英写作，往往要在深思熟虑过后，根据所要表达的内容，选择适合的文类。网络时代，率性而为的写作姿态，导致了文体的泛化、界限的模糊，文学文体出现了无序化状态，传统文体的严整性消失了，写作者抛开传统诗歌、小说、散文、戏剧的文体规约，在键盘下书写所闻、所思、所想。在这个过程中，一些新的文体随之出现。

1. 小叙事

小叙事是指写作者在狭小的文本空间中，用极为直接有力的方式传达自我，阅读者也追求着转瞬即逝的审美感受，而不去探寻其深度与意义。这种新的文体孕育着新的内容和新的精神，这些新的内容和精神，反映着当代的现实生活。小叙事凸显了对个人价值的确认。现代生活的节奏越来越快，文化娱乐的快餐式消费，都对写作规模提出了新的要求，那就是必须简短有效、切中要点。这是与当下的即时写作、碎片阅读趋势相符合的。现代社会的快节奏生活方式和社会风气，让人更倾向于文化速食。

2. 超长篇

超长篇是新媒体时代出现的一种新文体，它是在市场经济条件的作用下产生的，与新媒体的写作环境密切相关。网络文学写手的经济收益，因为以更新的文字量计算，所以，为了更多的收益，也促使其越写越长。网络空间的无限性，打破了传统出版的有限版面限制，为长篇小说的无限延长提供了现实的可能。超长篇小说文字数量通常都在百万以上，采取网络连载的方式在各大文学网站上更新。网络小说有即时更新的要求，因此，缺少草创后的修改而匆匆挂到网上，导致结构缺少精密构思。在网络超长篇小说中，写作者更多是为了讲述一个吸引人的故事，而并不去考虑艺术真实的内涵，既没有写作者的情感真实，又不去在故事的讲述中像传统作家那样反映社会人生的情状，传达出深层的价值和意义。

3. 类型化题材

类型文学是文化工业、文学商品化的必然结果，已经被纳入文化产业的经济效益产出之中。写作者只要紧跟读者的喜好，然后根据固定的模式进行写作即可。通过扫描各大文学网站主页，题材分类大致有玄幻、奇幻、科幻、仙侠、武侠、言情、都市、历史、游戏、竞技、灵异、同人等，这些题材既有超越现实的想象，也有基于现实的讲述，还有再现历史的回望，不过终于指向那些在现实中无法实现的欲望。写作者通过对生活的深入挖掘，将文学题材延伸到每一个角落，使得当代文学得到了丰富。网络为类型小说的消费提供了超市化的服务，也为写作和接受提供了新的互动模式。在这里，读者决定了一切，读者的欲望被无限地放大、细分。

（三）综合应用多媒体语言

新媒体时代，科学技术被应用到文学创作当中，声音、图片、视频、动画、录像、数码摄影、影视剪辑等丰富了文学的表现手段。多媒体技术的应用，可以在同一时间之内，调动人类的多重感知，创造了身临其境的感觉，使文字表意的有限性得到补偿，让读者更快地进入审美状态。多媒体语言在文学写作中的应用，形成的互文阐释效果，有利于加深对事物的认识和理解。

字、音、图、像等多媒体的联合应用，正在突破着文学与艺术的界限，挑战着文学的内涵，扩充着文学的外延。新媒体时代的文学，正在成为一种综合性的表现艺术。

（四）文学美学追求多元化

文学作为一种社会性存在，其本身必然打上清晰的时代烙印，特定历史条件下的社会风尚会对创作者有一定影响，并间接地投射到作品中。因此，文学的美学品质与时代发生密切的关系，反映着特定时代的精神气候。新的传播媒介不再只是作为一种工具、手段，甚至已经融入被承载物当中，成为审美价值的一部分。

新媒体的交互性、自由性、即时性、随意性，吸引了大众的广泛参与，为文化的生产和传播提供了有效的工具手段，更为多元的审美提供了生长条件。多元的审美反映出文学的生命力，也为产生优秀的文学作品创造可能。

三、汉语言文学传播的转变

新媒体突破了传统媒体发表空间的有限性，实现了超时空即时的无限传播。

（一）跨时空即时传播的实现

21 世纪，人们迎来了信息传播的新纪元。信息传播介质革命性地再次发生改变，互联网、手机等以数字化的方式，挣脱时间、空间的限制。网络空间的无限性，增加了信息的承载量，对文学来说，扩大了其存在空间。如果用实体图书馆收藏 27 万册图书，需要占据相当大的物理实体空间。传统杂志、报纸、书籍因版面有限、期刊周期过长，只能在投稿作品中千挑万选，而一些有价值的作品，可能最终错过了发表的机会。新媒体所创造的文学空间，使文学彻底从纸媒空间中解放出来，任何有意愿发表作品的人都可以将自己的作品与他人进行分享。

电子技术突破了传统物理传播时代的信息壁垒，物质、时间、空间的阻隔与冲突在数字媒体时代得到了解决。写作者只要将在电脑或手机上敲打好的作品，点击发送，就可以将没有重量的比特传输到世界各地；同时，其他用户也可以即时地收到发出者的信息。数字媒体实现了信息发送的即时性、超时空性和无限性。

（二）传播平台的多样选择

进入新媒体时代，互联网、手机等的广泛应用，不仅更新了信息传播介质，方便了信息的传递，还给文学的发展提供了具有互动性、开放化、个人化的新平台。依托互联网、手机存在的 BBS 公告板系统、博客/个人主页、微博、微信等个人化写作空间，为大众开辟了文学创作的场所，也为迎来文学的全新写作时代创造了必要的条件。

借助一台电脑、一部手机，通过个人主页、博客、微博、微信等平台，作者就可以开始他的心情日记。网民通过网络编辑、发送、转载信息等也成为普遍现象。作者不拘泥于特定的文体，不按照特别的格式，或许干脆连标点都省去，发一个表情、写一段话，或是一段视频，随时随地记录情感。

博客/个人空间、微博、微信等相对于传统发表平台有许多优势。一方面，写作者在新的平台里实现了即见、即写、即发，表达此时、此刻、此地的心情，并实现视频、图片、声音、文字的互文表达，让文学不再是单一、枯燥的文字叙述，新的发表方式不再受篇幅的限制，不再受时间和地点的限制，不再受传统文学规范的限制；另一方面，转发功能与回复功能，为广大用户搭建了一个信息化的社交平台，实现了双向的互动与交流，去除了中心，也彰显了每个自我，实现着民主。此外，新媒体平台在真实世界的社区之外，突破地缘的限制，基于共同的兴趣、爱好、经历等为人们建构出虚拟社区。状态发布者可以在圈内获得情感支持、友谊和归属感。用户找到了倾诉与宣泄的平台，缓解了他们的焦虑。这些空间在某种程度上的虚拟性，又让他们获得了另外的虚假身份，真实地释放自己、认识自己。

（三）文学传播形式的拓展

网络文学通过传统出版、影视改编、游戏改编等全媒体的跨界合作，再次扩大了其传播空间，赢得更多的消费者，实现了其经济价值的最大化。

1. 线上文学的线下出版

网络文学的跨界出版，既是文学网站增加收益的手段，也是传统出版业转型的出路，更是网络写作者的自身要求。

对文学网站来说，必须将其丰富的网络文学资源与传统出版结合起来，才会有盈利点。这是文学网站造血机制的根本，这样做有助于实现文学网站发展的良性循环。网络文学的实体出版，既可以吸引原有的线上读者，也可以赢得新的读者，而实体出版的作品，又通过数字化技术，转化成数字图书形式。文学网站的实体出版战略，是其扩大市场的重要手段。在网站和出版商的合作下，打造的实体畅销书吸引了很多读者，尤其是年轻读者。

纸媒出版有相对严格的出版程序，其发行的设限有利于提高文学的品质。网络文学的超大容量，给出版者带来了巨大的选择空间。纸媒的出版发行，通常选择点击率高的作品，也给网络文学经典化提供了可能。

2. 畅销作品的影视改编

文学作品的另一条发表途径，即影视出版，将文字转化成影像作品。影视化改编是文学在生存困境中的自我拯救，是文学适应市场化、产业化，扩大发展空间的重要选择。图像代替文字，正是这个时代所正在发生的，以声、光、像为主导的影视产品，越来越受到大众的普遍喜爱，复归着人类形象思维的原始天性。

影视作品，相对于单纯的文字作品有很大的优势，其作为一门综合性艺术，通过声音、语言、画面、动作、行为、场面等多种符号进行表意，因其生动、形象、直观、动态、多维的相对优越性吸引了更多的眼球，而文字的抽象性，则需要将观念转化成形象，因而对接受者的文化水平、思维能力、鉴别能力都提出要求，也就自然地将许多参与者拒之门外。多角度的图像呈现，虚拟的仿真情境，充分结合了欣赏者的感官系统——听觉、视觉、嗅觉、触觉等，让接受者产生身临其境之感，实现融入性体验，进而加深对作品的认知。

当影视观赏越来越成为人们业余时间的休闲方式，影视文学也应发展其独特性，除了要注重传统叙事中人物、情节、结构、矛盾等的设置，还要更多地利用拍摄手段和技术制作。复归影视文学的文本特性时，要突出语言的表现力，并结合超文本、多媒体、3D 等新媒体技术，以丰富的表现手段，并充分发挥摄像机的作用，通过位置、速度、角度来增强神经系统的刺激，增强观看者的审美感受。

网络文学的影视改编，通常选择点击率高、已经经过市场检验的作品，这样可以避免许多风险。文学作品改编成影视剧后，原有的读者会怀着不同的心理期待加入影视作品的观看队伍中，而电影取得票房或电视收视率转化为高收入的同时，又反过来促进了原著的点击率，许多原本没读过小说的人，也纷纷开始阅读。

3. 网络文学的游戏制作

网络文学的跨界发展中，网络游戏也是重要的组成部分。网络游戏是网络文学产业链上重要的一环，是新媒体时代文学在传统出版、影视改编之后的新出路，蕴含着巨大的商业利益。随着大众对市场提出越来越多的文化形式要求，以满足不断扩大的精神需要，网络游戏应时而生。

当网络游戏越来越多地出现在我们的视野中，越来越大众化、越来越强调人性因素的时候，网络文学与网游的结合，为匮乏的游戏文化填补了宏大严谨的世界观、深远的文化背景与内涵，也成为填补玩家精神寂寞的一个重要手段，能够让玩家在游戏之外找到更多活动的内容。自网络文学改编的游戏，打破了传统游戏的单一性，网络文学的故事性、情节化丰富了游戏的内涵。开发商的高水平制作，所营造的艺术氛围，让玩家在娱乐之外，也参与到一种审美活动当中。

网络文学中的玄幻、科幻、仙侠等类型作品又同游戏有着密切的关系，其所构建的想象世界与网络游戏的虚拟世界有内在的相通性，数字化技术的应用，再现着文字所描述的假想世界。网络游戏有资深玩家，而人气高的网络文学作品已经有稳固的读者群，这些网文读者有成为新玩家的潜在可能。

游戏开发商，通常以网络文学的人气量和点击率作为改编前提，这样能够争取到更多潜在的用户和社会关注度。网络游戏的情节，通常以原作的故事为蓝本，在经过去粗取精的加工之后，实现对原作的经典再现。

四、汉语言文学接受与批评方式的转变

（一）文学接受的浅阅读化

在新媒体时代，文学消费与接受发生转变。传统的文学阅读，带有精英的意味，对接受者的文化水平、经济状况、审美能力等提出很高的要求，受诸多因素的限制。新媒体时代的文学阅读，真正地实现了普及，相比之下，新媒体时代有更多的人进行阅读。网络文学降低了文学阅读的门槛；与实体书籍昂贵的书价相比，网络文学的价格低廉吸引了不少读者。尽管随着商业化的文学生产，各个网站实行收费制阅读，也丝毫没有降低读者的阅读兴趣，通过付费阅读到的文学作品，质量较高，保障了阅读者的审美效果。新媒体时

代，读者越来越成为主动的参与者。文学的接受者在新媒体时代发生了颠覆性的改变，他们的文化需求受到了极大的关注，得到了极大的满足。

新媒体时代海量的文学作品，种类繁多、品种齐全，给阅读者的选择提供了巨大的空间。写手们为了满足读者的需求，还根据读者对题材、情节发展的要求，完成专门的写作。伴随着电脑、手机、平板电脑等媒体的出现，全新的阅读时代来到了。读者的阅读方式改变了，可以随时进行在线阅读或下载阅读，还可利用听书软件，收听录制好的小说原文。阅读打破了传统的看文字的内涵，而融入了视听等新意义。文学阅读的目的更加多元，文学阅读的目的或是物质生活富足后的精神消费，或是闲暇时刻的娱乐休闲，整体上从严肃的文学欣赏走向了轻松的文学消费。多数情况下并非为了寻求精神上的陶冶和升华，而纯粹为了休闲、娱乐、打发时间，呈现出消费的阅读倾向。

传统的深度阅读模式正在消失，越来越多的受众沉迷于浅阅读中。文学阅读带有了更大的随意性，发生在等车、排队、乘车、吃饭的间隙，成为琐碎时光的排解。

（二）大众文学批评的兴起

文学批评是通过对已有的文学活动、文学现象进行分析、研究、评价的科学活动，并要对未来的文学活动给予一定的指导。文学批评要在对本质规律的揭示后，对文学活动进行指导，以实现批评的公共性。鉴于此，文学批评对批评主体本身提出很高的要求，因此，历来文学批评都由受过专业训练的读者来进行。

新媒体时代普通网民也可以发出属于他们自己的文学声音，文学批评进入了平民时代。在新媒体时代，无论是谁，只要拥有了一台可以接入网络的计算机，有基本的文字应用和表达能力，就拥有了写作权、发表权、交流权、批评权。新媒体时代批评门槛的降低，开启了文学批评的新时代。对于大多数没有受过专业批评训练的普通文学读者来说，尽管他们的理论素养不高、表达能力不强，但是也可以表达自己对文学的认识。通常情况下，普通的文学读者只是在阅读之后，根据自己的感悟，对人物、情节及故事的合理性做出判断，而不去探究文学作品背后的社会、文化动因或是创作者的写作动机。大众通过文学网站、个人主页等平台，发表个人观点，少有长篇大论的鞭辟入里，更多的是情绪化的点评，根据阅读后的直觉和体验，进行三两句、几个字的即兴留言。

从广大网民的感性的、直觉的评价中，可以看到中国古代批评传统的复归，既有印象的、直觉的、感悟的，也有注重主客体的交融统一，注重气韵、境界、神韵。文学毕竟不同于科学研究，其更强调一种人文关怀，关注人的情感、人的价值、人的生命。网络文学批评由于不受程式化的批评制约，批评者可以随性地表达自己的看法。尽管留下的文字缺少精心的打磨和严谨的逻辑，却带有原始的情愫。

网络讨论专区的设置，还给读者和读者，读者和作者提供了充分的对话、交流空间，写作者可以及时得到反馈，这样传统的批评权威在自由的表达中被消解了。新媒体时代，文学批评得到了大众读者的广泛参与，他们更加包容地面对新的文学现象。网络文学批评匿名身份的参与，批评者主动地无功利参与，使得批评现场出现了真实的声音。

（三）文学批评标准的建构

新媒体时代的文学生产、创作、传播、接受都打上了新媒体的烙印。新的批评体系的建立是与对网络文学的批评密不可分的。网络文学与传统文学最明显的差异就是载体的不同，正是网络载体的在线性、开放性、自由性、网络性，才随之带来了书写方式、发表平台、表现手段、表达方式、审美趣味的变异。文学之根本是一种带有审美特性的精神产物。一个时代有一个时代的文学，网络文学的评判应放置到它所存在的历史秩序当中，在历史、美学、技术三个维度上进行考察。在坚持文学本质的基础之上，对网络文学的评判应该充分考虑网络媒介、科学技术、市场、文化、创作者和受众等多重影响因素，实现科技与人文、市场与理想的统一，并通过文学批评，展现出这个时代的精神面貌。

网络文学的参与程度之广、产生的效应之大，已经超出了单纯的文学意义。网络文学所特有的精神品质，无论是正面的还是负面的，都参与到国民精神的构建中，深深地影响着人们世界观、人生观、价值观、审美观的塑造。因此，新媒体时代的文学批评仍然要发挥它价值引导的功能，提高读者的审美趣味，提高读者的鉴赏水平，积极发挥文学的社会功能。新媒体创造的文学活动环境使文学处于开放、自由的传播空间。这就需要针对文学现实，提出理论主张，给予及时的阐述和批评。

借助新媒体科学技术发展起来的文学，其形态和样式与纸媒时代的文学相比，显出巨大的不同，"新文学"不仅正突破着已有的评价体系，更打破了井然的文学秩序和关于文学的种种预设，有了多种发展的可能性。新媒体时代要多培养和扶持青年的评论家，他们不但成长在新媒体的环境当中，而且与当下的网络作家有着共同的情感经验，代际隔阂的减小，可以更多地引起他们情感上的共鸣。

既已成规的文学批评理论，是理论家基于"纯文学"的研究建立起来的，遵从着"为人生而艺术"或"为艺术而艺术"的法则，而网络文学更多地作为"为自由的艺术""为消遣的艺术""为经济的艺术"，与"纯文学"的法则相去甚远。网络文学通常将自身的审美娱乐价值，置换成经济价值。在文学获得了新自由生存环境的当下，在社会意识形态标准、道德标准、审美标准、文化标准之外是否还存在其他标准，究竟应该以何种价值作为文学评判的尺度，是需要思考的。

　　无论是专业批评者还是普通读者，在评判一件文学作品时，首先强调的仍然是文学的严肃性和思想性，而艺术性在其次，至于文学能给人带来的阅读快感则被有意地忽略掉，那些消遣性、趣味性、娱乐性较强的作品，则被划入通俗文学中，当作市民大众的口味。一直以来，在现实生存面前，人类必须不断压抑生命的本能，而获得持久的发展，文学也因此拒绝娱乐，但是文学的起源是与游戏性质密不可分的。享受快乐本是人作为动物的天然欲求，因而，必须注意到文学的"悦目"作用，将"快感与美感"相结合作为网络文学的基本评判标准之一，这也是符合人类社会发展规律的。

　　从现有的网络文学发展的迅猛之势来看，建立起符合新媒体时代的文学理论和批评标准，对网络文学批评做出规范，让网络文学在作为"文学"的"普及"中实现"提高""扬弃"，具有紧迫性和必要性。新的批评体系的建立，应当结合网络的特点展开，注意文学发生的大众文化、消费文化、流行文化语境，进行跨学科、跨领域的批评研究。建设新媒体时代的文学批评体系，应立足于当前的文学事实，并积极寻找一切可利用的理论资源，结合实际，发展创造，并在实践中接受检验。

第二章 汉语言文学的本质研究

第一节 语言及其符号运用技巧

每个人都离不开群体和社会，必须在群体中生活，而人们在日常的生活、学习、工作中，必然要进行人际沟通以及社会交往，那么就必须使用语言与他人沟通。语言是人类交际沟通必不可少的工具。但一个民族的内部，由于方言的存在，其成员要想顺利地交际沟通、传递思想，必须有一个标准统一的交际工具——共同语。

一、语言与共同语的认知

（一）语言

要想学习现代汉语，首先应了解什么是语言。应从社会功能和构成特点这两个不同的角度来观察、认识语言的概念。

1. 社会功能角度

从社会功能的角度来看，语言是人类最重要的交际工具。

人类是高度社会化的动物，在社会生活中需要相互沟通、交流思想。因此，人类在劳动过程中创造了语言，并将语言作为表达和接受思想的工具。语言是人类相互联系的桥梁，没有语言，人与人之间就无法沟通，人类社会就如同一盘散沙。

语言还是人类思维存在的物质形式，思维不可能离开语言而独立存在。虽然人类的语言多种多样，但是人类的思维形式一定会与某种语言形式相联系。这是因为，思维离不开具体的概念，思维必须在概念的基础上进行判断、推理以及综合分析，必然会运用与概念相联系的语言。由此可见，思维活动以及思维活动成果的传递和表达都离不开语言；哪里有思维活动，哪里就有语言。

社会是由经济基础和上层建筑构成的整体；语言是社会的产物，是社会特有的一种现象。语言的发展受社会制约，随着社会的产生而产生，随着社会的发展而发展，随着社会的消亡而消亡。总之，语言自始至终都与人类社会紧密相连，社会中的任何风吹草动，都会反映在语言中。可以说，语言的本质特性就是社会性。语言的社会性体现在以下方面：

（1）不同的民族有不同的语言。语言是区分不同民族的重要标志，不同的语言是各个民族选择不同的语音形式来表达某种意义的结果。语言是由一个民族的成员集体创造的，该民族的全体成员在人际交往的过程中应共同遵守其使用规范。

（2）同一个民族的语言具有不同的地方色彩。现代汉语中的湘方言、粤方言、闽方言、吴方言等的不同特点，尤其是语音的差别，只能从社会角度加以解释。

（3）语言随社会的变化而变化，随社会的发展而发展。不具有社会性的事物不可能对社会的变化与发展这样敏感。例如，随着电视、电影、电脑、光盘这些事物的出现，语言中也相应地增加了"电视""电影""电脑""光盘"这些新词以适应社会需求；而山峦、河流、植物等事物则不会因社会发展而主动做出改变。

（4）虽然人类具有使用语言的能力，但是人类必须经过学习才能掌握某种语言。语言的习得与社会密切相关，例如一个在美国长大的中国人能熟练地运用英语，以及一个在中国长大的非洲孩子能熟练地运用汉语就是社会环境影响的结果。

2. 构成特点角度

从构成特点来看，语言是一套音义结合的符号系统。符号是指代某种事物的标记、记号；语言符号则是指由一个社会的全体成员共同约定的、用来表示某种意义的标记和记号。

符号必须具备三个条件：①具有外在的形式，符号只有具有外在的形式才能让人感知到它的存在，如声音、色彩、线条等；②代表一定的意义，符号只有在代表了一定的意义时才有存在价值；③得到社会成员的认可接受，符号只有在得到所有社会成员认可的情况下才能传播开来，才能在全社会中广泛使用。

语言符号与一般符号之间存在很多区别，具体如下：

（1）语言符号是声音和意义的结合体。语言符号的形式是声音，即语音，而不是色彩、线条等形式。

（2）一般符号的构成比较简单，而语言符号的构成非常复杂，可以分为音位层和符号层，每一个层次都包括相当数量的符号单位。

（3）一般符号构造简单，因而只能表达有限的内容，而且这种内容是简单而固定的。例如，交通信号灯，红灯亮表示停止前进，绿灯亮表示可以通行。语言符号则可以表达丰富多彩的意义，人类的种种复杂思想都可以通过语言表达出来。

（4）语言符号具有以少驭多的生成机制以及生成新结构的能力，具有生成性和开放性的特点，可以由较少的单位组合成较多的，甚至无穷的单位，还可以由一个句型类推出无数的句子，这也是我们能够通过学习来掌握一门语言的原因。

根据上述内容，可以总结出：语言是人类最重要的交际工具和思维工具，是社会成员共同约定创造的、音义结合的符号系统，是人类社会特有的现象，是高度社会化的产物。

人类可以通过两种方式运用语言：一是声音形式；二是书面形式。口语和书面语都是语言存在的具体形式。

（二）共同语

"中华民族共同语指现代汉语标准语及其变体。这一概念是在多民族融合和语言接触背景下，在汉民族共同语的基础上形成的。它具有汉民族共同语、中华民族共同语、国家通用语、国际通用语四位一体的重要语言地位。"[①]

人类社会在不断地发展，当社会发生分化，语言也会发生分化；当社会高度统一，语言也会统一。在一个统一的社会，地域方言或语言间的分歧会妨碍人们在全社会范围内进行交流。例如，一个说粤方言的人和一个说闽方言的人，彼此都完全听不懂对方说的话，这种状况不仅不利于巩固社会统一，也不利于经济文化建设。因此，人们需要以共同语作为交际的中介语。共同语是为了顺应社会需求而出现的，是一个国家或民族发展到一定阶段的必然产物。

共同语作为语言的一种高级形式，具有特殊的地位。推广民族共同语，是为了消除方言之间的隔阂，而不是为了禁止和消灭方言。因此，方言和共同语会在较长一段时期内共存。方言是地域文化的载体，在一定的地域范围内具有较大的影响。方言不能用人为的力量消灭，但随着社会政治、经济、文化的发展，其影响会逐步减弱，使用范围会逐步缩小。

二、语音与语音单位

（一）语音及其性质

人们在和别人交往的时候，免不了要使用语言来交流。语音串按照一定的规律组合排列，并且代表着一定的意义内容。我们的听觉会感知到语音声波，然后大脑会翻译这些语

---

① 苏金智.中华民族共同语：概念形成与地位功能演进［J］.厦门大学学报（哲学社会科学版），2023，73（02）：97.

音，将感知到的语音还原为语句，使我们能够理解别人说话的内容。在这个过程中，语音起到了至关重要的联系作用。

语音是由人的发音器官发出的声音，代表一定的意义，是语言得以存在的物质形式。也就是说，语音是语言的寄托，是语言的外表。世界上的任何事物，都是由形式和内容两个方面构成的。内容是事物存在的依据，形式是事物的外在显示。物质世界千姿百态，每种事物都有自己的形式。通过这样多姿多彩的形式，我们才能感知事物的存在，才能区分不同的事物。

不同的语音所表达的意义也不相同。因此，我们在说话时要正确地使用语音，否则就不能正确地表达我们的思想，还会引起他人的误解。认识语音，首先要认识语音的基本特点。语音具有物理性质、生理性质和社会性质这三种属性。

1. 语音的物理性质

自然界的各种声音是由物体产生振动而形成的，这个产生振动的物体就是发声体。发声体振动会带动物体周围的传声介质发生振动，从而形成声波传入我们的耳朵，引起听觉神经的反应。我们可以用水波来比喻声波，当我们向平静的水面投掷一块石头时，水面会出现一圈圈的波纹，并迅速向四周扩散，离中心越远的波纹越弱。声音也是这样，我们听到的声音大小同我们与发声体的距离有很大关系。每种声音都有长短、强弱、高低、品质，可以通过音调、音强、音色这三个要素来具体认识语音的物理特点。

（1）音调。音调指声音的高低，由发声体振动的频率决定。发声体振动的频率越高，音调就越高。例如，在相同的时间内，一个物体的振动频率是 100 次，另一个物体的振动频率是 60 次，那么振动 100 次的物体就比振动 60 次的音调高。汉语的声调就是由音调变化形成的，由此可见，音调具有区别意义的作用。语音的音调不同于音乐的音调，语音的音调是指相对音调，是一个人的发声体在特定频率范围内的音调；而音乐的音调是指绝对音调，如在合唱时，无论男女老幼，所有人的音调必须一致。

（2）音强。音强是指声音的强弱，由发声体振动的幅度（振幅）和离声源的距离决定。音强与发音的振幅有关系，振幅越大，声音就越强；振幅越小，声音就越弱。人和声源的距离越小，音强越大。在声音嘈杂的场所，我们需要用力说话才能使他人听到说话的内容；在不想让除听话人以外的人听到说话内容时，则会对听话人耳语。词语和语句中的轻重音就是由音强决定的。要注意区分音调和音强。音调取决于物体的振动频率，即在单位时间内物体振动的次数。音强取决于声波振动的幅度和距离，振幅越大、距离越近，声音就越强。例如，音乐中的中音 5 和中音 1，由于它们发音时的振动频率不同，不会因为发音振幅而改变音调。

（3）音色。音色是指声音的个性特色，也称"音质"。声音的特色是由声波振动的形式决定的，不同的发声体、发声方法、发声时共鸣器的形状，会形成不同的音色。例如，琵琶和二胡的音色不同，是因为它们的发音方法不同，琵琶是手指弹拨，二胡是使用弓摩擦松发声。语音中的音素 i 和 u 都是口腔发音，但是不同的人的声带、口腔的开口度不同，共鸣器的形状不同，于是就发出了不同音色的声音。正是因为音色不同，才能根据声音判断出是谁在说话。

声纹学就是在语音物理属性的基础上建立起来的，其成果已经在现实生活中得到应用。由于人体结构的差异，每个人的音色都不一样，就像人的指纹一样，具有独特性。通过一个人的音色，甚至可以判断出他的高矮、胖瘦、年龄、居住地域以及职业等。因此，机器可以通过比较声纹，从数以百万计的人群中找出一个人，这对刑事案件的侦破工作具有非常重大的意义。

2. 语音的生理性质

我们可以通过人体的发音器官来具体认识语音的生理性质。人体的发音器官根据发音功能，可以分为动力部分、发声部分和调节部分。

动力部分主要由肺和气管等呼吸器官构成。肺是发音的动力站，气管是输送气流的通道。我们在发音时，肺部的活动使气流经气管呼出，再经喉头、声带、口腔和鼻腔的调节，发出各种不同的声音。

发声部分指喉头以及内部的声带。喉头由几块可以活动的软骨构成，声带由两片富有弹性的薄膜构成。发音时，喉头的软骨会牵引声带，使声带或松或紧，或开或闭，从而发出不同的声音。

调节部分主要指口腔和鼻腔，是发音的共鸣器。口腔中的舌头非常灵活，能够前伸或后缩、平放或上翘，通过改变共鸣器的形状来调节气流，从而形成不同的音素。

语音的物理性质和生理性质，合称为语音的自然属性。

3. 语音的社会性质

语音的社会属性可以从以下两方面来认识：

（1）语音具有民族特征，不同民族的语言具有不同的特点。例如，汉语普通话中的 b 和 p 具有不同的作用，如果将 b 读成 p，表达的意思就会完全不同；而在英语中，将 b 读成 p 并不影响语意的表达。由此可见，同样的音素，在不同语言中的作用并不相同。

（2）语音具有地方特征。同一种语言，在不同地域中的语音也会存在差异。例如，普通话中有舌尖后音 zh、ch、sh、r，而我国南方地区的诸多方言则没有这些音素。

（二）语音单位

音素是从自然角度划分的最小语音单位，没有辨义作用；音位是从社会性质角度划分的具有区别意义作用的最小语音单位。音素和音位既有区别又有联系。从不同的角度来看，同一个语音单位，既可以是音素，也可以是音位。音位的划分必须以音素为基础，因为在一定的语境中，每个音位必须通过具体的音素形式才能表现出来。例如，普通话中的声母 b、p、m，从自然属性角度看是音素，从社会属性角度看是音位。

音位是对音素的概括和归纳。例如，普通话音节 ya、dai、jian、hao、hua 中的 a，从自然属性角度来看，由于受前后音素的影响，它实际上是五个不同的音素，在国际音标中需要用五个不同的符号来记录。

音节是语音的基本结构单位。在汉语中，可以非常容易地通过听觉分辨语音单位。例如，我们通过听觉能够非常自然地划分"学好普通话"这句话的五个音节。

音节是音素按照一定方式构成的，有些音节由一个音素构成，有些音节由元音和辅音构成。音素组合成音节在不同的语言中有不同的方式，这正是语音社会属性的反映。例如，现代汉语普通话的音节中，只有鼻辅音 n 和 ng 可以出现在音节末尾，其他辅音只能出现在音节前面，更没有几个辅音连续出现的情况。而在英语中，辅音可以出现在音节前后。

1. 元音与辅音

根据音素的特点可以将音素分为元音和辅音两大类，可以从以下四个方面来具体认识元音和辅音的区别：

（1）受阻情况不同。元音是发音时呼出的气流不受口腔任何部位阻碍而形成的音素，如 a、e、i、o 等。辅音是发音时呼出的气流受口腔某个部位阻碍而形成的音素，如 b、p、d、t 等。

（2）声带振动情况不同。我们在发元音时，声带一定振动，声音响亮；在发辅音时，声带大多不振动，声音一般不响亮。

（3）气流强弱不同。我们一般在发元音时的气流较弱，在发辅音时的气流较强。

（4）发音器官状态不同。我们在发元音时，发音器官的各个部位都会保持紧张状态；在发辅音时，只有形成阻碍的部位会保持紧张状态。

2. 声母、韵母与声调

汉语音节根据其结构特点，一般分为声母、韵母和声调三个部分。

（1）声母是一个音节最前面的辅音音素。

（2）韵母是指音节中除声母以外的其他音素，也就是位于声母后面的音素。韵母可以是一个音素，也可以由几个音素组成。

（3）声调是表示一个音节高低升降的调子。例如，在 tiān、shàng（天、上）这两个音节中，第一个音节的声调是比较平的平声，第二个音节是从高到低的降调。

在汉语音节中，充当声母和韵母的音素由音质变化形成，是音质成分；声调由音调变化形成，是非音质成分。

在普通话语音系统中，声母和韵母可以构成400余个基本音节，还可以与四个声调构成1300多个音节，这反映了普通话语音单位组合众多的特点。同一类中的各个单位具有相同的组合功能。例如，舌面前辅音声母只能与同齐齿呼、撮口呼韵母组合，不能与开口呼、合口呼韵母组合；舌根音声母则相反，它只能同开口呼、合口呼韵母组合，不能同齐齿呼、撮口呼韵母组合。语音单位的组合构成了语音系统。

三、语汇与语法

（一）语汇

语汇，也叫"词汇"。顾名思义，语汇是一种语言中词和语的总汇，如"汉语语汇""英语语汇""俄语语汇"等。语汇也可以指某一种特定范围的词语的总汇，如"古代汉语语汇""近代汉语语汇""现代汉语语汇"是指汉语的三个不同发展阶段所使用的词语的总汇，"吴方言语汇""粤方言语汇""官话方言语汇"是指现代汉语中三个不同方言的词语的总汇，"鲁迅语汇""老舍语汇""《红楼梦》语汇"是指一个作家或一部作品所使用的词语的总汇。

总之，语汇是一种语言中的词以及熟语的集合体，单个的词语不能称为语汇。有人常常把语汇和词语混为一谈，用语汇代称词语，这是不正确的。

语汇是语言的重要组成部分，人们平常使用语言进行交际，无论是同时同地的口头交际，还是异时异地的书面交际，都离不开词语。如果说语言是一座大厦，那么语汇就是构成这座大厦的建筑材料。一个人掌握的语汇越多，对这些语汇的特点就了解得越细致，他在交际时选择词语的空间就越大，语言表达也就越生动。古今中外的著名作家，之所以能够写出动人的篇章，是因为他们掌握了丰富的语汇材料。

（二）语法

语言作为社会成员相互之间表达思想的媒介，如果没有一套大家共同遵守的规则，就会出现五花八门的组合结果。例如，"在""风景""湖边""看""我"，可以组成"我在湖边看风景""我湖边在看风景""风景在湖边看我""风景我看在湖边""我风景湖边在看"等组合，但实际上我们只能看懂第一种组合。不同的组合表达的意义差别非常大。例如，"三天锻炼一次""一天锻炼三次""一次锻炼三天"这三个句子，虽然都使用了相同的词语，但是词语的组合顺序不同，表达的意义也不同。以上三个组合遵循了语言单位组合的规则，这种大家共同遵守的语言单位组合规则就是语法。

语法规则贯穿于整个语言体系，如果没有语法规则，就无法把词语组织成语句，语汇中的词语就仿佛一盘散沙。语法就像一条看不见的红线，把单个的词语巧妙地串成了句子来表达我们的思想。

任何一种语言都有其语法规则，每个语言使用者都必须遵守。语法规则是约定俗成的，任何人都不能破坏这种规则。因此，我们必须了解语法的相关知识，正确地使用语言。

语言结构可以分为不同的单位，从小到大排列依次为语素、词、短语、句子。这些单位可以按照一定的规则相互组合成更大的单位，如语素和语素组合成词，词与词组合成短语，词或短语组合成句子。在组合语言单位时，需要注意以下三个方面：

1. 符合语法关系

组合词与词，必须注意词的语法特点、语法功能，弄清楚哪些词能搭配，哪些词不能搭配。例如，动词可带名词做宾语，但不及物动词不能带宾语。"我们示威敌人"就是一个病句，因为"示威"是不及物动词，不能带宾语；"枪声惊慌了战马"也是一个病句，因为"惊慌"是形容词，也不能带宾语。

将词与词组合成句子需要遵循以下五种基本的语法关系，这五种语法关系贯穿于各级语言单位的组合：

（1）陈述关系——太阳出来了。

（2）修饰关系——鲜艳的花朵。

（3）支配关系——阅读武侠书。

（4）补充关系——跑得非常快。

（5）联合关系——香港和澳门。

2. 符合事理逻辑

词与词的组合，必须符合常理，符合词语所代表的现实现象之间的实际关系。例如，我们可以说"吃米饭""吃面条""吃糕点"，但不能说"吃木头""吃石子""吃空气"。

动作行为"吃"涉及的现实对象必须是可以吃的东西，也不可以说"摔断了眼睛"，因为"摔断"的对象一般是长条形的东西。

3. 符合语言习惯

语言中的某些习惯说法，可能不符合语法，也不符合事理，但已经约定俗成。这类说法不能用语法规则来分析，也不能用词义的语义联系来解释，它是一种特例，扩展了一个词的组合范围。须注意的是，习惯性说法是不能类推的。例如，可以说"养伤""养病"，不能说"养感冒""养癌症"；可以说"恢复疲劳"，不能说"恢复重病"。习惯说法虽然是语言中的特殊规律，但是不能因此否定词语组合的语法与逻辑限制。语法关系、语义联系、语言习惯，这三个方面可以说是不同语言共同的组合要求。

四、语言的符号及其运用技巧

（一）语言的符号——文字

1. 文字的概念

文字有两种含义：一种是指用来记录语言的书写符号体系；另一种是指用文字记录的书面语言。人们一般所说的文字通常是指前者，即用点和线条构成的记录语言的书写符号体系。

文字是在有声语言的基础上出现的，是语言在书面上的符号。同所有符号一样，文字符号也有能指和所指两个方面。能指是文字的形式，由不同的点、线按一定方式组合而成的；所指是文字的内容，也就是语言，包括语音和意义。任何一种文字符号都是用来记录语言的，它既代表声音，又表示意义，必定要和语音、语义产生联系。例如，"女"和"马"可以构成"妈"，表示"母亲"的含义。由此可见，虽然不同的文字系统记录语言的方式不同，但都遵循了"文字依附于语言而存在"的原则。要正确运用文字，通过文字准确地传递信息。

文字记录语言最突出的作用是拓宽语言使用的空间范围，把属于听觉方面的有声语言符号凝固于书面，将其转变为无声的、视觉方面的符号，从而突破有声语言传递信息的时间和空间局限，延伸语言的功能，弥补有声语言在使用方面的不足。

2. 汉字

汉字是记录汉语的书写符号系统，是由汉民族在长期的生产实践中创造出来的。汉字是世界上最古老的文字之一，目前在世界范围内发挥着越来越大的作用，具有旺盛的生命力。在我国历史上，一些少数民族模仿汉字创造了其独特的文字系统，从而形成了汉字文化圈，即曾用汉字书写并在文字上受汉字影响的区域，具体指以中国为主体，包括韩国、日本、东南亚诸国在内的使用汉字的国家。学习、了解、研究汉字，对于发扬汉字的优点、促进汉字的发展具有十分积极的意义。

世界上所有的文字，根据其记录语言的方式，可以分为拼音文字和非拼音文字两大类。英文、德文、法文等都属于拼音文字，它们的语音与字形结构具有对应关系。汉字属于非拼音文字，它的字形结构与所记录音节中的音素没有对应关系。无论是记录语言的方式，还是自身的构造形式，汉字都不同于其他文字体系。

汉字的神奇之处还在于，它能够在书面语上统一不同的方言。这种功能在无形中维护了汉语的统一，可以说是汉字对汉民族文化发展最独特的一大贡献。

汉字结构的独特内涵形成了许多有趣的汉字文化现象，最典型的莫过于书法和篆刻这两种享誉国内外的汉字艺术。将文字做成艺术品，是在世界范围内都少有的文化现象。对偶、顶真、回环、析字、互文等，都是汉语独有的修辞格。

（1）汉字的特点。认识汉字的特点，有助于正确地使用汉字。汉字的主要特点有三点。①在语音上代表音节，一个汉字是一个音节。②汉字在意义上代表语素，绝大部分汉字都表示语素，具有独立的读音和意义；只有少部分汉字必须把几个汉字组合起来才具有意义，这类汉字被称为联绵字，如"葡萄""枇杷""翩跹""窈窕"等。③从内部结构来看，汉字具有理据性，包含丰富的汉民族文化信息。大部分汉字的结构成分都与字音或字义有联系，我们甚至可以通过汉字的内部结构来分析古代的风俗、社会发展、认识水平等。例如，"贺""资""贷"这些与经济活动有关的汉字，都使用了"贝"字旁，反映了古代汉民族采用贝壳充当货币的历史。此外，从形体看，汉字具有明显的方块特征，属于方块平面型文字。当然，汉字的这些特点是和拼音文字相比较而言的。

拼音文字的字母组合一般是单向行进的，或从左到右，或从右到左，或从上到下，以一个词中音素组合的先后顺序来排列字母，具有线性特点，并且由于一个词的音素数量不一，词形长度各不相同。汉字的笔画、偏旁则是多向行进的，时左时右、时上时下，或左右上下同时多向展开。汉语独有的对偶辞格，与汉字结构的这个特点不无关系。

（2）汉字的结构单位。汉字的结构单位可分为笔画和偏旁两种。笔画是构成汉字字形的各种点和线，是构成汉字字形的最小的、最基本的结构单位。除了"一"这种一笔构成的汉字以外，绝大多数的汉字都由许多不同的笔画构成，如"毛""手""王""都""郭""部"等。

不同笔画呈现出的不同形状被称为笔形。点、横、竖、撇、捺是构成汉字形体的最基本的五种笔形，汉字"术"可以作为这五种笔形的代表。基本笔形运笔方向的改变和相互之间的联系，又产生了提、折、钩这三种笔形，"刁"字可作为这三种笔形的代表。点、横、竖、撇、捺、提、折、钩是构成现代汉字的八种主要笔形。这八种主要笔形在具体运用中又衍生出许多变化笔形，如斜钩、竖钩、斜钩、弯钩、卧钩等。

以笔画为直接单位组合而成的汉字叫作独体字，其结构是一个整体，无法分开，如"人""手""毛""水""土""本""甘"等字。独体字大多来源于古代的象形字和指事字，笔画形状及笔画组合因字而异，不能类推。初学汉字的人感到汉字难学，与此不无关系。独体字在整个汉字系统中的数量并不是很多，但所占的地位十分重要，绝大部分都是合体字的构成部件，构字能力极强。独体字可以说是汉字系统的核心。掌握这些常用的独体字后再学习其他汉字的难度会大幅降低。

绝大部分汉字都可以分出两个以上的基本构成单位，这种构字的基本单位被称为偏旁。偏旁由笔画构成，是比笔画大的构字单位。例如，"思""鸣""需""穿"等字就是由两个偏旁构成的。每个偏旁的名称以及在字中的位置一般是固定的。为了便于说明，人们还根据偏旁在字中位置的不同，给各个偏旁设定了不同的名称：偏旁在上的称为"头"，如草字头（"花""苗"）、宝盖头（"家""安"）；偏旁在下的称为"底"，如心字底（"态""怨"）、皿字底（"孟""盅"）；偏旁在左右的称作旁，如竖心旁（"情""恨"）、单人旁（"仁""们"）、提手旁（"拉""推"）、立刀旁（"刘""剃"）等。学习汉字要注意区分易混偏旁，如衣字旁（"衬""衫"）和示字旁（"祈""祷"）、建字底（"建""延"）和走字底（"边""辽"）、草字头（"菅""芋"）和竹字头（"管""竽"）等。

现代汉字的偏旁最初也是一个独立的字，但经过汉字字体的发展演变，有些偏旁的形体发生了很大的变化，已不能独立成字，只是作为构字要素存在于汉字系统中。例如，"水""心""手"在"浪涛""惭愧""推拉"等汉字中，分别变成了三点水、竖心旁、提手旁。

根据偏旁在字中的意义作用，现代汉字的偏旁可分为表义偏旁、表音偏旁、记号偏旁三种类型：①表义偏旁是指表示字义特征、类属的偏旁，它表示一个汉字所属类别的意义，而不表示具体的意义，如"鸠""鹏""鹄"中的"鸟"；②表音偏旁是指表示字音的偏旁，如"湖""蝴""猢"中的"胡"，从现代汉字的角度来看，有些表音偏旁已经失去了表音的作用，但它们仍然属于表音偏旁，如"治""怡"中的"台"；③记号偏旁是指汉字中与字音和字义没有任何关系的偏旁，它们的主要作用是区别字形。记号偏旁是汉字在发展演变过程中通过改造原来的表音偏旁和表义偏旁而形成的，这些偏旁的笔画结构比原来的偏旁要简单许多。例如，"欢""汉""仅""对""戏""鸡""邓""树""轰""聂"字中的偏旁"又"，它与字音和字义都没有联系，只是纯粹的区别字形的符号。

从偏旁构字的角度来看，汉字的构成并不是杂乱无章的，而是具有一定规律的。有些汉字由于在字义上相关联，在构字时会使用同一个偏旁来表示。现代汉字字典的编纂者根据汉字结构的这个特点，将一组汉字共有的偏旁提出来做标目，以便排列和查索汉字，这个被用作标目的偏旁就是部首。部首和偏旁不同，部首是字典中排列汉字的依据，偏旁是汉字的结构单位名称；偏旁包含部首，偏旁的范围要比部首大得多，二者不能等同。

以偏旁为直接单位构成的汉字叫作合体字，合体字在汉字系统中占大多数，大多来源于古代的会意字和形声字。例如，"赶"由"走"和"干"构成，"烧"由"火"和"尧"构成，"呼"由"口"和"乎"构成。构成合体字的偏旁，最初都和字音、字义有联系，后来由于字义发展、语音变化、字形演变，这种联系就不太明显了。例如，"取"字，古人将战死者的耳朵割下作为记功的凭证，现在表示"拿、获得"的意思。又如"羞"从"羊"，表示这个字的意义同"羊"有关，本义是"珍馐"，但现在表示"羞涩"意义，用"馐"字代替本义。

偏旁与偏旁组成合体字，其组合方式有左右结构、上下结构、内外结构等几种情况。例如，"保""佑""江""河"是左右结构，"花""草""忘""恩"是上下结构，"国""团""同""厅""氧""起""边"是内外结构。另外还有"品"字形结构，如"聂""轰""森""众""鑫""淼""磊"等字。以上这些基本模式还可以互相拼合，组成更为复杂的类型。例如"燥"字，从整体看是左右结构，右半部分又是上下结构，右上部分又是品字形结构。一个合体字用一个已经十分复杂的结构成分充当构字偏旁，通过层层分析，可以看到多种组合方式。例如："礴"字的第一层是左右结构，第二层是上下结构，第三层是左右结构，第四层是上下结构；"凰""蹼""飙""罐"等字也都包含了两种以上的结构模式。

（二）语言的运用技巧——修辞

1. 运用修辞的意义

修辞有多种含义，这里所说的修辞，是指根据表达需要对语言进行加工提炼的活动，是一种运用语言的技巧。修辞的目的不是平实表达，而是要在准确传递信息的基础上将语言进一步升华到艺术高度。

运用修辞在文学和语言表达中具有深远的意义。修辞是一种通过运用特定的语言技巧和表达手法，赋予文字更丰富的表达力和感染力，以增强作品的艺术性和表现力。它可以让作品更加生动、形象，并激发读者的情感共鸣。

第一，修辞通过强调与夸张的手法，能够在表达中加强力度和突出某种情感或观点。夸张手法可以通过夸大的形容词、副词或比喻等手段，使表达更加生动有力。例如，当我们说某人是"世界上最聪明的人"或某物是"最美丽的景色"时，夸张的修辞手法让人们更加直观地感受到强烈的表达意图。

第二，比喻与隐喻是修辞中常见的手法，通过将一个事物与另一个事物进行类比或隐含关联，使抽象的概念具象化，增强读者的理解和感知。比喻和隐喻可以激发读者的联想能力，让他们通过类似的经验或形象来理解作者的意图。例如，当我们说"她的眼睛像一汪清泉"，比喻的修辞手法使得读者能够更好地理解她的眼神清澈明亮。

第三，修辞还可以通过节奏与韵律的处理，使语言更具有音乐性和韵律感。通过反复、借音、押韵等手法，修辞可以创造出一种优美动听的语言节奏，增加阅读的乐感。这种韵律感可以使文字更加易于记忆和理解。例如，在诗歌中经常运用的押韵和节奏感，使作品更具有诗意和音乐性，让读者陶醉其中。

第四，修辞手法也可以用于推理与逻辑的构建。通过演绎、引证、对比等修辞手法，可以加强观点的支撑和论证过程的连贯性。修辞的运用可以帮助构建更有说服力和逻辑性的论述。例如，在演讲或辩论中，通过运用对比手法来对比不同观点的优缺点，可以使听众更加清晰地理解和接受演讲者的观点。

第五，修辞手法也可以创造出特定的情感氛围和意境。通过选择恰当的词语、表达方式和形象描写等，修辞可以在作品中创造出特定的情感效果。修辞手法可以使作品更具有感染力和意境，让读者更加深入地感受到作者想要传递的情感和意义。例如，在描写自然景色时，通过运用生动的比喻和形象的描写，可以使读者身临其境，感受到美丽的自然景色带来的宁静与舒适。

通过巧妙地运用修辞手法，作家和演讲者能够更好地表达自己的观点、情感和想法，引起读者和听众的共鸣与共感。修辞的运用不仅能够提升作品的艺术价值，还能够增强交流的效果和影响力，使语言更具有说服力和感染力。因此，在文学创作、演讲、广告营销等领域中，修辞扮演着重要的角色，为语言的表达提供了丰富的手段和技巧。

总之，修辞在文学和语言表达中具有多重意义。它通过强调与夸张、比喻与隐喻、节奏与韵律、推理与逻辑以及情感与意境等手法，丰富了文字的表达方式，增强了作品的艺术性和表现力。修辞的运用不仅能够激发读者的情感共鸣，还能够使作品更具有说服力和影响力。因此，修辞是一种重要的语言艺术，对于提升文学作品和语言表达的质量至关重要。

2. 运用修辞的方法

修辞是一种运用特定的语言技巧和手法来增强表达效果的修辞学概念。它通过对语言进行艺术性的加工和调整，使文字更具生动性、形象性和感染力，从而达到更好的交流和表达的目的。修辞在文学创作、演讲稿以及各类书面作品中都起到了重要的作用，为语言增添了美感和吸引力。

（1）比喻和隐喻

第一，比喻是一种修辞手法，它通过将两个异质的概念进行类比，以达到更加生动形象地传达特定概念或形象的目的。通过比喻，我们能够将一个抽象的、难以理解的概念或对象与一个更为熟悉的、容易理解的概念或对象相联系，从而使读者或听众更容易领会和体会所表达的意义。

比喻的作用在于利用已知概念或形象的特点、属性或情感来暗示或强调目标概念或形象的某些特征，使之更加具体、感性化，进而增强沟通的效果。通过比喻，我们可以用一种熟悉而直观的方式来表达抽象的、复杂的概念，使其更具感染力、易于理解和接受。

比喻的运用可以是多种多样的，可以涉及不同的领域和主题。无论是在文学作品中、演讲中，还是在日常交流中，比喻都被广泛使用。比喻能够激发读者或听众的想象力，唤起情感共鸣，并且能够创造出独特的视觉形象，让人们更深入地理解和体验所传达的意义。

第二，隐喻是一种高度巧妙的表达手法，通过暗示或隐含的方式传递特定的意义或形象，而非直接陈述。它通过运用象征性的语言或情境，激发读者或听众的联想和想象力，以达到更深层次的沟通和理解。

与直接陈述相比，隐喻更具有启示性和韵味，能够激发思考、唤起感情，并为信息传递增添一层深度和诗意。它可以通过将一个概念或对象与另一个不同但具有某种相似性或关联性的概念或对象联系起来，创造出一种新的视角或认知。

隐喻的使用范围非常广泛，不仅在文学作品中常见，也在日常语言和各种表达形式中频繁运用。它可以以形象生动的方式描述抽象的概念，使其更易于理解和接受。同时，隐喻还具有多义性和开放性，使得读者或听众可以根据自身的经验和感受来解读和理解隐喻所传递的意义。

隐喻的魅力在于它能够超越字面意义，引发情感共鸣，并为交流和表达增添一层深度和情感厚度。它让人们从多个角度思考和感受，为文字、语言和艺术带来更多层次的美感和思考的空间。

综上所述，隐喻作为一种间接表达手法，通过暗示或隐含的方式传递特定的意义或形象。它能够激发联想、启发思考，并赋予表达以更深刻的意义和感情。隐喻的运用使得交流更具有趣味性、韵味和深度，丰富了语言和文学的表现力。

（2）拟人。拟人是一种引人入胜的修辞手法，它赋予非人事物以人的特征和行为，从而使其更加生动、具体化。通过拟人，我们能够创造出一个具有人性化的形象，使其更易于理解、感知和情感共鸣。

拟人的运用可以使抽象的、无生命的事物或概念具有情感和意识，使之更具表现力和感染力。通过将人类的行为、情感和思维特征赋予非人事物，我们可以让读者或听众更好地与之产生共鸣，从而更深入地理解和体验所表达的意义。

拟人的方式多种多样，可以通过使用人类的动作、感官、情感、意图等来描述非人事物的特征和行为。例如，我们可以说"风轻轻地拥抱着大地"，用拟人的手法将风与拥抱这一人类行为联系起来，以表达风的温柔和包容。

拟人在文学创作中得到广泛应用，不仅能够为作品增添趣味和色彩，还能够使读者更加身临其境地感受故事情节和人物角色的情感变化。同时，拟人也在广告、演讲和日常交流中被广泛运用，以增强表达的表现力和影响力。

拟人能够激发读者或听众的情感共鸣，增强表达的力度和感染力。拟人丰富了语言的表达方式，让文字更具生命力，使交流更加生动有趣。

（3）排比。排比是一种极具节奏感和表现力的修辞手法，它通过重复使用相似的词语或短语的结构，以增强语言的韵律感和表达的力度。通过排比，我们可以将一系列相关的概念、观点或情感有机地连接在一起，使之更加突出、生动，并且更容易引起读者或听众的注意和共鸣。

排比的重复结构能够赋予文字以鲜明的节奏感和音乐性，使其在口语和书面语中都具备较强的吸引力和记忆性。它可以通过并列的方式呈现多个相似的元素，将它们逐一列举出来，以突出其中的共同点或差异，进而加强表达的效果。

排比的运用广泛而多样，可以在文学作品、演讲、诗歌、广告等各种语境中见到。它可以用来表达情感的高涨、强调观点的重要性、增强表达的力度，甚至用于创造幽默或夸张的效果。无论是在文学作品中营造节奏感和韵律，还是在演讲中用于强调和打动听众，排比都是一种有效而引人注目的修辞手法。

排比的魅力在于它能够通过结构重复，将多个相关的概念或情感有机地编织在一起，创造出独特的声音和形象。它使得语言更加丰富多彩，增强了表达的感染力和说服力；同时，排比也能够使读者或听众更好地理解和记忆所传达的信息，使其在大脑中留下深刻的印象。

排比的运用能够赋予文字以节奏感和音乐性，使其更具吸引力和记忆性。它丰富了语言的表现力，使交流更加生动有趣，同时也增强了表达的感染力和影响力。

（4）对偶。对偶是一种独特而精妙的修辞手法，通过在句子中使用相互呼应的词语或短语，使句子更加平衡、优美，并增强表达的鲜明度。它通过在句子的结构和语义上创建一种呼应和对称，使读者或听众能够更加清晰地理解和感受所表达的意义。

对偶的运用可以使句子在形式和内容上达到一种平衡和谐的状态。它通过重复、反复使用相似的词语、短语或句式，营造出一种韵律感和节奏感，使句子更具动听的声音和音乐性。同时，对偶还能够通过相互呼应的词语或短语，将相关的概念、观点或情感有机地连接起来，加强表达的效果和印象。

对偶的应用范围非常广泛，不仅在文学作品、诗歌中常见，也在演讲、广告、歌曲歌词等各种语境中得到广泛运用。它可以用于强调、对比、描绘形象、表达情感等多种目的。无论是在句子的结构上呼应、对称，还是在词语的选择和排列上进行呼应，对偶都能够使表达更加生动有力，给人以深刻的印象。

对偶的魅力在于它能够通过呼应和对称的结构，使句子更加平衡、优美，增强语言的表现力和感染力。它让读者或听众能够更好地理解和接受所传达的信息，同时也使句子更具诗意和韵味。对偶的运用能够为表达带来一种独特的美感和思考的层次。

对偶的运用能够营造出韵律感和节奏感，使句子更具动听性；同时也能够将相关的概念、观点或情感有机地连接起来，增强表达的效果和印象。对偶丰富了语言的表达方式，使交流更加生动有趣，并赋予表达以更深刻的意义和感情。

（5）夸张。夸张是一种引人注目的修辞手法，通过运用夸张手法来放大事物或情感的程度，以吸引读者或听众的注意。它以过分、夸大的方式描述事物或情感，使之显得异常强烈、夸大或荒诞，从而在表达中产生强烈的效果和印象。

夸张的运用可以通过放大事物的规模、数量、强度等方面来达到强调的效果。它可以将事物的特征、形态或特点夸大到极端的程度，以便引起读者或听众的注意和共鸣。夸张不仅可以用于描述具体的物体或场景，也可以用于表达情感、描绘人物特征或刻画事件的重要性。

夸张的手法多种多样，可以通过夸大、夸张的形容词、副词、动词、比喻等手段来营造强烈的效果。

夸张在文学作品、演讲、广告等各种语境中得到广泛应用。它可以用于各种目的，如增加幽默效果、夸大虚构故事的情节、强调观点的重要性，甚至用于创造戏剧性的冲突和张力。夸张的运用能够让表达更具张力和感染力，使之更加引人入胜。

夸张的魅力在于它能够以夸大、夸张的方式激发读者或听众的情感共鸣，并在短时间内引起人们注意。它可以通过突破常规、扩大表达的范围，创造出一种引人入胜的效果和独特的魅力。

可以通过运用夸张这一修辞手法来放大事物或情感程度，以引起读者注意。夸张的运用能够营造出强烈的效果和印象，引发人们的情感共鸣，并使表达更加生动有力。夸张丰富了语言的表达方式，让文字更具吸引力和影响力，使交流更加丰富多彩。

（6）反问。反问是一种独特而引人思考的修辞手法，它通过以问题的形式提出似乎需要回答的陈述，实际上却是对问题本身的肯定或否定，从而加强论点或引起读者的深思。通过反问，我们能够以一种戏剧性和犀利的方式向读者或听众传递信息，激发他们的思考和共鸣。

反问常常以修辞性的疑问句的形式出现，用来暗示一个已知的事实或观点。它可以用肯定的方式提出一个看似质疑的问题，以加强已有的论点。反问也可以用否定的方式表达一个明显的事实或观点，以引起读者的思考和对比。

反问的运用可以起到多种效果。它可以加强说服力，使观点更加强烈和有力。通过提出一个看似显而易见的问题，然后给出肯定或否定的答案，可以让读者意识到自己对问题的认识和看法。反问还可以用来刺激读者的思考，引发对话和争议，使表达更加引人注目和令人难以忽视。

反问的应用范围广泛，可以在文学作品、演讲、辩论、广告等各种语境中见到。它可以用于强调观点的重要性、揭示社会问题的荒谬性、探索人类的内心世界等。无论是在论证中用于加强逻辑和说服力，还是在文学作品中用于表达角色的心理状态，反问都能够为表达增添一种独特的张力和冲击力。

反问的魅力在于它能够通过提出看似是问题实际上是肯定或否定的陈述，创造出一种戏剧性和引人深思的效果。它让读者或听众在瞬间被问题所吸引、思考和反思，从而更加深入地理解和体验所传达的信息。

总结而言，反问作为一种修辞手法，通过提出似乎是问题实际上是肯定或否定的陈述，加强论点或引起读者思考。反问的运用能够强化说服力和思考性，使表达更加戏剧性和引人深思。它丰富了语言的表达方式，使交流更加生动有趣，并激发读者或听众的思考和共鸣。

（7）比较。比较是一种常用的修辞手法，通过将两个事物进行对比，以突出它们之间的差异或相似之处。通过比较，我们能够更清晰地传达信息，强调特定的特征或属性，并让读者或听众更好地理解和体验所表达的内容。

比较可以用于描绘事物的外貌、性质、特征等方面。通过将两个事物进行对比，我们可以突出它们之间的差异，以便更准确地描述它们的独特性；同时，比较也可以帮助我们发现事物之间的共同点和相似之处，以便更好地理解它们的关系和相互影响。

在比较中，常用的手法包括使用形容词、副词、名词等词语来描述事物的特征，运用类比、隐喻等修辞手法来突出事物之间的相似或不同之处。比较还可以通过使用具体的事例、数据或统计来支持和加强论点，让比较更有说服力和可信度。

比较的运用可以在不同的语境中见到，无论是在文学作品、演讲、学术论文，还是在广告、宣传等场景中。比较可以用于强调一个事物的优点，与其他事物形成鲜明的对比；也可以用于解释复杂的概念，通过对比来帮助读者或听众更好地理解；此外，比较还可以用于创造幽默效果或引发共鸣，使表达更具情感色彩。

比较的魅力在于它能够通过对事物的对比，让读者或听众更好地理解和感知所传达的信息。它通过突出事物之间的差异或相似之处，使表达更具有图像化、生动化的特点。比较能够激发读者的思考和想象力，增强他们对文本的参与感和阅读体验。

比较的运用能够帮助我们更准确地描述事物，强调事物的特征或属性，并加强表达的力度和说服力。比较丰富了语言的表达方式，使交流更加生动有趣，并帮助读者或听众更好地理解和体验所传达的内容。

（8）倒装。倒装是一种常见的修辞手法，它通过颠倒句子中主语和谓语动词的位置来达到强调某种情感或突出某个要点的效果。倒装可以在句子的前半部分或完整的句子中进行，其目的是引起读者或听众的注意，并使表达更加生动和有力。

在倒装中，主语和谓语动词的位置被颠倒，通常是将谓语动词或助动词放在主语之前。这种颠倒可以产生一种突兀的语法结构，从而在表达中创造出一种强烈的语气或突出某个要点。

倒装在文学作品、演讲和修辞性的语言中经常出现。它可以用于营造强烈的语气、创造戏剧性的效果，或引发读者的共鸣和思考。通过倒装，可以让句子更加引人注目、生动有趣，并使表达更具有情感色彩和说服力。

倒装的魅力在于它能够通过颠倒主语和谓语动词的位置，创造出一种突兀而引人注目的语法结构。它能够引起读者或听众的注意，使他们更加关注所表达的内容，并在短时间内传递出强烈的情感或突出的要点。

倒装的运用可以使表达更加生动、有力，并引起读者的注意和共鸣。倒装丰富了语言的表达方式，使交流更具有吸引力和说服力。

综上所述，修辞是一种在学术写作中常用的语言技巧和手法，通过运用比喻、拟人、排比、对偶、夸张、反问、比较、倒装等修辞手法，可以使文本更富有表现力、感染力和艺术性，提升写作的质量和吸引力。然而，在运用修辞时，需要根据具体情境和读者的需求来适度运用，以避免修辞过度造成文字过于夸张或难以理解。

第二节　汉语的发展及其规范化

一、古代汉语到现代汉语

汉语的发展大致分为以下四个阶段：

第一阶段，史前汉语，主要指殷商甲骨文时期及其之前的汉语。这一时期的汉语称作"夏语"，也称"夏言"，是先秦时期黄河流域中游一带华夏族的语言。

第二阶段，古代汉语，主要指公元前 2 世纪或更早（西周和秦汉）至公元 9 世纪前后（隋唐）这近 1000 年间的汉语。在中国历史上，说"夏语"的华夏族与周围的"夷、羌、苗、黎"诸部族不断融合，直到秦始皇统一六国，要求全国使用统一的文字。在这融合和统一的历史潮流的推动下，古代汉语基本定型。

第三阶段，近代汉语，主要是指公元 9 世纪（晚唐）至 17 世纪（清初）近 1000 年间的汉语。汉语发展到隋唐时代，语音、语汇和语法开始系统性地偏离古代汉语，逐渐形成了近代汉语的雏形，其与古代汉语相比有较大改变。在口语方面，近代汉语的语音系统要比古代汉语简单很多，其中韵母的简化程度最大。在语汇方面，近代汉语中出现了一大批新词，词语的音节构成由单音节为主变为以双音节为主。在语法方面，近代汉语中出现了新的代词、助词和语气词系统，还产生了动补式、处置式（"把"字句）等新句式。在书面语方面，近代汉语有两个不同的系统：一个是以先秦口语为基础的书面语，即"文言文"；另一个是六朝以后以北方口语为基础的书面语，即"古白话"。

第四阶段，现代汉语。顾名思义，现代汉语是指 20 世纪初期以后的汉语，因为白话文完全取代文言文成为汉语的书面共同语是在"白话文运动"之后，"国语运动"之后才确立了在全国通行的口语共同语。一般按照后一种看法来定义"现代汉语"，但其中还存在广义的现代汉语和狭义的现代汉语两种不同的说法：广义的现代汉语还包括普通话和现代汉语的各种方言；狭义的现代汉语只包括现代汉民族的共同语——普通话。一般提到的现代汉语是指狭义的现代汉语。

二、现代汉民族共同语与方言

（一）现代汉民族共同语

1. 现代汉民族共同语的标准

现代汉民族共同语是现代通行的汉语，一般简称为现代汉语。具体来说，是指以北京语音为标准音，以北方话为基础方言，以典范的现代白话文著作作为语法规范的普通话。现代汉语普通话是我国的代表语言，是联合国使用的语言之一。

民族共同语以一种方言为基础。普通话选择以北京语音为标准音，以北方话为基础方言，以现代白话文著作作为语法规范，并非出于偶然。多年来，北京一直是中国的政治中心；从古至今，中国的经济中心也一直在北方；唐宋以来的白话文学也都是以北方方言的形式创作的。这些政治、经济和文化等方面的原因，使北方话对全国各方言的影响越来越大。因此，选择北方话作为普通话的基础方言完全符合汉语的发展规律。

现代汉民族共同语为语音、语汇和语法分别规定了不同的标准。

（1）语音。不同方言之间的语音差别最为突出，即使是在一个方言区内，也不可能有完全统一的语音标准。例如，湖南省就有"十里不同音"的说法。同时，由于语音的系统性很强，不可能杂凑，语音只能以一个地点的方言为标准。

（2）词汇。普通话以北方话作为基础，之所以用"基础"而不用"标准"是因为词汇的流动性大、渗透力强、系统性不如语音严整。

（3）语法。考虑到语法具有很强的抽象性、概括性和稳固性等特点，而书面语是经过反复推敲加工的、比较成熟的语言，具有普遍性、定型性和稳固性的优点，以书面语作为语法规范最为合适。

2. 现代汉民族共同语的形成

现代汉民族共同语是从古代汉语发展演变而来的，确切地说，是在近代汉语的基础上逐渐形成的。

从近代汉语的历史发展来看，宋元时期以后在北方话的基础上形成了两种明显的趋势：一种是新兴的书面语，即"白话"的蓬勃发展；另一种是和这种新兴书面语紧密结合的口语，即"官话"向各个方言逐渐渗透。

汉语很早就有书面语言，即人们所说的"文言"。这种书面语言也是在口语的基础上产生的，但是先秦以后，书面语与口语的差距越来越大，最终成为一种脱离口语的固定形式。"文言"不易学习，能够使用的人只占全民的极少数，因此，"文言"这种书面语言成为文人的专用品。于是，另外一种与口语直接联系的书面语——"白话"应运而生。

"白话"是现代汉民族书面形式共同语的主要源头。宋元时期以来，各种用"白话"创作的作品层出不穷，如《水浒传》《儒林外史》《红楼梦》等诸多文学巨著，这些作品的语言虽然都或多或少地带有地方色彩，但基本上是以北方话为基础创作的。这些文学作品拥有众多非北方话区域的读者，促使他们也使用"白话"来写作，为北方话的推广奠定了基础。

在口语方面，由于元、明、清三朝都定都于今天的北京，随着政治、经济的集中，以及大量白话文学作品的影响，以北方话为基础的口语很快地开始在各地传播，成为各方言区相互交际的工具。在当时，因为这种口语经常为官场中人所使用，所以人们将它称为"官话"。当然，官话的扩展还是落在白话后面，有很多非北方话地区的人通过文学作品学会了"看"甚至"写"白话。

20 世纪初，现代汉民族共同语的形成过程开始加速。"国语运动"和"白话文运动"，就是资产阶级民主革命要求语言统一的集中表现。前者要求口语统一，后者要求书面语统一。语文战线上的这两个运动，彼此呼应、相互融合，促进了现代汉民族共同语的形成。

中华人民共和国成立以后，政治、经济的迅速发展推动了汉语的变化，也提高了语言的社会交际效能。在口语方面，能说普通话的人越来越多；书面语已经基本统一，达到了原则上的"言文一致"。现代汉民族共同语在政治生活、经济建设和文化教育中发挥出巨大的作用。

（二）现代汉语——方言

1. 方言的认知

不同的地域会对语言产生不同的影响，从而形成独特的语言表达体系，这就是方言。不同地域的方言就像是同一对父母的孩子，相互独立却存在某些相似之处，是一种颇为有趣的语言现象。

方言是语言的变异形式，是一种语言的地域变体。语言存在于方言之中，方言是语言的具体表现形式。每种语言都有自己的方言，如日语中的关西方言、德语中的高地德语和低地德语。英语是世界上使用范围最广的语言，英语在与世界各地语言接触的过程中形成了很多变体，如美国英语和英国英语。

方言差异形成的原因涉及很多方面，如地理阻隔、交通不便、人口迁移、语言接触等。人群迁徙带来语言分化，如客家方言、赣方言的形成，就与我国历史中因战乱而引起的人口大迁徙有着密切关系。高山大河的阻隔，影响人们的交际往来，在相对封闭的环境中，语言会向不同的方向发展，逐渐产生差异，最终形成方言。

语言是社会的产物，时时刻刻都受到社会发展变化的影响，但是语言在不同地域的发展具有不平衡性的特点，方言就是语言发展不平衡性特点的直接反映。

结合历史考察，纵观汉语各个方言的情况，可以发现：凡是经济发达、社会开放、沟通便利的地区，语言的发展速度就相对较快；相反，经济欠发达、社会相对封闭、沟通不方便的地区，由于与外界联系少，语言的发展速度就相对较慢，仍然保留着古代汉语的成分。现代汉语方言从北到南的发展变化速度由快到慢，越向南，方言中保留的古音特征越多。这种现象与我国历史上北方地区作为政治、经济、文化中心，社会发展变化速度快的特点相吻合。

南部方言更多地保留了汉语中古音的部分特征，中部方言保留了汉语近代音的部分特征，而北部完全是汉语现代音。中部的湘方言又体现出汉语发展的另一个方向，即保留古代汉语中塞音、塞擦音的清浊对立特点，这在老派湘方言中尤其明显；而新派湘方言中的浊音正在逐渐清化，向官话方言靠拢。

汉语的整体发展趋势是由北向南扩散的。距离北方发达地区越远的地区，社会、经济、文化发展越落后，保留的古音特征就越多。

方言虽然是语言的变体，但是也可能演变为独立的语言。世界上大部分的语言，最初都是某种语言中的方言。由于汉语各个方言之间的差别很大，西方的一些学者把现代汉语的方言看作不同的语言，但是现代汉语与方言之间的语音系统具有对应转换关系，各个方言都有共同的书面语言；更为重要的是，现代汉语各个方言的使用者都属于一个统一的民族。因此，汉语的各个方言是一种语言的内部地域变体，而不是独立的语言。

根据性质，方言可分为地域方言和社会方言。地域方言是语言因地域方面的差异而形成的变体，是语言在不同地域上的分支，是语言发展不平衡性特点在地域上的反映；社会方言是指同一地域的社会成员由于职业、年龄、性别、文化教养等方面的社会差异而形成的不同的社会变体。地域方言和社会方言都属于同种语言的变体，只不过前者主要体现在地域环境中的差异，而后者主要体现在社会环境中的差异。地域方言和社会方言都是语言分化的结果，是语言发展不平衡性的体现；都不具有全民性特点，或通行于某个阶层，或通行于某个地域；都要使用全民语言的材料构成。地域方言和社会方言也有很多不同点，二者的形成原因、使用对象、内部差异发展方向都不同。

地域方言是平面铺开发展的，而社会方言的语音、语汇、语法建立在语言（或方言）的基础上。我们一般所说的方言，主要是指地域方言。

2. 方言的分区和划界

从 20 世纪初期现代汉语方言学建立至今,虽然将汉语方言分为七大方言区的观点得到普遍承认,但是仍有部分专家、学者对汉语方言分区持不同意见,并且随着方言的进一步发展和对方言进一步的深入研究,可能还会继续出现不同的分区意见。

方言的划界具有相对性,可以在方言地图上看到现代汉语七大方言区的边界线,但在现实中很难确定方言之间的界线,因为临近地区的方言会互相影响。在现实生活中,方言界线的两边会呈现出四种情况:①双方泾渭分明,这种情况常常与山川阻隔有相当大的关系;②己方单一,对方具有己方的方言特征;③己方单一,对方具有多种特征;④双方都具有对方的方言特征。

现代汉语方言是在一定地域通行的语言变体,因此,对不同方言的命名,一般都会结合该方言所处地域的名称。在现代汉语七大方言中,除了客家方言是按其来历命名的之外,其他方言的名称都结合了其通行地域的特点或主要通行区域的行政区划名称,但要注意方言与行政区划名称涉及的地域并不完全一致,如粤方言不仅指广东话,因为广西壮族自治区也通行粤方言,同时广东省境内还通行客家方言;闽方言也不等于福建话,因为海南省及中国台湾地区也通行闽方言。因此,同一个地域会通行几种不同的方言,同一种方言也会分布在不同的地域。

现代汉语方言分区主要依据语音。一方面,方言是从古代汉语发展而来的,各个方言的语音之间具有非常严整的对应规律;另一方面,各个方言之间的语音差别非常明显。依据语音划分方言主要会考虑声母和韵母这两个因素。

三、现代汉语规范化

(一) 现代汉语规范化的界定

语言作为人们交流思想的工具,必须有一个人们共同遵守的标准,才能使人们互相了解。一种语言的语音、语汇和语法体现出来的法则,就是语言的规范。学习任何一种语言都要遵循该语言的法则。

按照语言规范的不同表现,可以概括出自发规范和自觉规范两种类型。自发规范是社会在语言应用中自然的调节行为,是比较消极的规范形式。这样的规范带有较多的自发性,人们在习得母语的过程中所发生的规范行为,就是这种自发规范的典型。自觉规范是人们有意识地对语言应用采取某些措施,进行必要的干预,以维护语言的纯洁,使语言健康发展,便于社会应用,是一种积极的规范形式。自觉规范是政府部门、机关、学校或语言决策机构、研究机构所推动和从事的，有一定规模的规范活动。

现代汉语的规范化就是要使现代汉语的运用合乎标准。为了语言使用者的利益，对语言的规范进行整理，肯定已明确的，明确不明确的，减少分歧，增加一致，并通过教育和宣传扩大语言规范的影响，这就是语言规范化工作的目标。

（二）树立科学的语言规范观

树立科学的语言规范观对于有效的沟通和交流至关重要。科学的语言规范观强调准确、清晰、一致和恰当的语言使用，以确保信息的正确传达和理解。在语言规范观的指导下，应注重以下方面：

首先，准确性是科学语言规范的核心。我们应该确保所使用的词汇、术语和表达方式准确无误，避免模糊和歧义。在表达科学概念和理论时，应尽量使用确凿的证据和可靠的数据支持，避免主观臆断或不准确的推断。

其次，清晰性是科学语言规范的关键。我们应该用简洁明了的语言表达复杂的思想和观点，避免冗长和晦涩的表达。使用具体、明确的词语和句子结构，帮助读者或听众准确理解所传达的信息。

再次，一致性也是科学语言规范的要求之一。在科学写作和交流中，我们应该保持一致的术语使用、风格和格式，避免不必要的变化和混淆。一致性有助于建立稳定的语境，帮助读者或听众更好地理解和记忆所表达的内容。

最后，恰当性是科学语言规范的重要方面。我们应该根据不同的受众和情境选择适当的语言风格和表达方式。遵循学术规范和道德原则，避免使用带有偏见或冒犯性的语言，确保交流的尊重和有效性。

总之，树立科学的语言规范观是促进有效沟通和交流的关键。通过追求准确、清晰、一致和恰当的语言使用，我们能够更好地传达科学知识和理念，促进学术发展和社会进步。在学术和专业领域中，科学语言规范观是我们共同遵循的准则，为推动知识的传播和理解贡献力量。

第三节　现代文学的产生与发展

现代文学的产生与发展是一个丰富而复杂的过程，深受社会、政治、经济和技术等多重因素的影响。它既是一种文化现象，也是对社会变革和个体经验的抒发。在过去的两个世纪里，现代文学不断演变，涌现出各种风格和流派，成为人类思想和情感的重要表达形式。

现代主义文学的兴起是现代文学发展的重要里程碑。19世纪末，随着工业化和城市化的加速，社会结构发生巨大变化，人们的生活方式和价值观也发生了深刻的改变。现代主义文学试图反映这种时代背景下的个人迷茫、社会矛盾和人类存在的无力感。它挑战传统的叙事方式和艺术观念，追求形式上的创新和自由，以展现作者独特的创造力和思想深度。这种思潮在欧洲和美国产生了广泛的影响，许多重要的现代主义作家如詹姆斯·乔伊斯、弗朗茨·卡夫卡、弗吉尼亚·伍尔夫等，通过其作品塑造了现代主义文学的独特风格。

在20世纪初，现代主义文学进一步发展并扩展到世界各地。拉丁美洲的魔幻现实主义文学运动崛起，以加夫列尔·加西亚·马尔克斯和胡利奥·科塞塔等作家为代表。他们以超现实的故事情节和丰富的想象力打破了传统文学的边界，创造出令人惊叹的文学作品。同时，亚洲的现代文学也逐渐崭露头角，如日本的川端康成、村上春树，以及印度的拉宾德拉纳特·塔戈尔等，他们通过对个体命运和社会变革的思考，创作出富有深度和智慧的文学作品。

随着科技的进步和全球化的发展，现代文学在20世纪后期和21世纪经历了新的变革。信息技术的快速发展，特别是互联网和社交媒体的兴起，为作家和读者提供了全新的创作和交流平台。网络文学和微型小说的兴起，使文学形式更加多样化，作品可以通过在线平台广泛传播和分享。这种趋势也促进了不同国家和地区文学之间的交流与碰撞，打破了地域和文化的限制，使得全球范围内的文学作品能够相互启迪和影响。

现代文学的发展也与社会和政治变革密不可分。许多作家通过对社会问题的关注和批判，呈现出对当代社会挑战的深刻洞察力。种族、性别、阶级、环境等议题成为现代文学中重要的主题。通过文学作品，作家们展现了对社会不公和人类困境的关切，呼吁人们思考和改变现实。

现代文学的多样性也体现在不同的地域和文化之间。各国的作家通过自身的文化背景和经历，创作出独特的文学作品。例如，非洲文学以其丰富的口头传统和对殖民主义的反思，为全球文学增添了新的维度。拉美文学则以其丰富的魔幻现实主义和魅惑的叙事风格，在世界范围内获得了广泛的关注和赞誉。

总结起来，现代文学的产生与发展是一个不断变化和演进的过程。它在社会变革和个体经验中扮演着重要的角色，反映了人类的思想和情感。通过不同的风格、流派和主题，现代文学丰富了人们的文化生活，为我们提供了深刻的思考和艺术的享受。随着社会的进步和文化的交流，现代文学将继续发展，为人们带来更多的惊喜和启迪。

第四节 文学的本质及相关关系

文学是人类创造性思维和表达的产物，是一种以语言为媒介，通过艺术的形式来表达情感、思想和人生体验的文化活动。它包含了小说、诗歌、戏剧、散文等多种文学体裁，每一种都具有独特的特点和表现方式。"'文学'作为文学理论的核心概念，一直以来都是各种理论和理论家关注的焦点，追问文学的'文学'，同样也成了文学理论的重要问题。"①

一、文学的本质

文学的本质在于它是一种艺术形式，通过文学作品，人们可以用语言来表达内心的情感和思想，以及对社会、生命、人性等问题的探讨。文学作品具有一定的艺术性和审美价值，它可以给读者带来思考、感受、共鸣和启示。

文学在传承人类文化、历史和精神方面起着非常重要的作用。它可以记录人类的思想、文化、历史和价值观，同时也能够反映社会的变迁和现实生活的面貌。文学使人们可以在时间和空间的跨越中，感受到不同文化的魅力和人类共同的情感。

除了传承文化和探索人性之外，文学还有它非常实际的意义。它可以作为一种有效的沟通和交流方式，可以让读者了解到不同的人、不同的观点和不同的思想。文学能够扩大人们的视野和思路，培养人们的情感和灵性。

总之，文学的本质在于它是一种艺术形式和思想表达方式。通过文学作品，人们可以深入探索人类文化、历史、精神和人性的内在世界，感受到不同文化的魅力，开阔人们的视野和思路，同时也能够发挥非常实际的社会意义和作用。

二、文学的相关关系

（一）文学与现实

文学与现实密切相关，它不仅反映社会、历史和文化，还通过艺术化的手法将现实中的人、事、物转化为艺术形象，使之具有更深层次的意义和价值。文学作品可以通过故事

---

① 田喆，刘佩，石瑾. 汉语言文学导论［M］. 长春：吉林文史出版社，2019：3.

情节、人物塑造、语言表达等元素，展示和探讨人类的喜怒哀乐、欲望和追求，从而引发读者对生命意义、道德伦理和社会问题的思考。

（二）文学与情感

文学与人类的情感和精神世界息息相关。文学作品通过描绘人类的喜怒哀乐、爱恨情仇等情感，帮助读者更好地理解和感受人类共同的情感体验。文学作品也可以通过艺术的形式表达人类的思想和哲学，探索存在的意义和人类的命运。

（三）文学与艺术

文学与艺术的关系密不可分。文学是一种艺术形式，通过词语和叙事结构的艺术安排来表达情感和思想。文学作品的语言运用、形象描写、节奏韵律等方面都体现了艺术的特点。文学与绘画、音乐、舞蹈等艺术形式相互交融、相互启发，共同构成了人类丰富多彩的艺术世界。

（四）文学与文化

文学与文化也有着紧密的联系。文学是文化的重要组成部分，反映了特定时代和地域的文化背景和价值观。不同的文学体裁和文学作品反映了不同文化传统和思维方式，它们传承和表达了民族、地域、社会群体的文化认同和精神追求。

（五）文学与社会

文学与社会有着密切的关系。文学作品不仅反映社会现象和社会问题，还可以对社会进行批判、启发和改变。文学通过展现社会中的不平等、冲突和不公正现象，激发人们对社会问题的关注和思考，促进社会的进步和发展。

文学与现实、情感、艺术、文化和社会等方面紧密相关，对于人类的情感体验、思想探索和社会进步起着重要的作用。文学是人类文化宝库中的一颗明珠，通过阅读和欣赏文学作品，我们能够体验到人类内心深处的共鸣和力量。

第三章 汉语言文学教学方法与课件制作

第一节 汉语言文学教学方法

一、情境教学法在汉语言文学教学中的应用

"作为传统的人文学科，汉语言文学是中国传统文化和民族意识的学术载体，代表着中国传统的精神文明建设，同时也是大时代下人文关怀的重要体现。"① 大部分教师都会运用的教学方式就是情境教学法，这种方式是非常有效的。从整体上来看汉语言文学教学，许多教师都会使用情境教学法。在汉语言文学教学过程中，教师对情景进行合理设计，让其蕴含相应的情绪色彩，以此激发学生的学习积极性与兴趣，从而与学生获得共鸣，这就是情境教学法。

通过情景的影响，让学生沉浸在这样的情景中，能深刻感知文章内容。情境教学法的重点是调动学生的感官，让其产生相应的情感，所以与学生构建情感的桥梁是非常关键的。课堂并非教师个人的表演场所，教和学需要合二为一，倘若一节课都只有教师一个人在讲，不与学生进行交流、互动，缺少学生的配合，那么，这样的教学可能无法获得良好的效果，是无意义的。教师在教学过程中，不能太过重视知识的全面性，需要凸显教学重难点，关注教学疑点的突破。

（一）汉语言文学教学中情境教学法的作用

1. 激发学生兴趣

汉语言文学是覆盖范围比较广泛的人文学科，其不仅是特定的学科，还属于语言文化的范畴。其涉及多样化的教学内容，然而其还有一部分文言文内容，这部分内容较为枯

---

① 钟兰兰. 汉语言文学教学研究 [J]. 魅力中国，2019（18）：254.

燥，也没有相应的探究性，主要是对传统文学进行分析、学习。一部分学生在学习这部分内容时，缺乏积极性与主动性，所以效果差强人意。并且文言文在理解上存在一定难度，这也使学生在学习汉语课程时有抵触的情绪。所以，教师须设置良好的情景。在设计相应情景时，可以应用多种方式，例如，问题情景、实物情景以及影视情景等。无论使用什么方式，都可以使学生拥有深刻的体验，让其快速沉浸在情景中，从而获得良好的学习效果。

2. 提升人文素养

汉语言可以发挥相应的人文教育功能，其在学生价值理念、人文素养的提升与世界观的构建中，具有十分深远的影响。汉语言文学的适应性比较强，但其缺乏清晰的人才培养目标与良好的实用性。并且，现阶段教授汉语言的理念已经无法满足时代发展的需求，教学模式也亟待更新优化，存在的问题体现在：学生学习比较枯燥、教师教学面临严峻挑战，课堂缺乏生机与活力。这对学生的全面发展是十分不利的，还会对汉语言教学发展产生一定影响。倘若有效应用情境教学法，就能积极应对以上问题。

为学生设计趣味性强、有吸引力的情景，构建一个学习气氛浓郁、自由的环境，当与学生产生情感的共鸣时，学生就能快速进入情景中，积极与教师配合，有效调动学生的学习兴趣。倘若激发了学生的积极性与主动性，其学习质量也会逐步提升。在汉语言教学中，情境教学法有着良好的作用，可以逐步改进教学成效，对学生的语言能力进行培养。

通过应用情境教学法，学生的交际能力得到显著改进，其学习质量也明显提升了，并且还有利于学生科学世界观、人生观与价值观的树立，充分优化其人文素养。

3. 提高综合素质

在汉语言课程教学中渗透情境教学法时，教师可根据设置教学情景，为学生构建轻松、和谐的学习环境。通过学习，学生既能获得相应的文化知识，还能全面思索获得的知识内容。此外，在教师传授知识过程中，学生能与教师进行交流，说出自己的观点与感知，完整地表述自己对汉语言知识的理解，同时还能针对某观点和其他同学进行探讨。具体来看，就是根据设置的合理情景，创建一个学习汉语言的和谐宽松的环境。学生在学习的过程中，会逐步优化其人际交流能力、独立思考能力、团结合作能力以及创新能力等。因此，在教学中贯彻实施情境教学法，对提升学生的综合素质有促进作用。

4. 培养创新能力

情境教学法这种方式的应用没有国家的限制，借助合理的情景设置，能陶冶学生的情操，增加学生的见识。当外部文化和自己以往积累的文化知识产生交汇之时，学生就会再次定位汉语言课程，充分感知到学习汉语言的意义。所以，在培养学生的创新能力方面，情境教学法具有积极作用。在传统的教学中，教师将焦点放在了汉语言的字面意义上，忽略了汉语言文学其实是综合性的学科，和周围的生活具有十分紧密的关系，还与其他学科密切相连。传统的教学存在相应的局限，教师须对汉语言的知识内容进行扩展延伸，展开综合性的教学。倘若将知识面拓展开来，向较远的文化延伸，那么，就可以使学生感知到汉语言深厚的底蕴与悠久的历史。学生就会知晓，汉语言既包含了教材中的知识，还有教学之外的丰富理论知识，如此可以激发学生的创新思维，调动其求知欲，对更深层的知识进行研究。在教学实践过程中，教师须合理引导学生进行创新，让学生敢于发表自己的观点，提升自己的自主学习意识，从而对其创造性思维进行提升。

（二）汉语言文学教学中情境创设的途径

1. 生活展现情境

汉语言文学根植于生活，并为生活提供有效服务。在该课程的教学中，教师须将相关联的生活元素和教学结合起来，将学生置于现实生活之中。这要求教师在设计相应的情境时，选取学生都熟悉的事物，所以，学生极易产生情感共鸣。教师对情境进行设计时，可通过形象的语言来表达，为学生描绘出多姿多彩的画卷，学生通过大脑进行加工，对该画卷具体的样子进行规划与想象。如此学生就会跟着教师的步伐走，教师的教学也会开始获得学生的回应，教学的意义由此产生。

在传统教学模式中，教师比较重视知识的记忆，学生整日陷于题海之中，这样的教学没有创新。由于学习汉语言文化知识不只是需要记忆，还须进行抒情与剖析，并进行不断创新。所以，教师需要扭转以上教学方式，对其进行改进，选取情境教学法，使学生通过生活情境的启发，敢于想象，发表自己的看法与观点，此时教师应认真听取学生的观点，并对其进行鼓励与引导。

2. 实物演示情境

将具体的事物作为核心，并合理地规划相关背景，以此组成有效的整体，即为实物演示情境。这不需要教师一直陈述，而是通过具体的事物向学生展示，学生调动自己的感官进行直观体验，快速获得相应的信息与印象，直观感受也由此形成。然而，实物演示情境需要相应的条件，这种方式存在局限性，并非每一个情境都可以借助这种方式进行呈现。只有大家比较熟悉的事物，才适用该方式，例如，葡萄藤上的果实、天空中的飞鸟、树上的绿叶以及夜空中闪闪发光的星星等，这些事物学生都很熟悉，且有利于教学的开展。应用这种方式进行教学，可以调动学生的学习兴趣，对其想象能力的提升有利。

3. 音乐渲染情境

音乐可以让人受到启迪，其可以让人们找到心灵栖息之所，带给人多姿多彩的美。教师在教学中，可借助音乐，对情境进行渲染，将音乐作为背景，能有效吸引学生的注意力，让其迅速沉浸在教师设置的情境中。音乐具有多元化的方式，包括轻音乐、古典乐以及流行音乐等；除了播放提前准备好的音乐之外，教师还可以清唱，或者全班进行合唱等。但通过音乐创设情境时，须兼顾，使用的音乐须与教材内容相吻合，音乐的意境需要呼应教学的情境，两者是互相协调的关系。

4. 表演体会情境

在讲授汉语言相关课程时，可应用角色扮演这一方式。设置表演情境，能让学生全面感知相应角色，例如，对教材中的某角色进行扮演，感知该角色所处的社会背景，以及角色的思想情感；还可进行换位思考，从对方的视角来分析问题。

（三）汉语言文学教学中情境教学法的应用

1. 以"物"创"境"，创设贴近学生实际的情境

在课程教学中，教师可能会遇到一些难以准确阐释的概念。如果仅仅依靠教师的语言描述，学生可能难以深入理解。在这种情况下，教师可以借助适当的教具和实物，有针对性地设置教学情境。通过密切观察实物，直观地感受情境，抽象的概念将变得更加生动形象，便于学生学习和理解，并且能够给学生留下深刻的印象。

在利用实物设置教学情境时，教师需要注意选择与学生周围生活密切相关的场景。这样做的原因是学生会对这些场景感到亲近，而不会产生疏离感，从而更容易建立起与学生的沟通桥梁。

举例来说，在讲解"璧"的含义时，如果教师只通过语言描述说"璧"是一种中间有孔、形状为圆形的玉石，学生可能无法准确地想象出它的形态，也无法形成清晰的认知。然而，如果教师能够将实际的"璧"玉石展示给学生，引导他们细心观察或用手摸一下，那么就会给学生留下鲜明的印象，学生也能更容易地理解"璧"的含义，并且能够感受到其洁白无瑕的特点。这样的实物展示不仅提供了视觉上的直观感受，还可以通过触觉上的亲身体验加深学生对"璧"的理解。

2. 通过趣味性文学典故，营造轻松的学习情境

学生在和谐宽松的学习环境中更容易展开思维。因此，在教学中，教师可以引用有趣

的文学典故或编写小故事，构建轻松愉快的情境，鼓励学生敢于表达自己的观点，并积极配合教师的教学工作，跟随教师的步伐，怀揣强烈的求知欲进行汉语言学习。在这样的情境中，学生将充分调动自己的主观能动性，全身心投入到汉语言文化的学习中。

举例来说，在正式上课之前，教师可以根据学生的座位顺序，根据他们的姓氏，讲述"程门立雪""叶公好龙"等故事。这些故事的名称与学生的姓氏首字母相同，从而构建了融洽愉悦的学习氛围。这种做法能够迅速吸引学生的注意力，并调动他们的学习积极性。通过类似的方式，教师能够创造出愉快的学习氛围，激发学生对汉语言学习的兴趣和热情。

3. 通过播放音乐渲染教学情境，激发情感共鸣

在讲解古汉语和诗词等相关知识时，教师可以设置适宜的情景，并选择与教学内容相符的音乐作为背景，以加强教学情境的呈现。通过音乐的助力和优势，学生能够迅速沉浸于教学情境中，与作者建立起情感交流的桥梁。

教师在选择音乐时，应该与教学内容相匹配，音乐的氛围和情感要与所传达的知识相符合。例如，在学习古诗词时，教师可以选择《将进酒》作为具体的实例，配以那些自由随性的音乐作为背景音乐，而不是悲伤的音乐。通过音乐的渲染和影响，学生能够准确感知"黄河之水天上来"的壮丽气势，充分理解作者李白胸怀开阔、豪爽坦荡、对金钱看得淡如粪土、追求自由的思想情感。

这样的教学方式通过音乐的烘托和情感共鸣，能够深入学生内心，使他们更好地理解和感受古汉语和诗词的内涵，并增强对作者思想感情的认知。

4. 通过学生合作完成表演任务，创设教学情境

汉语言课程涉及许多概念和定义，需要学生记忆大量的知识，这可能导致课程显得枯燥，抑制学生的学习兴趣。为了克服这一问题，教师需要合理引导和鼓励学生积极思考问题，跟随教师的步伐，积极参与课堂活动，并通过表演等方式构建一个宽松有趣的学习环境。

在推行课堂活动时，学生可以合作并相互帮助，培养协作和互助的精神。教师可以将班级的学生分成小组，并将表演任务分配给各个小组，让学生充分发挥团队和个人的力量，同时提升他们的想象力和创新能力。举例来说，在讲解与影视相关的知识点时，教师可以指导学生模仿电视剧或电影中的角色。通过这样的活动，学生不仅能够获得表演经验，还能调动他们的主观能动性，学习相关的文学知识。同时，由于学生参与了表演活动，通过实践的方式加深了他们对影视相关知识的理解。

通过这样的教学方法，学生能够更好地参与到学习中，培养他们的创造力和合作精神，同时提升他们对汉语言知识的兴趣和理解。这样的课堂活动可以激发学生的学习动力，使他们更加积极地投入学习中。

汉语言既是一个广泛知识范围、强调综合性的人文学科，也是一个内容丰富的语言学科。在日常的教学过程中，教师不仅需要传授语言相关的知识，还需要帮助学生拓宽视野、提升知识水平。为了达到这一目标，教师需要在课程教学中做出可靠的决策，合理运用情境教学的方法，有效地设置多样化的情境，激发学生的学习积极性和主动性，并提升他们的创新思维，优化他们的学科素养。同时，教师也应不断提升教学质量，让学生能够感受到中华语言的卓越历史和深厚底蕴。

通过采用情境教学的方式，教师可以为学生提供一个真实而有趣的学习环境，使学习变得更加生动和具体。通过创造性地设计情境，教师可以激发学生的学习兴趣，引导他们积极参与、主动思考，并将所学知识与实际情境结合起来。这种情境教学的方法可以帮助学生更好地理解和运用汉语言知识，培养他们的创造力和批判性思维，提升他们的综合素养和语言能力。

教师在教学过程中的决策和方法的选择将直接影响学生的学习效果和成长。因此，教师需要不断探索和研究教学策略，根据学生的特点和需求，制订相应的教学计划，并不断反思和改进教学实践，以提供高质量的教育教学服务。通过这样的努力，教师可以使学生充分感受到汉语言的源远流长和魅力，激发他们对汉语言学科的热爱和追求。

二、自主合作模式在汉语言文学教学中的应用

（一）自主合作模式的基本特征及教育功能

如果只运用单一的模仿和记忆，可能无法提升学习效率与质量。只有进行深入探究与实践，再加上团结协作的支撑，才能改善学习质量。教师须全面激发学生的热情与强烈的求知欲，为其创建良好的学习专业知识和表现自我的平台，使其在协作、学习氛围浓郁的环境中自由地学习知识、培养自己的思维，从而获得丰富的知识。为了在现实生活中贯彻实施这些教学理念，教师须通过学生的发展特征与现状，合理规划教学、设计课堂活动，让学生自行进行想象、研判、贯彻和归纳以及建模等，同时制定合理决策并设置自己的课堂目标；还须进行合作探究，制定互相交流的团体目标，在进一步强化学生理解学科知识的前提下，显著提升学生的综合素质，便于其树立正确的人生观与世界观。

与以往的教学方式相比，自主合作学习将以人为本当作立足点，教学旨在培养学生良

好的责任感、学习能力、团结协作能力和科学思维以及实践能力等。其实质就是以学生为中心，将学生放在学习主体的位置上，互相协作，推动大家一同向前发展。通过实践状况看，自主合作这一方式迎合了学生差异化要求，为其个性发展奠定了基础，可以优化教学成效，因此，是现阶段比较有效的教学模式。

处于新环境下，应用合作学习方式可显著提升学生的素质，构建一个宽松、自由、融洽的教学环境，能推动学生快速发展、取得显著进步。同时，让教学成效不断提升。该模式已经被广泛应用至德国和美国等欧美国家的教育领域，通过长期的发展，成了效果良好、使用频率高的教学形式。

1. 自主合作模式的基本特征

（1）以学生为主体。"自主学习"就是通过课堂上教师的引导，学生在学习方面的自主探索、自律状况和学习积极性等多个能力的集合。同时，自主学习还对学生的创新学习能力提出要求，体现学生的心理能动状况，主要体现在自我管理能力、参与课堂活动的程度以及对待自主协作学习的态度上。良好的自主学习须满足如下条件：

第一，对知识具有强烈的求知欲，比较喜欢上课，能积极解决较难的学习问题，有信心学好知识。

第二，在学习专业知识与技能上积极展现自己的主观能动性。

第三，在处理学习问题时会有成就感与获得感。

第四，喜欢挑战有难度的问题。

第五，喜欢和其他同学探讨学习问题，并进行合作沟通。

第六，不断优化自己的学习能力。

（2）以学习为主线。展现学生的主体性，即在学习过程中充分挖掘自己的主观能动性，在教师的指引与鼓励下，积极沉浸到学习中，可与其他同学共同分析问题，形成良好的情感态度，并对终身学习的意识与行为进行提升；并非通过外部的强制性来学习，也不是不思考就随意选择方法来解决问题。因此，教师在教学中须将课堂还给学生，提升其主体意识，激发其主观能动性，强化其学习能力。

（3）以合作为常态。实施合作学习主要目的是对符合社会发展要求的优秀人才进行培养，让学生之间、教师与学生之间构建融洽、和睦的关系，发挥每一个人的优势，为团队的发展贡献自己的力量。教育社会学强调，长期以来班级教学包含了协作和互动等因素，从提升学生的创新能力这一层面来看，最关键的是合作。创造学派指出，在成功的头脑风暴中，个人的力量远低于团队的力量。通常许多有创造性的观点都是从团队中而来，在可行性方案的制订方面，团队探究也发挥了非常关键的作用。

2. 自主合作模式的教育功能

教育应当为学生的健康成长提供有效支撑，既要将提升学生的主人翁意识纳入教学目标中，还须将培养与社会发展要求相符的优秀人才与教学目标结合起来。与"新课改"比较吻合的方式就是自主合作模式，既可以迎合教学工作相关要求，对学生的素质进行优化，还能为社会输送更多的优秀人才。

（1）培养交流协作能力。在合作学习中，学生之间的互相交流、互动是十分重要的。所以，新模式可以为学生构建宽松、良好的互动场地，师生都能自由地发表自己的看法，取长补短，一起探讨疑难问题。同时，师生之间、学生之间还能形成融洽的关系。新模式扭转了以前一个人独自奋斗为主的局面，大家共同探讨问题，一起学习，创建了学习氛围浓厚的环境。

学校应有意识地对学生的互助意识、团队精神进行培养。当前，比较好的方式就是实施合作学习模式。该模式的实质与社会心理学相关理论相匹配，重视人际交往在人才思维能力培养上的作用。只有每位学生都展现自己的优势，共同探讨问题，将最好的自己展现在师生面前，全身心投入团队活动中，增强团队的竞争优势，这样才能让团队脱颖而出，为各成员的成功奠定基础。

（2）培育竞争创新精神。自主合作学习离不开团队强大的优势与各成员的团结协作。为了自己所在的团队能够获得胜利，团队中的每个成员都要发挥自己的优势，互相取长补短，并在此基础上，提升每位组员的竞争意识。

新课改的一个核心内容，就是对学生的创新能力进行培养。良好的学习过程，不局限于听说与阅读和写作，还包括识别问题、探究问题和合理解决问题等环节。同时，学生在此过程中可以将疑难问题说出来，大家一起探讨分析，通过互相鼓励、互相帮助，获得良好的学习效果，感受学习带来的成就感与愉悦感。在此过程中，每位同学都能大胆说出自己的想法，一同探讨有争议的问题，在互动中不断创新，找到新的不足，再进行突破，由此取得进步。这对学生创新能力与创新思维的培养是十分有利的。

（3）厚植平等观念。在班级中，每位学生的学习方法、心理素质和成绩均有一定差异，因此，学习的成效也不同。新模式强调学生之间应互相促进、一起探究学习，不仅要具备独立思考的能力，还要具有团结合作的能力，增强综合素质。因为在划分小组早期，就分析了各组员的长处与能力，因此，不用担心自己成绩不好而有自卑心理，这对学习非常不利。在小组中，各成员应当平等相待、互相尊重，形成和睦、友好的关系，互相沟通、互相促进，一同进步，从而成长为符合社会要求的优秀人才。

（4）激励主动学习。从自主合作模式的角度来看，倘若期待自己所在的团队能够在众多团队中胜出,那么,就需要各成员展现出最优秀的自己。在展开自主学习过程中,应将焦点放在学习任务上,将个人不能解决的问题放到团队中,请其他组员一同想办法,共同制订解决的方案。新模式可以促进学生对问题进行充分探索,调动成员学习的积极性,这有利于小组力量的发挥,为小组获得成功做好了铺垫。

(二) 汉语言文学教学中自主合作模式应用的意义

1. 提高学习效率

在汉语言教学中实施自主合作模式,其中一个十分重要的意义是,可以优化学生学习的质量。在以往的教学中,学生对教师有非常强的依赖性,对于教师讲解的知识点,学生能全面理解、吸收的内容比较少。因此,为了提升学校的效果,应引导学生展开自主合作,不仅可以发挥个体的优势,还能互相促进,通过自己的思考与集体的探讨,获得知识,助力学生的学习成绩不断提高。

2. 提高自控能力

使用自主合作方式的第二个重要意义,是可以全面增强学生的自控能力。通过教师设置固定的小组或学生自己组建团队,在合作探讨的同时,教师给予适宜的指引,而并非教师时刻监督,学生此时需要的是自我管理与自律精神,依据小组目标来学习,才能快速提升、获得进步。

3. 提高合作能力

使用自主合作方式,可以充分增强学生的合作意识,这是该方式的第三个意义。当前社会发展在人员的合作方面,也制定了相应要求,提升学生的合作能力,可以为其未来走上工作岗位夯筑良好基石。在汉语言课程教学中实施自主合作模式,可以促使学生形成团队合作意识,这对其合作能力的强化有良好作用。

4. 提高综合水平

使用自主合作模式,可以充分优化学生的综合水平,这是该模式的另一个重要意义。自主合作方式对学生的诸多能力都有一定要求,包括团队合作能力、处理信息的能力、竞争能力以及分配能力等。因此,全面贯彻实施自主合作模式、高效保质保量地完成任务,可以充分体现学生的综合水平,在汉语言教学中使用该模式,有利于学生提升成绩,让学习升至新的高度。

(三) 汉语言文学教学中自主合作模式的应用策略

1. 抓住学习重点，培养学习积极性

在教学中应用自主合作模式是一种有效的教学方法，可以激发学生的学习兴趣和主动性。教师在应用自主合作模式时，需要明确学习的重难点，掌握教学目标，并能够调动学生的学习兴趣和热情。

在组织教学活动之前，教师应仔细分析教材内容，了解学生的学习需求，明确教学目标，并制订翔实、有效的教学计划。教师可以根据教学目标，设计适合学生自主合作的任务和活动，让学生在合作中互相学习、交流和解决问题。通过合理的教学设计，教师可以激发学生的主观能动性，使他们更加积极地参与学习，从而更喜欢学习汉语言文学知识。

在自主合作模式中，教师可以充当引导者的角色，提供必要的指导和支持，让学生在合作中发挥自己的创造力和想象力。教师可以设计多样化的学习任务，鼓励学生积极思考、探索和表达，同时注重培养学生的合作能力和团队精神。通过这种方式，学生可以在积极的学习氛围中相互学习、相互促进，提高他们的学习效果和学科素养。

2. 关注其兴趣点，培养自主学习意识

在汉语言教学中使用自主合作模式时，教师可以考虑学生的兴趣点和偏好，以激发他们对汉语言文学的喜爱和学习意愿，并提升他们的自主学习意识。在当前网络快速发展的时期，学生面临着大量的信息资源和选择机会，教师可以利用问卷调查等方式来了解学生的兴趣点，并通过课程教学来满足他们对汉语言文学的关注。例如，有些学生可能对汉服文化感兴趣，而其他学生可能更喜欢古典音乐。教师可以以学生的兴趣点为出发点，通过这些兴趣点引导学生学习汉语言文化知识。例如，教师可以设计以汉服文化为主题的课程活动，让学生了解汉服的历史背景、演变过程和文化内涵，并鼓励学生在自主合作模式下进行深入研究和分享。对于喜欢古典音乐的学生，教师可以介绍与古典音乐相关的诗词、文学作品，甚至可以引导学生创作与古典音乐相结合的作品，提升学生的创造力和表达能力。

通过自主合作模式，学生可以根据自己的兴趣和偏好，选择合适的学习资源和学习方式，积极参与到学习活动中去。教师可以充当引导者和指导者的角色，为学生提供必要的支持和指导，让他们在自主合作的环境中探索、学习和发展。这样的教学模式可以让学生更加主动地学习和掌握丰富的汉语言文学知识，并培养他们的自主学习能力和终身学习的意识。

3. 给予空间，以新的教学模式帮助学生合作

应用自主合作模式时，教师确实应该转变角色，让学生成为课堂的主角，并为他们提供广阔的空间和相应的时间进行合作学习。这样的教学模式可以促进学生的主动参与和合作能力的培养，同时使汉语言课堂更加富有文学性和实用性。在讲解儿童文学部分时，教师可以将课堂交还给学生，并引导他们进行表演。学生可以扮演教师的角色，精心设计教学内容和活动，并进行呈现和分享。这样的活动不仅可以锻炼学生的表达能力、团队合作和创造力，还能让他们更深入地理解和体验儿童文学作品的内涵和魅力。

教师在这个过程中扮演着引导者和指导者的角色，可以提供必要的支持和指导，帮助学生理清思路、设计教学内容和组织活动；同时，教师还可以通过观察和评价学生的表演和分享，提供有针对性的反馈和指导，促进学生的学习和进步。

通过这样的自主合作模式，学生不仅能够学习汉语言的理论知识，还能进行实践训练，体验文学作品的魅力，并培养其表达能力、创造力和合作精神。同时，学生在合作学习中也能够相互借鉴、互相促进，共同探索和学习汉语言的文学知识。

为了适应时代发展的要求，汉语言教学需要进行改革，并将自主合作模式作为重要的教学方法之一。转变教学理念并付诸实践是必要的步骤，同时还需要明确自主合作模式在教育教学中的重要作用。自主合作模式可以促进教学的稳定和有序推进，提高教学效率，培养学生的综合能力。它有助于学生增强自控能力、提高学习效率、发展合作能力，同时激发学生的学习兴趣和求知欲。教师在这个过程中发挥引导和指导的作用，为学生提供科学的学习导向，让学生在自主合作中不断进步。为学生创造相应的空间，应用新的教学模式来促进学生的团结合作是非常重要的。此外，评价体系的优化也是必要的，教师应实施多种形式的评价，以全面了解学生的学习情况和进展。这样才能提升汉语言文学教学的效率，为教学质量的改善提供有效的保障。

面对新时代的召唤，我们需要坚定不移地奉行知行合一的精神，将教学与实践结合起来。只有如此，我们才能为国家培养出德、智、体、美、劳全面发展的合格人才，为中华民族的复兴事业做出自己的贡献。

第二节　汉语言文学学习方法

汉语言文学是一个古老而又传统的专业，它承载着中华民族的传统理念和文化精华，因此能长盛不衰于上下数千年之间。概括地说，汉语言文学的基本学习方法包括记忆是基

础、兴趣是动力、感情为引导、格调做高标、史学知人性、哲学见深度、技能为保障、信息做依据。

一、以记忆为基础

文字语法和文学作品构成了汉语言文学专业的核心学习内容。文字是文学作品表达的媒介，而文学作品则借助文字来传递思想、情感和艺术美感。文字和文学作品相互依存，共同构成了汉语言文学的基础和灵魂。

加强对文字和文学作品的记忆是学好汉语言文学专业的基础。没有对基本字词和文学作品的准确记忆，学生很难进行深入的分析、鉴赏、写作和创新。基本的记忆是学生理解和运用语言的前提，只有牢固记住基本的字词，才能正确解读文学作品的意义和内涵，才能运用准确的词汇和表达方式进行文学写作和批评。

在汉语言文学专业中，记忆不仅是为了掌握知识，更是为了培养思维能力和创新能力。通过多记、多背、多思，学生可以积累丰富的文学知识和经验，培养对经典作品的深入理解和洞察力。大量而准确的记忆为创作提供了丰富的灵感和素材，帮助学生在文学创作中获得突破和创新。

值得一提的是，记忆不仅是机械性的背诵，更应该与理解相结合。学生在记忆的过程中，应该注重对文字和文学作品的理解和解析。通过思考和思维的活动，将记忆转化为对文学作品的深入思考和理解，提升对文学作品的感悟和解读能力。

宋代王安石是中国文学史上最多集句诗的作者之一，他的创作成就离不开对文学作品的深入记忆和学习。同样地，杨诚斋的"点石成金"之法也是建立在对大量文学作品的准确记忆基础上。这些创新成果都是在对文学作品的深入研究和积累的基础上才得以实现的。

如果离开了大量而准确的记忆，汉语言文学专业的文学创作、批评和理论的判断与推理将变得困难重重。缺乏准确的记忆将导致对文学作品的解读产生偏差和误解，可能得出错误的结论。这对于传承和发展文学传统，对于教育和社会的影响都是不可忽视的负面影响。

因此，加强对文字和文学作品的记忆，培养准确的字词掌握能力和深入的文学素养，对于学好汉语言文学专业、提高文学创作和批评能力至关重要。记忆是基础，是汉语言文学学习的根本，只有在基础扎实的基础上，学生才能在汉语言文学的领域中获得更大的发展和创新。

二、以兴趣为动力

文学作为人类学科的一部分，反映着人生和人性的方方面面。它通过文字和文学作品来展现生活的各个层面，传递人们对生活的思考、情感和体验。对于那些热爱生活的人来说，热爱文学并借助文学作品来表达自己对生活的感受是一种自然而然的选择。通过文学作品，我们可以体验到人生的喜怒哀乐，思考生活的真理和人生的意义，与他人一起探讨和交流。

文学作品展示了历史时代和社会生活的多样性，以及人们丰富多彩的人生体验。无数前辈通过他们的作品，创造了个性化、形象化的文学画卷，运用各种技巧和创新手法，使文学作品充满趣味和魅力。在阅读文学作品的过程中，我们能够感受到这些兴趣，保持对文学的兴趣，并通过这种兴趣来学习专业知识。同时，这种兴趣也能够进一步激发我们对社会真理探索的兴趣，使我们在不断追求知识和智慧的道路上前行。

在学习汉语言文学专业时，保持兴趣的推动至关重要。兴趣有天生的因素，也可以通过后天的培养和发现来逐渐形成。只要我们坚持下去并善于发现，兴趣必定会给予我们学习的动力和乐趣。在兴趣的推动下，我们才能够取得最佳的学习效果，因为兴趣使我们投入全力，主动地探索和学习。

兴趣不仅是学习的动力，它还具有塑造健全专业灵性和人格的作用。通过保持对文学的兴趣，我们能够不断拓展自己的思维和视野，培养审美能力和批判思维，从而在专业学习中获得全面的成长。兴趣让我们的心灵自由地飞翔在知识理论与技能技巧的九天碧落之间，使我们更加自由和创造性地探索和运用所学的知识。

因此，对于汉语言文学专业的学习来说，保持对文学的兴趣是至关重要的。通过兴趣的驱动，我们能够以更高的热情和动力投入学习，不断提升自己的专业知识和技能；同时，兴趣也是我们塑造健全专业灵性和人格的重要力量，它让我们的学习之路更加充满乐趣和意义。

三、以感情为引导

诗言情，诗言志，这句话准确地揭示了文学作品中强烈的感情色彩。文学作品通过情感的抒发和表达，能够打动读者的心灵，引发共鸣，并且对读者的情感进行熏陶和影响。它能够培养读者的情感世界，激发读者的思考和反思，使人们的精神世界逐渐丰富起来。

通过情感的指引，读者能够更好地通悟作者的感情世界，深入理解作品的内涵和意义。情感是人类共通的语言，通过作品中所表达的情感，读者可以与作者产生共鸣，体验到作者所传递的情感和情绪。通过对作品情感的理解和感受，读者可以更加深入地理解他人，感知世界的多样性和复杂性。情感的萌动和激发能够唤起读者内心深处的共鸣和共情，使他们对文学作品产生更深刻的体验和理解。

同时，情感的激发也会促使读者产生汹涌澎湃的创作冲动。当读者的情感受到触动和激发时，他们可能会产生强烈的愿望去表达自己的情感和思想，以此回应作品所传递的信息。这种创作冲动会促使读者进一步深入专业学习，探索更多的文学知识和技巧，以提高自己的文学写作水平。通过情感的引导和激发，读者能够将自己的思想和情感转化为创作的动力和灵感，从而在文学创作中实现自我表达和独特的创新。

因此，情感在汉语言文学学习中扮演着重要的角色。它是连接作者与读者之间的纽带，也是激发读者思考、理解作品并进行创作的动力。通过情感的感悟和表达，读者能够更好地理解作品的内涵，提升自己的文学素养，并在文学创作中实现个人的艺术追求和创新。

四、以格调为高标

"汉语言文学研究的是母语文化，更蕴藏着丰富的人文要素。"[①] 人格与文学作品的品格之间存在密切的关系。一个人的人格特质决定了他所表达的思想、情感和价值观，进而反映在他的文学作品中。因此，人格正直、清雅高尚的作家往往能够创作出具有高尚品格的作品。

人格的影响不仅局限于作家自身，它也会对读者的作品偏好产生影响。每个人的人格特质和价值观不同，因此，他们对文学作品的欣赏和喜好也各不相同。一些具有相似人格特质和审美趣味的读者会更容易欣赏并喜爱特定类型的作品。同时，优秀的作品也会吸引与之相通的读者群体，他们会被作品所传递的思想、情感和品格所吸引，形成稳定的读者群。

欠缺高尚品格的人也难以欣赏和理解高格调的文学作品，因为他们缺乏对高尚品质的欣赏和理解能力。

在学习汉语言文学专业时，培养美好的情操和较高的人格是批评鉴赏优秀文学作品的基本前提之一。只有具备较高的人格品质，才能够真正理解和感受作品所蕴含的美学价值和人文精神，准确把握作品的内涵和意义。此外，对于作家而言，也需要具备良好的人格特质，以保证他们创作出真挚、高尚、有品格的作品，赢得读者的认可和欣赏。

---

① 樊星. 汉语言文学教学与人文素养的培养 [J]. 山东商业职业技术学院学报，2022，22（3）：52.

因此，人格与文学作品的品格之间存在着相互影响和相互作用的关系。良好的人格特质可以促进优秀文学作品的创作和鉴赏，而优秀的文学作品也能够激发人们追求美好人格的愿望，实现自身的成长和提升。在学习和创作的过程中，培养美好的情操和较高的人格，将成为我们批评鉴赏优秀文学作品和创作出优秀作品的基本要求之一。

五、以史学知人性

对于学习汉语言文学的学生来说，了解中国历史发展的基本常识至关重要，因为历史的发展对文学的演变和趋势起着重要的影响。如果缺乏对历史的基本了解，就很难把握文学作品的发展脉络和背后的思想变革。例如，在了解初、盛、中、晚唐社会的基本特点之后，我们才能够更好地理解唐代诗人各自的文学贡献和特点，进一步深入体悟和鉴赏他们的作品。如果忽视了对历史的学习和了解，很容易陷入误区，将不符合时代背景的人物、事物放在错误的时空背景下进行文学研究，这显然是不可取的。

在文学创作和鉴赏过程中，人、事、景、物是密不可分的要素，它们都是特定时代和社会环境的产物。而其中最核心的要素无疑是"人"。人作为文学创作的主体，生活在特定的环境中，并且通过对环境的感知和改造，共同书写着历史，创造出各种大小事件和故事。因此，事件可以说明人性，而环境则能够产生各种形象和背景。只有明确了特定社会环境对于人物形象和文学塑造的规定性，我们才能够更好地洞察作者的心灵，进一步揭示作品的文化意蕴。

通过对历史的学习和了解，我们可以更好地理解作家创作时所处的社会背景、时代氛围以及其所关注的人类命运和社会问题。了解历史背景能够帮助我们把握作品的深层意义和批判内涵，从而更好地领悟和欣赏作品所传递的文化价值和精神内涵。同时，对于文学研究者来说，研究历史背景也有助于避免主观臆断和偏见，确保研究成果的客观性和科学性。

综上所述，只有通过对历史的认知，我们才能更好地理解文学作品的发展趋势、作家的创作动机以及作品所蕴含的文化意义；同时，深入了解历史背景也有助于我们对作品进行准确的分析和解读，揭示作品背后的深层含义，从而提升我们的文学鉴赏和研究水平。

六、以哲学见深度

我国文学领域一直坚持着文史哲不分家的传统。在学习汉语言文学时，建立基本正确的世界观、宇宙观和价值观至关重要。这些观念和价值观的塑造对于学生准确理解和定位作家的作品具有重要意义。

文学作品不仅是个体作家的创作产物，也是一个时代、一个社会背景和一个文化传统的反映。了解作者的时代背景、社会环境和文化脉络，需要借助于历史和哲学的知识。历史的了解可以帮助我们把握作品中蕴含的时代特征和社会问题，而哲学的研究则能够帮助我们理解作家对现实生活的诗意化处理和艺术概括力的深度。

哲学在文学领域中具有重要的地位，它决定了作家对于现实生活的思考方式和审美观念。中国文学中独特的诗意哲学正是我们中华传统文化的深刻传承。这种诗意哲学蕴含着对自然、人生和世界的深邃思考，以及对美的追求和诗意表达的重视。通过对诗意哲学的学习和理解，我们可以更好地把握作品中所体现的美学意义和哲学思想，进一步深化对作家创作意图和作品内涵的理解。

此外，科学的思维方法和思辨能力在文学鉴赏和研究领域也是至关重要的。通过科学的思维方式，我们能够对文学作品进行系统性的分析和解读，提出独到的见解和创新的观点。科学思维的运用可以帮助我们避免主观臆断和片面理解，培养批判性思维和深入思考的能力，从而在文学研究中取得更加深入和有价值的成果。

因此，文史哲的综合学习和运用对于学好汉语言文学专业、理解作家作品以及进行深入研究和探讨是必不可少的。它们相互交融、相互支撑，共同构建了我们对于文学作品的全面认识和深刻理解的框架。只有在建立了基本正确的世界观、宇宙观和价值观的基础上，运用科学的思维方法和思辨能力，结合历史、哲学的知识来分析和探讨作家作品，我们才能真正领略到文学的魅力，并在专业学习中取得更高的成就。

七、以技能为保障

除了分析能力，写作和创新的能力也尤为重要。具备写作和创新能力可以帮助我们更好地表达自己的想法和感受，创作出独特而富有创意的作品。写作技巧的掌握可以使我们的文字更加准确、生动和有影响力，吸引读者的注意并传达出我们想要表达的意义。创新能力可以推动我们在文学创作中提出新的观点、独特的思考和新颖的形式，从而给作品带来新鲜感和独特性。

知识与技能的结合确实非常重要。只有掌握了专业知识，并通过实践和技能的训练将其转化为实际能力，我们才能在汉语言文学中取得较好的发展。理论的指导和技巧的应用相辅相成，它们相互促进，相互支持。理论指导下的实践和技巧的运用可以帮助我们更好地应对实际问题，以提高自己的创作水平和专业能力。

中国文化的确有重视技能技巧的传统。许多文化人和骚人墨客通过技能的运用，在诗、文、书画等领域取得了卓越的成就。他们的创作和作品不仅展示了个人的才华和艺术水平，也丰富了整个文化领域。因此，对于汉语言文学专业的学生来说，掌握技巧、提高能力是必不可少的。只有通过实际的写作和创作实践，不断锻炼和提升自己的技能，学生才能在文学领域中有所建树，并获得更多的发展机会。

总而言之，除了扎实的专业知识，培养和提高写作和创新能力、掌握相关的技巧和方法，对于汉语言文学专业的学生和从业者来说都是非常重要的。这些能力和技巧的培养可以使他们在文学事业中取得更好的成绩，并为个人的发展提供更多的机遇和可能性。

八、以信息为依据

在当今信息爆炸的时代，具备网上获取信息的能力和灵活运用各种媒体获取多学科学习资源的技能对于学习和教学都非常重要。通过网络和各种在线资源，学生可以方便地获取到丰富的学习资料、研究文献和学术资源。具备网上检索信息的能力可以帮助学生快速准确地找到所需的信息，并进行有效的筛选和整理。同时，学生还可以通过网络与其他学生、学者和专家进行交流和合作，拓宽自己的学术视野，获得更多的学科资源和知识。

学生可以通过在线学习平台、虚拟教室等进行学习和互动。掌握运用各种媒体获取多学科学习资源的技能可以使学生更好地适应远程教学的环境，有效地参与学习活动并获取所需的学习材料和资源。同时，学生也可以通过多媒体的运用将自己的学习成果进行展示和分享，促进学科建设和知识传播的综合发展。

综上所述，随着现代信息社会的发展和电大远程开放教学模式的推广，汉语言文学专业的学生需要具备网上获取信息的能力和运用各种媒体获取多学科学习资源的技能。这将为他们的学习、教学和学科建设提供基本依据，并有助于他们更好地适应多元文化和多学科交互影响的学习环境，提升自己的综合能力和竞争力。

第三节　基于新媒体的汉语言文学教学课件制作

一、新媒体课件的特性及要求

（一）新媒体课件的教学特性及要求

课件具有教学的属性，承载着教学的功能，其最终是为教学服务的。因此，在制作新媒体课件时应该根据教学特性进行。应用新媒体的目的就是借助其交互优势和视听优势，将抽象的、难以直接用语言来表达的概念和理论以形象的、易于接受的形式呈现给受众。所以一定要重视情境的建立、过程的分析，由形象到抽象，由感性到理性，从而揭开现象的奥秘，概括出概念，总结出规律。遵循教学特性、恰当地利用新媒体技术，能提高受众的学习兴趣，加深其对概念的理解程度，增强知识的记忆效果，有利于难点的突破，课件是为教学服务的，在制作的过程中必须遵循教学的原则，包括课件的安排、顺序，以及教学的节奏等，否则就违背了制作课件的初衷，达不到预期效果。

主题选择是创作课件关键的第一步，要求每个课件所包含的是专业课程内容，必须围绕这个主题（或内容）展开，主题要突出，且符合教学过程，并且内容表达要完整。在学科教学过程中要有效地组织信息资源，提供适度的信息量，通过引导，有重点、有针对性地对教学内容进行讲解，同时注意与受众的交流，提高其获取信息的能力。

讲授者在创设情境和选择媒体时必须针对一定的教学对象和教学环境，采用符合教育心理学的方法，为教学内容安排合理的情节和氛围，以达到预期的目的，所以讲授者首先关心的是利用某个课件进行教学是否有必要。新媒体课件中显示的文字、符号、公式、图表及概念、规律的表述式力求准确无误，语言配音也要准确，以避免出现科学性错误而造成对受众的误导。

课件的操作要尽量简便、灵活、可靠，便于讲授者的控制。在课件的操作界面上要设置明显的菜单、按钮和图标，同时要避免层次太多的交互操作，以避免对线索连接的干扰。画面的布局要突出重点，同一画面对象不宜多，以避免或减少引起受众注意的无益信息。要注意动物与静物的色彩对比、前景与背景的色彩对比、线条的粗细、字符的大小，以保证受众能充分感知对象。要避免多余动作，减少文字显示数量，过多的文字阅读不但容易使人疲劳，而且会干扰受众的感知和凸显内容。

应利用认知学习和教学设计理论，根据教学需要，适当增加课件展现的动感和创设动画，增强教学的积极性、生动性，使受众通过多个感觉器官来获取相关信息，提高教学信息传播效率。但动作不能太夸张、太频繁，动画要自然合理，否则会干扰受众的思考。应将画面造型、构图、色彩、透视等各种艺术手段在屏幕上进行合理布局和恰当运用，以使动画的画面具有优美的造型、鲜艳的色彩、合理的构图，但要防止单纯提高画面的艺术美而冲淡教学主题。

新媒体的运用也要根据教学内容及教学目标来选择，使不同的教学方法有机结合、优势互补，这样才能收到事半功倍的教学效果。

（二）新媒体课件的学科特性及要求

新媒体课件具有很强的学科性。不同的学科有其鲜明的特点，因此，课件除了内容，在形式上也应该反映出相对应的学科性。如果课件制作的风格偏离了本学科，则其会使受众对于所讲的内容缺少归属感，会产生心理的不适应感。另外，学科性同时还包含科学性，有的学科性具有自然科学属性，有的学科具有社会科学属性，因此，课件制作要注意不违反科学性，违反科学性就是违反客观规律，就会误导受众，也会降低讲授内容的可信度。课件无论是对现象、概念和规律的描述与表达，还是对实验或练习题内容的讲解等，都应当符合科学性、逻辑性并正确无误。

不同的学科形成不同的学科环境和学科特征。一般而言，课件的内容就具有学科性，因此，内容上的学科性问题一般不存在，但在形式上很常见的问题是，课件中所用的色彩、图案和背景与本学科有较大的不同。例如，有的物理课件，在幻灯片中用了古长城做背景；有的语文课件，在幻灯片中用数学绘图做背景。这些都是课件制作不当的例子。自然科学的课件，多用冷色调，这有利于受众深入思考，而社会科学的课件则可以用一些暖色调来烘托气氛。对于理科类的课件，如课件要展示实验过程，则要考虑到受众是否能看得清楚；如课件中有公式表达，则要考虑推导过程是否连贯。对于文科类的课件，则要处理好文字与图片的关系，有的是以文为主，以图为辅，有的是以图为主，以文为辅。

针对学科的特点，在制作相关的课件时应遵循其学科要求，否则再精美的课件也没有实际价值。只要把握好课件与学科特点之间的关系，课件就能满足各类学科的教学需要。

二、新媒体汉语言文学教学课件制作的原则

（一）协调统一原则

协调是对两个以上的元素之间关系的一种调整，目的是使之和谐一致、搭配得当。所谓"一致"，不是要求课件各元素要同样，否则就没有协调的必要了；反之，这些需要协调的元素之间通常是一种对立的关系，通过调整各自比例，使之达到最佳搭配状态，使整体服从于同一目的，例如黑与白的协调、红与绿的协调、高与矮的协调、男与女的协调、内容与形式的协调、文字与图片的协调、文字与动画的协调等。它们的最佳搭配比例依赖于人的主观判断，这需要经验的积累。

协调还要求同一类元素具有同一特征。例如，课件除封面和底面外，各张幻灯片的背景是一样的。不同级别的标题的字体大小、颜色、进入和退出的动作可以不一样，但同级别标题的字体大小、颜色、进入和退出的动作则要求一样。不同幻灯片的内容字体也应尽可能统一。统一具有象征性意义，使受众易于识别，同时也使不同类元素之间更加协调，化繁杂为简单、化混乱为有序。

（二）简洁有序原则

简洁原则就是要求文字要简练，图片要经过精心挑选，动画要突出重点、不拖泥带水。这样就给每张幻灯片留出了一定的空白，称为留白。留白可突出重点，协调文字和背景，也是一种美的需要。幻灯片除了留白，还要适当留边，也就是在内容安排上不要占满四边。

留白既可以给人带来心理上的松弛，也可以给人带来紧张感与节奏感。只有照顾了整个页面空间的分配，留白才能表现出一定的活力。新媒体课件设计也是如此，页面上的空白部分，同其他页面内容如文本、图片、动画一样，都是讲授者在制作新媒体课件时要斟酌的。可见，在排版布局中，人们经常在不知不觉地利用着留白。利用留白的体量感来使页面布局平衡，在一种不平衡中营造平衡，就会使页面生动起来。应该在新媒体课件中通过留白的作用，使整个内容排布得松紧有度，给人以跌宕起伏之感。许多人会觉得幻灯片空白处不充分利用很可惜，于是用大量的文字和图片去填充，这是不好的做法。幻灯片上堆砌的文字过多，会造成受众在听觉与视觉上不一致，眼睛看到的句子与耳朵听到的句子不同，影响听课的效果。另外，受众还未来得及读完全部文字，授课者已经将幻灯片跳转到下一张，这同样影响教学效果。

有序原则要求结构有序和动作有序。有序具有时空性，有序与留白也相关。具体而言就是文字安排有章可循，每个元素进退有先后之分，不要有过多的穿插。文字的展现尽可能按照一般书写的顺序，从左至右。

（三）动静相宜原则

高水平的课件离不开动画，课件中动和静是相对的，同样有协调的问题。需要注意的一点是，有动才能有静，有静才能有动，它们互为反衬。动画所占的比例一般为 20% ~ 30%，如果每一页画面上都有元素不停地动，这样就干扰了受众的视线，分散了受众的注意力。

三、新媒体汉语言文学教学课件制作的要素

课件制作涉及多个要素，这些要素包括文字、线条、图片、动画、视频、声音等。这些要素有机地组合成课件，可以使课件形式生动、内容丰富。一般而言，课件只用到上述要素中的几个。有了这些要素，并不一定能制作出理想的课件，只有恰当地运用这些要素才能制作出期望的课件，这就要求制作者对这些要素及其运用有一定的认识。另外，课件

制作的先后顺序，即制作流程对课件效果的好坏以及制作效率也有一定的影响，这也是值得注意的。

（一）文字

1. 文字在汉语言文学教学课件中的作用

文字在汉语言文学教学课件中是不可或缺的。文字有助于对汉语言文学教学课件中讲授的内容进行解说，受众可通过文字准确地理解授课者要表达的内容，达到教学的目的。国产的课件制作软件提供有多种中文和英文字体。在汉语言文学教学课件中，尽管同一文字表达的意思一样，但对受众来说对于相同的文字，其不同的字体和色彩所引起的感觉及产生的影响是不一样的，课件所产生的效果也不一样。针对不同的课件用途和不同的教学效果，应选择不同的字体和色彩。

2. 文字在汉语言文学教学课件中的分类及效果

宋体字是结构方正匀称的印刷体字，在语文教学课件里，一般用于教学内容、注释、说明。宋体字过大时缺乏浑厚有力的格局，用于小标题或中标题应适当加粗字体。

黑体字结构严谨，具有笔画单纯、浑厚有力、朴素大方和引人注目的优点。大标题包括中标题是教学内容的主干，因此，在教学课件制作中，大标题或中标题一般采用黑体字。黑体字能起到承上启下的作用，受到大多数受众的喜爱。但黑体字只有字的骨骼，比较平板，缺少美学中的韵律与变化。对于篇幅较长的文字内容，若使用黑体字，受众长时间阅读会易引起视觉疲劳，在课件制作中应特别注意这个问题。

为了丰富语文教学课件字体的内涵，在教学课件中使用中国传统书法字体，如隶书、魏书、楷书、草书、行书等，能增添教学课件的审美情趣。从艺术特征来说，隶书端庄典雅，具有韵律美；魏书刚健，具有力量美；楷书工整，具有秀丽美；行书、草书富有变化，具有动感美。低龄青少年受众生性好动、活泼可爱，针对他们做的教学课件，文字字体应活泼，以吸引他们的注意力，提高课堂教学效果。

（二）线条

1. 线条在汉语言文学教学课件中的作用

线条除了有分隔、强调的作用外，还同时具有引导和修饰的作用。不同粗细、颜色的线条和虚实线互相搭配的线条都会体现出不同的风格和特点，让整个画面看起来效果更为统一。而且粗细、疏密不同的线条也会产生不同的画面感、节奏感和艺术感，合理的搭配会让人感受到愉悦的审美观感。比如，在制作课件过程中，为了使教学内容声情并茂，人们会通过图片、音频、视频和文字多种形式的组合予以表达。线条的合理使用能够让版面变得合理清晰、内容清楚，还能够帮助读者迅速找到课件的重点。

线条是最常用的编辑方法之一，不仅能够在排版中起到区分的作用，还可以起到强调重点、引导和提示的作用。观众的关注点往往就是被线条所引导的。当然这不是说要在版面设计中使用大量的线条，过多的线条反而会产生相反的效果，同一版面内不需要有过多的线条样式。

2. 线条在汉语言文学教学课件中的分类及作用

线条具有丰富的表现形式，线条的长短、粗细、曲直、方向、位置的不同变化，会产生不同的视觉语言。细线给人纤细、干净的感觉，粗线给人粗犷、壮实的感觉；直线给人果断、肯定、简洁的感觉，曲线则给人柔和、婉转、优雅、不确定的感觉；垂直线富于力度感、伸展感，水平线具有稳定感。不同的线条有不同的效果。

线条在版面中起着分割版区的重要作用，是用来划分版区的一种最常见的手段。分隔线可把各区域明显地区别开来。具体而言，使用曲线分割版面会形成一定的韵律感。

线条的粗细可起到调节视觉重心的作用。在使用线条分割版区的同时线条会有相对的关联作用，人们常常注意到线条后，注意力集中在线条附近，两个区域中接近线条的内容常常会被关联起来。虚线和实线一起使用会产生一种"单板中的变化"的效果。如果采用一个实线方框把文字框起来，人们会觉得比较呆板，如果在实线框里面加个虚线做衬线，那相对来说就有点变化了。此外，通过改变虚线的大小，可把虚线当作修饰物使用。

(三) 图片

1. 图片在汉语言文学教学课件中的作用

随着信息时代的到来，新媒体课件中大量地使用以图片为主的视觉元素。图片因便捷性和形象化特征在课件中越来越多地被使用到，教学图片的使用使教学课件更为形象化和便捷化。新媒体课件中对于图片的使用，一方面，能够激发学习者的学习积极性和创造性；另一方面，还能够便于学习者迅速地把握学习的重点，更好地理解和记忆学习内容，更直观地认识和学习到知识。

从教学的角度而言，图片教学能够让教学更为形象化和具体化，得到更理想的教学效果。教学中之所以应用图片是因为学习者通过图片能够获得视觉的表象特征，而这些表象特征又被认为是人类重要的记忆存储形式和编码形式。当然，学习者在学习过程中通过课件图片获得的表象特征，能够帮助学习者理解和记忆，创造出人性化的学习环境，提升学习者的学习积极性，能够更容易实现学习的目标。

从心理学角度而言，图片能够直观直接地刺激到人的视觉神经，而视觉是人类获得信息的最主要方式，通过图片开展教学就能够让学习者最直观地获得教学信息。由此可见，在教学课件中应用图片对于教学目标的实现有重要作用，学习者不仅能够通过图片激发学习兴趣，提升学习积极性，更有助于学习者更有效地掌握所学知识。从这个角度而言，图片的使用对于推动教学、提升学习兴趣、实现教学目标有着重要的推动作用。

2. 图片在汉语言文学教学课件中的分类及功能

对于教学课件而言，图片的重要作用不言而喻。它既能够美化课件，也可以展现出教学的内容，形式更是丰富多彩。不同形式的图片对于教学而言会有不同的价值，产生不同的影响。

（1）装饰性图片。装饰性图片是当前新媒体课件中应用最为广泛的图片类型。这类图片通常是作为教学辅助内容而应用到课件中，这些图片一般与教学内容没有关联性，它的作用主要是美化课件，让课件的整体设计更具观赏性，更能激发学习者的学习积极性，同时也能作为知识点的分割或提示。这类图片的主要作用是解决单纯文字性内容枯燥无味的问题，让学习者更乐于完成学习内容。教学者在使用这类图片时要注意的问题就是尽量使用简洁的图片，不要让图片看起来过于花哨，以免主次颠倒，让学习者本末倒置。

（2）程序性图片。程序性图片主要是通过一系列操作性的图示说明一些程序性知识和内容，较多地应用在操作性实验内容的课件讲解中。

（3）表征性图片。表征性图片可以代替课件中某些重要的信息内容，通过图片直观化展示信息。比如，在地理教学课件中，教师讲解海洋和陆地相关知识时，就可以通过表征性图片予以说明，解释文字内容，让学习者更容易理解学习内容。

（4）解释性图片。解释性图片的作用是能够将抽象内容通过形象直观展示和说明图片，让学习者通过直观视觉理解抽象文字。比如，对于刚入学的低龄学童而言，数学的加减法知识对他们而言还比较抽象，那么通过形象化的图片进行讲解就能够让学习者更容易理解和接受并记忆。

（5）转换性图片。转换性图片是将抽象知识转化成直观图片形式，让学习者通过视觉帮助记忆。这类图片的作用是帮助学习者联想记忆，有助于他们记忆知识点，深化对所学知识的认识。使用这类图片时要注意辨别受众的年龄、生活等，选择合适的图片帮助他们形成深刻印象，加深记忆。

（四）视频

1. 视频在汉语言文学教学课件中的作用

视频教学是指以视频为手段，围绕需要讲解的问题构建具有针对性的教学情境，通过一些视频资料将教学情境立体化，以此来启发受众，引导受众加深对课件内容的理解以完成教学工作的方式。视频教学以生动直观的教学情境，动态全面地展示教学的过程，激发受众的兴趣与学习热情，加深受众对课件内容的理解，其已成为课堂教学的核心方法。视频在课件教学中具有以下作用：

（1）在教学中使用视频使课堂教学活动变得活泼、生动有趣，富有启发性、真实性，可以从根本上改变传统单调的教学模式，活跃受众的思维，激发受众的学习兴趣。

（2）视频所包含的信息量大，特别对于一些知识重点、难点，应用普通教学手段难以讲清楚，而视频将大量信息集中在一起，动态地展示了知识内容，使一些抽象难懂的知识变得直观形象。

（3）在教学中采用视频使授课过程变得方便快捷，节省了教师授课时的板书时间，有效地缩短了教学时间、提高了教学效率、节约了教育经费、降低了教育成本。

2. 视频在汉语言文学教学课件中的具体应用

（1）用视频导入新课。利用视频引发受众的好奇与期待、激发其学习兴趣显得至关重要，在新课导入中采取先放映视频再讲授的教学模式能收到很好的教学效果。

（2）用视频讲授新课。应结合视频案例去讲授新课以加深受众的理解。在教学过程中有针对性地选择一些视频资料，通过这些视频资料结合具体的现实问题来分析教材中的理论，同时力求所选取的视频资料能够创造和谐、愉悦、令人产生共鸣的教学情境，从而帮助受众加深理解，达到事半功倍的教学效果。

（3）用视频延伸课堂教学内容。课堂教学的最终目的是让受众在今后的生活工作中将所学知识运用于实际，做到学以致用。视频有很强的生活性、现实性，利用视频来拓展受众对问题的理解，针对一些经典的视频资料展开课堂讨论，可以使受众密切联系实际来分析问题，使课堂知识得到巩固升华，这对受众今后的工作、生活可起到积极的指导作用。

（五）声音

新媒体课件中的声音，在突出主题、渲染气氛、衬托背景、调节情绪、强调提醒、传播信息、模拟再现等方面对课堂教学有着特别的作用。

1. 声音在汉语言文学教学课件中的特征

针对声音不同的运行载体、运行环境和运行方式，新媒体课件中声音的使用也具有以下不同的特征：

（1）非线性。这是针对新媒体课件中声音的整体特征而言，这里的非线性是指声音在课件中不是按照课件时间的推移和画面的变化播放，而是按照本身的顺序从前往后地播放。人们通常理解中的声音都是按照时间顺序和画面相结合呈线状分布播放，画面和声音是同步的，画面播放一遍，声音也从头到尾播放一遍。但新媒体课件中的声音就呈现出了非线性的特征，课件展现的内容在哪里，声音都可以在哪里播放。

（2）易控性。新媒体课件中的声音可选择性比较多，对于声音的控制力也很强大，既可以是合成加工后的声音，也可以将音乐或人声放在不同的声道中，根据课件情况分别播放。在运用新媒体课件进行教学时经常会遇到以下情况，就是如果某些音乐或背景声音影响了教学效果，这时就可以将其关掉，仅保留人声解说。新媒体课件能够实现声音和画面的互动性，也可以实现某些关键声音的重复播放或背景音乐的改变，也可以改变声音的播放顺序，还可以根据课件使用者的需要变换或跳转某些音乐或声音。

（3）功能性。新媒体课件中的声音同样具有突出主题、衬托背景、烘托气氛、传达信息、调节情绪等作用，这与影视声音的作用基本一致，只不过在声画结合上更趋于完美。新媒体课件中的声音运用了数字式信号，方便加工、编辑和修改，音响效果更为逼真，声音与画面的衔接也更为紧密。新媒体课件在某种程度上进一步发挥了声音的功能，在人机转换、声画结合等方面加入了特定处理，通过按钮和图标就能够实现音效的提示性播放，如此既能够提升学习者的学习积极性，还能够让学习者对所学内容进一步加深理解和认识。

2. 声音在汉语言文学教学课件中的作用

（1）用于内容的分隔和强调。在课件中的内容转接位置，如在新标题呈现时，加入适当的声音，就能起到对内容的分隔作用，使课件和课堂讲授的层次感更强，并能引起受众的注意。另外在重要和关键的知识点上，插入某种短促的声音，就能起到强调的作用，可加深印象、增强记忆。

（2）用于背景的衬托和渲染。根据教学内容安排与其相适应的声音能起到对背景衬托和渲染的作用，加强教学效果。一是对幻灯片背景配音；二是对幻灯片的部分背景，如插图配音；三是课件中视频的背景声音。背景声音一般为音乐。音乐是对情感的抒发，其与背景的景象互相衬托并结合而形成特定的情景。音乐与背景应谐调，同时音乐和背景的选择必须服从教学需要。背景音乐不能干扰授课者讲课，也不能分散听课者的注意力和干扰听课者听课和思考。背景音乐的播放时间不宜过长。

（3）用于信息的表达和传递。声音可以是课件视频中人物的对话和旁白，也可以是课件中动画人物的对话，还可以是课件中隐形人物的旁白和解说。除非特别需要，一般情况下讲授者不宜在课件中用旁白和解说的方式讲解教学内容。

（4）用于发音的纠正和示范。这种情况在语言教学，如中文教学和外语教学中应用较多。教师为了纠正受众个别词汇的发音并示范，需要反复进行演示，如果都由授课教师来纠正，教学就会变得很乏味。如果使用发音标准、声音悦耳的人预先录制其声音并将之插入课件的指定位置，在教学过程中通过单击的方式播放，则能增加教学的新鲜感，减轻教师的教学劳动量，极大地提高教学效果。

（5）用于课间的放松和调节。将课件中好听的音乐在课间播放可以舒缓受众的紧张情绪，调节心情，缓解疲劳。

第四章 新媒体环境下汉语言文学教学的模式创新

第一节 微课模式在汉语言文学教学中的应用

微课是信息时代诞生的一种新型授课模式，以视频为主，打破了传统教学在时间和空间上的限制，在汉语言文学教学中有着显著的应用价值。作为教师，要认识到微课的优势，在汉语言文学教学中积极应用微课来引导学生学习，构建高效课堂，促进教学目标的高效实现。

微课就是在信息技术基础上，将学习内容以数字化形式呈现出来。微课的实施建立在信息技术基础上，其核心内容就是课堂教学视频，这类视频的时间一般在 5~10min，视频内容是针对某一知识点的讲解。还有就是微课模式下，教师的教与学生的学都不再受时间和空间的限制，极大地便利了教与学。随着现代化教育的发展，微课教学模式逐渐活跃起来，逐渐成为现代教育的主流。作为教育工作者，要深入了解微课，善于应用微课取代传统的教学模式，从而实现高效教学。

一、微课在汉语言文学教学中应用的意义

汉语言文学是我国优秀传统文化的重要组成部分，传承和发展汉语言文学的教学具有重要意义。通过开展汉语言文学教学，不仅可以促进中华优秀传统文化的传承与发展，还可以培养学生的情操，丰富学生的情感世界，提升学生的人文素养。在现代教学手段中，微课作为一种新兴的教学方式，在汉语言文学教学中具有巨大的应用价值。

首先，微课的核心内容是视频，通过以视频形式呈现知识，可以让学生摆脱传统的说教式课堂，激发学生的学习热情，提高他们的参与度和专注度。视频形式生动直观，可以通过图像、声音和动画等多种元素，将文学作品、历史背景、文化内涵等内容生动展现，使课堂充满活力。

其次，微课教学模式使汉语言文学教学不再局限于教材，教师可以利用丰富的微课资源辅助教学，拓展课堂教学的深度和广度。教师可以通过微课展示不同时期的文学作品、名家经典的解读、文化背景等，为学生提供更多的学习资源和知识视野。这不仅能够增加学生对文学的兴趣，还能够提高他们的文学素养和审美能力。

再次，微课内容具有针对性，针对某一特定的知识点进行讲解。在汉语言文学教学中应用微课，可以突破教学的难点和重点，帮助学生更加高效地理解和掌握知识。通过微课的精心设计和讲解，教师可以将复杂的文学概念和技巧以简洁明了的方式呈现给学生，提高他们的学习效果和成果。

最后，微课作为一种在线学习资源，可以使学生摆脱时间和空间的限制，自主选择学习的时间和地点。学生可以根据自己的学习进度和需求，随时随地地进行学习，有助于他们更好地利用碎片化时间进行有针对性的学习。同时，学生还可以通过互联网平台与其他学生和教师进行互动和交流，促进学习的互动性和合作性。

汉语言文学教学与微课的结合具有广阔的发展前景和深远的意义。通过充分利用微课资源和教学模式，可以提升汉语言文学教学的质量和效果，激发学生的学习兴趣和创造力，促进学生对优秀传统文化的传承和发展。微课在汉语言文学教学中的应用将为培养具有深厚文化底蕴和创新精神的人才做出积极贡献。

二、微课在汉语言文学教学中的应用

随着现代教育改革的深入，微课教学模式已经开始普及。微课教学模式更加灵活，符合现代教育的需要。在汉语言文学教学中，微课教学模式的优势是显而易见的，教师要积极应用微课，激发学生学习的主动性，进而实现高效的课堂教学。

（一）微课在课堂导入环节的应用

课堂导入是课堂教学中的重要环节，对于汉语言文学这样相对枯燥的学科而言，如何有效吸引学生的注意力、调动学生的学习热情，以实现高效的课堂导入，是教师需要面对的挑战。然而，通过应用微课的方式，教师可以摆脱传统的导入方式，使学生的学习变得丰富、有趣，并最大限度地调动学生的积极参与和学习动力。

在课堂导入环节，教师可以利用微课这一多媒体教学资源的形式，将教学内容制作成精彩的课件，并上传到学习平台供学生在课前预习。通过让学生提前接触教学内容，了解汉语言文学的知识点和教学要求，可以开阔学生的知识视野，为后续的学习做好准备。

通过微课导入，学生不再局限于传统教材的内容，而是可以接触到丰富多样的微资源。这些资源可以以动画、音频、视频等形式展现，具有生动、形象的特点，能够吸引学生的注意力和兴趣。例如，可以使用动画片或视频短片来展示与汉语言文学相关的经典作品或文化背景，引发学生对文学艺术的兴趣和探索欲望。同时，教师还可以设计一些趣味性的互动环节，如小测验、问题讨论等，让学生参与其中，积极思考和交流，促进学生的主动学习。

通过微课导入的方式不仅可以吸引学生的兴趣，还能提高教学效果。学生通过预习微课，已经对教学内容有了初步的了解，能够更好地理解和消化课堂上的知识点，提高学习效率。微课可以提供更多形式的信息呈现，如图表、图片、实例等，帮助学生更加直观地理解和记忆学科知识。微课的互动性也能够激发学生的思考和探索精神，培养学生的创造力和批判性思维能力。

当然，在应用微课导入时，教师需要注意教学内容的选择和设计。应根据学生的年龄、认知水平和学习需求，选择合适的微资源，并合理安排导入的节奏和时间；同时，教师还须与学生进行有效的互动和讨论，及时激发学生的思考和问题提出，促进学生在微课导入的过程中积极参与和学习。

（二）微课在课堂教学中的应用

课堂教学是汉语言文学教学的关键环节，然而在有限的时间内高效传达知识，需要教师采用科学有效的方法。传统的宣讲式教学方式往往难以激发学生的学习热情和直观地感受汉语言文学的魅力。因此，教师应克服传统的说教方式，寻求更具创新性和互动性的教学方式。

在汉语言文学教学中，教师可以以教材为基准，应用微课来呈现教学内容。微课可以以视频的形式展示，通过视觉冲击力强的影像效果，让学生直观地感受汉语言文学的魅力。例如，在讲解古诗词时，教师可以借助多媒体技术，播放一些古诗词朗诵的视频，让学生通过观看视频来体验古诗词的美妙之处。这样的教学方式可以增强学生的体验感，引发学生的情感共鸣，激发学生的学习热情。

除了以微课的形式呈现教学内容，教师还可以结合多媒体技术，提供丰富的辅助材料来支持课堂教学。通过多媒体的展示，教师可以补充讲解教材中的知识点，拓展课堂的深度和广度，帮助学生更全面地理解汉语言文学。例如，教师可以展示与教材内容相关的图片、音频、视频等素材，让学生通过多种感官的参与来深入理解文学作品的意境和内涵。

在微课的支持下，教师还可以设计一些互动环节，让学生积极参与课堂。例如，教师可以提出具有代表性的研究课题，并组织学生进行小组讨论，鼓励学生自主思考、交流意见，共同得出结论。这样的互动环节可以促进学生的主动学习和批判性思维能力的培养，激发学生对汉语言文学的深入思考和研究兴趣。

（三）微课在课后复习中的应用

课后复习是课堂教学的重要环节，有效的复习可以帮助学生巩固课堂所学知识，提高学习成效。然而，传统的课后复习方式往往单一且枯燥，学生通常只是翻阅教材和笔记，效果有限。在汉语言文学这门学科中，由于内容相对较为抽象和枯燥，需要教师采取创新的方法激发学生的学习兴趣，使课后复习变得更加有趣而高效。

微课作为一种现代化的教学手段，在课后复习中具有重要作用。首先，教师可以将课堂教学内容以微课的形式上传到学习平台，方便学生随时回顾和复习。学生可以根据自己的学习进度和需要，自主选择复习的内容，有针对性地进行复习。这种灵活的复习方式不仅提高了学生的主动性和自主学习能力，还使学生能够更好地理解和掌握汉语言文学知识。

另外，教师还可以构建精品课程库，为学生提供丰富的学习资源。通过收集和整理优质的学习材料、文学作品、历史背景等，教师可以为学生提供多样化的复习资料。学生可以根据自己的兴趣和需求，选择适合自己的学习资源进行复习。这样的个性化复习方式可以激发学生的学习兴趣，提高学习的积极性和效果。

在微课的支持下，学生可以通过多种形式来进行课后复习，如观看教学视频、参与在线讨论、完成练习题等。这些多样化的学习形式可以帮助学生更好地理解和应用汉语言文学知识，提升他们的语言表达能力和文学素养。

三、汉语言文学教学中应用微课的要点

（一）提高微课教学模式在教学过程中的地位

微课教学作为一种新型的教学方式，在汉语言文学教学中具有重要的作用和潜力。然而，学校的部分领导和教师对于微课在教学中的应用还存在认识不足的问题，缺乏对微课资源开发的积极性和主动性，这对于微课在汉语言文学教学中的推广和应用造成了一定的阻碍。因此，转变教师的教学观念，提高微课在汉语言文学教学中的地位，成为必要的举措。

第一，学校应该加强对微课教学的宣传和培训，提高教师对于微课的认识和理解。通过组织专题讲座、研讨会等形式，介绍微课教学的优势和应用案例，让教师了解微课在汉

语言文学教学中的价值和潜力；同时，学校还可以邀请专家或有经验的教师进行微课教学的培训，提供教师所需的技术支持和教学指导，帮助他们掌握微课制作和应用的技能。

第二，学校可以鼓励教师积极参与微课资源的开发和分享。教师可以根据自己的教学经验和特点，设计并制作适合汉语言文学教学的微课资源，并将其上传到学校的教学平台或共享平台上供其他教师使用。通过鼓励教师之间的资源共享和交流，促进微课教学的广泛应用，形成良好的教学互动和合作氛围。

第三，学校可以建立微课教学的评估机制，对教师的微课教学进行评价和奖励。通过对微课教学质量的评估，可以激发教师对微课教学的积极性和创造性，促使他们不断提升微课的制作水平和教学效果。同时，学校可以设立奖励机制，鼓励教师积极参与微课教学，推动微课在汉语言文学教学中的广泛应用。

（二）提高教师对微课的了解及制作能力

微课作为一种现代化教学手段，要想发挥其应有的作用，关键在于提升教师的微课教学能力。教师作为教学活动的组织者、实施者，如果不了解微课，在应用微课过程中就会出现各种问题。因此，提升教师的微课教学能力十分重要。需要强调的是，要提升教师了解、应用微课的能力，教师要做到以下三点：

第一，为了推动微课在汉语言文学教学中的应用，学校需要给教师提供专业培训，以加强他们的汉语言文学专业知识教育和微课培训。这样的培训将有助于教师更好地理解微课的概念、原理和应用方法，并提升他们在微课教学方面的能力和技巧。

第二，教师在推动微课在汉语言文学教学中应用的过程中，需要积极主动地深入了解微课，并掌握微课的特点和应用方法。这样的努力将有助于提升教师的微课教学能力，有效地应用微课来辅助教学，实现教学活动的顺利进行，以及教与学的统一。

教师应主动寻求微课相关的培训和学习机会。学校和相关机构通常会提供针对教师的微课培训课程，教师应积极参与这些培训，了解微课的基本概念、原理和制作技巧。通过培训课程，教师可以学习如何选择合适的教学内容、设计精彩的微课，以及如何运用多媒体和互联网资源来丰富微课的教学效果。教师可以与拥有微课教学经验的同事进行交流和合作。这样的交流可以通过参加研讨会、专业交流活动或加入教学社群等方式实现。通过与有经验的教师分享实践经验和教学资源，教师可以了解微课教学的实际操作和应用技巧，获得宝贵的教学启示和建议。教师还可以利用网络平台和资源，自主学习和研究微课的相关知识。现在有许多在线教育平台和资源库提供丰富的微课内容和教学案例，教师可以根据自己的需求和兴趣选择适合的微课资源进行学习和借鉴。同时，教师也可以利用社交媒体和教育专业论坛，与其他教师进行交流和分享微课教学的经验和成果。

第三，教师应当掌握挑选及制作微课的能力。诚然，网络为汉语言专业的学生提供了大量的微课资源，但是网络微课针对的学生群体是不同的，举例来说，网上既包含为自考生准备的微课，也有专门为研究生准备的微课，虽然两者有很大一部分内容是重合的，但是仍然存在明显不同。如果教师为学生挑选的微课并不符合学习阶段对学生知识储备的要求，那么微课对汉语言学生的辅助功能就没有办法得到充分发挥，故此，不断提升自身挑选微课的能力是教师在汉语言教学中使用微课的一个重要前提。同理，根据学生的学习情况和学习任务制作有针对性的微课，使得这一新型教学资源能够充分发挥自身作用，也是教师需要掌握的一项重要能力。

（三）组织课堂讨论

在汉语言文学教学中，微课作为一种呈现知识的手段，旨在帮助学生更好地理解教学内容。然而，仅仅通过观看微课视频是不够的，课堂讨论在微课教学中扮演着重要的角色。通过课堂讨论，教师可以引导学生深入思考，促进学生的互动和合作，从而加深对知识的理解和消化。

在微课呈现知识的过程中，教师应围绕视频中的重点内容组织学生进行课堂讨论。通过提出问题、引发思考和分享意见，教师可以激发学生的学习兴趣，培养学生的批判性思维和问题解决能力。在讨论过程中，学生可以交流彼此的观点和理解，共同探讨知识的深层次含义，从而拓展思维的广度和深度。

同时，教师在课堂讨论中应该确立小组发言人的角色。在小组讨论结束后，小组发言人可以将讨论成果进行陈述，并将讨论过程中的疑点和难点反馈给教师。通过小组发言人的汇报，教师可以了解学生在讨论中的疑惑和困惑，并有针对性地进行重点讲解，帮助学生解决问题，进一步巩固和加深对知识的理解。

课堂讨论不仅可以激发学生的学习兴趣和思维能力，还能促进学生之间的交流与合作，培养学生的团队合作精神和沟通能力。通过积极参与课堂讨论，学生可以相互启发、相互学习，共同构建知识的网络，形成合作学习的氛围。

因此，在汉语言文学教学中，教师应充分利用微课资源，通过课堂讨论的方式，引导学生深入思考和互动交流，从而加深对知识的理解和应用。通过课堂讨论，学生将不再是被动接受知识，而是主动参与其中，建构自己的知识体系，实现真正的学与教的统一。

（四）构建学习平台

在微课应用的过程中，公共学习平台是不可或缺的工具。构建一个完善的公共学习平台可以为教师和学生提供便利，促进教学资源的共享和学习的自主性。

第一，教师可以通过公共学习平台及时上传教学内容。教师可以将制作好的微课视频、教学文稿、练习题等教学资源上传到学习平台，供学生随时查阅和学习。这样，学生可以在课后进行复习和巩固，加深对知识的理解和应用。

第二，教师可以在公共学习平台上构建精品课程库。通过整理和分类教学资源，教师可以建立一个丰富多样的学习资源库，包括学习资料、参考书目、学术论文等。学生可以根据自己的学习需求，自主选择和学习相关内容，丰富自己的知识储备。

第三，公共学习平台还可以提供学生之间的互动和交流机会。学生可以在学习平台上进行讨论、提问和回答问题，与同学们分享自己的学习心得和体会。这样的互动交流可以促进学生之间的合作学习，扩展学生的学习视野，培养学生的批判思维和创新能力。

第四，为了构建一个完善、标准的学习平台，教师应注重平台的规范和易用性。学习平台的界面设计应简洁明了，功能布局应合理清晰。教师应提供清晰的操作指南，指导学生正确使用学习平台，充分利用其中的资源和工具。同时，教师应定期更新和维护学习平台，确保教学资源的及时性和有效性。

（五）做好教学评价工作

教学评价在微课应用中同样具有重要的作用。通过有效的教学评价，教师可以及时了解学生的学习情况和成果，从而有针对性地调整教学策略和内容，提高教学质量和学生的学习效果。

第一，教师应对自己的教学进行评价和反思。教师可以回顾微课教学的整个过程，分析教学中出现的问题和挑战，总结教学经验和教学效果。通过反思，教师可以发现自身的不足和改进的方向，进一步提升自己的教学能力和水平。

第二，教师应主动收集学生的反馈和建议。教师可以通过问卷调查、小组讨论、面谈等形式，了解学生对微课教学的看法、感受和建议。学生的反馈和建议对教师来说具有重要的指导意义，教师可以根据学生的反馈进行调整和改进，更好地满足学生的学习需求。

第三，教师可以引导学生进行自我评价和互相评价。学生可以根据教师提供的评价标准和指导，对自己的学习情况进行评估，反思自身的学习过程和成果。同时，学生也可以进行互相评价，互相分享学习心得和经验，相互提供建议和帮助。这种自我评价和互评的过程有助于学生自我认知和自我提升，同时也培养了学生的合作意识和团队精神。

在进行教学评价时，教师应注重评价的全面性和多样性。评价不仅应该关注学生的学习成绩，还应包括学生的学习态度、学习能力、学习兴趣等方面。教师可以采用多种评价方式，如作业评价、小组项目评价、课堂表现评价等，综合评价学生的整体素质和能力。

（六）积极施行奖励制度

学校应对那些积极在汉语言文学中引入微课且取得理想效果的教师进行奖励。适当的奖励可以提升人们工作创新的积极性，一旦学校利用奖励，将在汉语言文学教学过程中引入微课的人树立成正面榜样，其他汉语言文学专业的教师也会产生在教学过程中使用微课的热情。故而在将微课引入汉语言教学实践的过程中，学校应适当地给予先行者们一定的奖励，需要强调的是，可选的奖励是多种多样的，无论是物质奖励还是精神上的奖励都能激发教师使用微课这一新兴教学资源的热情。除此之外，学校的相关负责人必须从多个角度对引入微课后汉语言专业教师取得的教学成果进行评判，用客观且公正的评价助力微课这种网络资源重要性的发挥。

（七）注重情境模拟

一直以来，教师行业都是备受汉语言文学专业毕业生青睐的行业，但是随着社会的多元化发展和汉语言人才的不断增加，越来越多汉语言专业的毕业生开始在旅游业和其他行业中寻求自己的立足之地。在这种情况下，汉语言专业毕业的大学生有必要掌握在不同实践场景中运用语言知识的技巧，而微课所具备的虚拟场景构建功能对锻炼学生这方面的能力是极为有利的，故此汉语言专业的教师将微课引入汉语言文学教学体系后须充分利用微课的情境模拟作用。

微课作为信息技术发展的产物，它的出现改变了现有教学格局，推动了现代教育的发展。在汉语言文学教学中应用微课，可以调动学生的学习热情，促使学生参与汉语言文学教学，积极配合教师完成教学任务。但是要想发挥微课的积极作用，教师就必须深入了解微课，提升微课教学能力，结合微课特点来实施教学。唯有如此，教师才能高效传播知识，学生的知识和能力才能得到相应的提升。

第二节　慕课模式在汉语言文学教学中的应用

"现代信息技术以及网络技术的迅速发展和广泛应用促进了社会各方面的发展，就其对现代教育的影响而言，无论从教学理念还是教学内容和教学方式都产生了翻天覆地的变化。慕课作为在线教育中最热门的教育模式，以其大规模和开放性的特点满足了人们自身发展的个性化需求。"① 慕课以网络化学习的开放教育学为基础，可以接受数以万计甚至十余万人同时学习，其发展势头愈来愈迅猛。面对慕课的强势来袭，作为中国高校传统学科的汉语言文学专业必将面临新的挑战与机遇，如何因势利导地进行汉语言文学教学改革也成为教师不得不认真考虑的重要问题。

一、"慕课"对汉语言文学专业传统教学模式的创新

汉语言文学专业作为传统的人文学科，是我国高校最具有本土文化色彩的专业之一，担负着传承与提升全民语言与文化素质的重任。该专业的主要内容是古今中外优秀的文学文化遗产，旨在培养思想道德高尚、视野宽广、具有厚实的国学基础和熟练的语言交流沟通技能的专门人才，重在培养学生的人文素养。这样的人才培养目标使得汉语言文学专业有别于其他应用性强的专业，容易忽视学生的实践能力培养。

与以往视频课程不同，慕课是以专业化的电影手法来制作的，具有足够的视觉与听觉的冲击力，在10分钟左右的视频中，慕课会以其精彩的内容、绚丽或简约的画面、精辟而富有启发的讲解，牢牢地抓住观众（学生）的注意力。

同样一门课，如果让学生在慕课与相对呆板的传统教学方式中选择的话，前者无疑有着明显的、无法抗拒的吸引力。慕课对学习时间的自由管理，随时随地的学习方式，不断收获的过关乐趣，乃至所达到的学习效率，与固定教室的听讲相比，也一样具有无与伦比的优势。

二、开发汉语言文学专业慕课的可行途径

从理论上讲，汉语言文学专业的所有课程都可以"慕课"的形式呈现，但制作一门慕课需要人员、经费、时间上的大量投入，而教师平时还要承担大量的教学科研任务，想要一下子制作很多慕课，是不现实的，也不会达到一个较好的效果。因此，当一个专业计划制作慕课课程时，需要评估自身的优势，找到最好的发力点，集中"优势兵力"，先行打造一至两个成功的慕课课程，以产生示范效应。

（一）发挥学科与教师团队优势

第一，学科专业知识传授。慕课平台可以为学科提供一个全球范围内的学习资源共享平台。教师团队可以利用慕课平台将自己的学科专业知识进行在线授课，向全球范围内的

---

① 刘帅. 慕课对汉语言文学专业教学的影响研究 [J]. 新丝路，2017（8）：108.

学习者传授知识。通过慕课，学科专业知识可以得到更加广泛地传播和应用。

第二，教师团队协同教学。慕课平台可以促进教师团队之间的协同教学。不同学科的教师可以合作开发慕课课程，共同设计教学内容和评估标准，实现跨学科的教学融合。通过协同教学，教师团队可以充分发挥各自的专长，提供更丰富和综合的学习体验。

第三，多媒体和互动教学。慕课平台提供了多媒体和互动教学的丰富功能，教师团队可以利用这些工具和资源进行创新的教学设计。通过视频、音频、图像等多媒体元素的运用，教师可以生动地呈现学科知识，激发学习者的兴趣和参与度。同时，教师还可以设计互动式的学习活动，让学习者通过讨论、问题解答、在线作业等方式与教师和其他学习者互动，促进知识的深入理解和应用。

第四，学习者个性化支持。慕课平台可以根据学习者的需求和兴趣，提供个性化的学习支持。教师团队可以根据学习者的反馈和数据分析，有针对性地进行教学调整和辅导指导。通过慕课平台的学习分析工具，教师可以了解学习者的学习进度、学习习惯、理解困难等信息，为学习者提供个性化的学习建议和辅导指导，帮助他们更好地学习和成长。

第五，学科研究与实践交流。慕课平台可以为学科研究和实践交流提供一个开放的平台。教师团队可以将自己的研究成果和实践经验通过慕课分享给其他教师和学习者，促进学科领域的学术交流和合作研究。通过慕课平台的讨论区、论坛等功能，教师团队可以与学习者和其他教师进行深入的学科讨论和思想碰撞，推动学科的发展和创新。

（二）发挥课程教学的地域优势

第一，提供地域相关的课程内容。慕课平台可以根据地域的特点和需求，开设与当地文化、历史、风俗习惯等相关的课程。这样可以使学生更好地了解和学习自己所处地域的文化和特色，增强地域认同感和归属感。

第二，吸引地方名师参与教学。慕课平台可以邀请当地具有丰富教学经验和知识储备的名师参与课程设计和教学。他们可以通过慕课平台向全国乃至全球的学生传授地域特色的知识和技能，提升教学质量和影响力。

第三，利用地域资源丰富课程内容。地域优势包括自然资源、人文资源等方面。慕课可以充分利用当地的资源，将实地考察、实践操作等元素融入课程设计中，使学生能够通过慕课平台近距离了解地域特色和优势，并进行相关的学习和实践。

第四，打造地域化学习社群。慕课平台可以为学生提供交流和互动的机会，鼓励学生在平台上组建地域化的学习社群。学生可以通过在线讨论、学习小组等形式，与同地域的学生共同学习、探讨问题，形成地域特色的学习社群，相互促进，共同进步。

第五，举办地域主题线下活动。慕课平台可以结合线下实践活动，组织地域主题的线下讲座、研讨会、体验活动等。这样可以让学生在实践中深化对地域特色的认知，增强学习的实际效果和体验感。

第六，提供地域相关的实践机会。慕课平台可以与地方政府、企事业单位合作，为学生提供实践机会和实习项目。学生可以通过参与实践项目，深入了解和体验当地的工作环境和产业特色，提升实践能力和就业竞争力。

（三）寻找专业慕课制作团队合作

第一，线上教育平台。许多知名的在线教育平台提供了慕课制作和合作的机会。这些平台通常有自己的慕课制作团队，可以与这些平台合作，共同开发和推广慕课课程。通过与这些平台合作，可以借助它们的资源和经验，提升慕课的质量和知名度。

第二，教育机构合作。与大学、学院或其他教育机构合作，共同开发慕课课程是另一个选择。许多教育机构已经开始开设自己的慕课课程，并且它们可能有专门的团队或部门负责慕课的制作和运营。与这些教育机构合作，可以利用它们的专业知识和资源，提供高质量的慕课课程。

第三，外包服务商。如果机构没有自己的慕课制作团队，可以考虑寻找外包服务商进行合作。有许多慕课制作公司与团队提供慕课的制作和设计服务。可以根据自己的需求和预算，选择合适的外包服务商进行合作。在选择外包服务商时，要考虑外包商的专业能力、经验和案例作品，确保他们能够满足要求并提供高质量的慕课课程。

第四，自建团队。如果机构有足够的资源和能力，也可以考虑自建慕课制作团队。招聘专业的教学设计师、多媒体开发人员、视频制作师等，组建一支专业的团队来负责慕课的制作和运营。自建团队可以更好地掌控慕课的质量和进度，但也需要投入相应的时间、资金和管理精力。

第三节　混合式模式在汉语言文学教学中的应用

汉语言文学是一门具有丰富语言知识与文化信息的课程，其对增强学生语言素养和提高学生汉语言文学典籍的能力，加强民族自信和文化意识等起着重要作用。而伴随着网络时代的到来，汉语言文学课程受到了严重的冲击，带来了诸多问题，因此需要进行反思，转变教学方法，和时代发展同进步，合理运用网络时代的有利条件，改革教学方式。因此，对"线上+线下"混合式汉语言文学教学相关问题进行研究是很有必要的。

一、"线上+线下"混合式教学的优势

混合式教学实则是面对面线下课堂教学和网络在线学习之混合，是现实教学环境和虚拟网络环境之间的混合，是教师与学生间进行线下和线上沟通之混合，可以帮助学生将学习效果提升，继而促使学生学习成果最大化。但是和传统教学比较而言，"线上+线下"混合式教学模式具有相似的点，其是在以往教学模式基础之上发展来的，目的均为助力学生学习知识、掌握技能，以取得最好的学习效果。但是，根据"线上+线下"混合式教学执行过程以及获得的效果看来，混合式教学具有传统教学不能够比拟的优势。

第一，混合式教学的实施在教学场地和时间限制方面取得了显著的成效。通过线上和线下相结合的方式，教学可以突破传统的地理和时间限制，不再受制于教室容量和固定的上课时间。学生可以根据自身情况选择线上或线下学习，提高了学习的灵活性和便利性。同时，混合式教学也拓宽了课堂概念，不再局限于传统的面对面教学，使得学习可以在更广泛的场景中进行，增加了对课堂和内容的理解。

第二，混合式教学的执行效果在很大程度上取决于学生的积极参与和自主学习能力。教师在混合式教学中扮演的角色更多的是引导者和指导者，鼓励学生主动参与学习过程，培养他们的自主学习能力。学生在混合式教学中能够成为课堂的主体，他们需要自主选择学习方式、管理学习时间，并积极参与课堂互动和讨论。这种角色转变使得学生的主动性和参与度得到了充分展现。

第三，混合式教学也体现了对话教学的本质，打破了传统课堂中单一的教师说教模式。教师与学生之间、学生与学生之间的沟通得到了更多的机会和平台。通过线上讨论、在线交流和协作等形式，学生可以更自由地与教师和同学互动，分享想法、提出问题和解决问题。这种互动与对话促进了知识的交流和深化，激发了学生的思考和创造力。

二、"线上+线下"混合式汉语言文学教学的对策

（一）课前合理运用网络获得备课资源

汉语言文学教师不但需要有扎实的语言学知识，还需要学习合理借助网络查询资料，从而科学利用。当前，和汉语言文学教学有关的网络平台在持续涌现出来，如此给教师提供了海量的备课资源。这部分资源涵盖了多种类型的网络媒体素材与教学课件、讲课视频与网络题库等，能够利用网络下载以及到市场购买的方法获取资源，为教师备课提供了便捷性。在

该种情况下，使用多媒体课件展开教学已经成为高校汉语言文学教学的重要趋势。

多媒体课件全面使用文本与图片等各种媒体信息，图文并茂，可以为学生带来感官上的刺激，激发学生的学习兴趣。打造优质的多媒体教学环境，可以增加信息量，促使学生学习到越来越多的知识，促使学生进一步理解汉语言知识。在多媒体时代，使用现代化技术展开教学，不仅可以促使知识变得更加形象化，而且也与学生需求相符，可以节约课堂时间，获得良好的效果。所以，课件选取与制作等是教师备课的主要环节。在制作课件时，需要科学运用网络采集资料，提升课件质量。

（二）课堂讲解内容应紧跟时代发展，多使用网络展示

课堂教学是教学中的核心部分，学生感知和记忆等学习环节多是在课堂教学中进行的。汉语言文学教学作为语言课程，和社会生活有着紧密的联系，所以，汉语言文学教学内容需要和时代发展共同进步。

1. 向学生介绍学科发展新动态、发展方向与热点问题

在课堂教学中，除了传授基础知识和理论外，还应向学生介绍学科发展的新动态、发展方向和热点问题。这样做有助于激发学生的学习兴趣，增强他们对学科的实际应用和前景的认识。

教师可以定期更新课程内容，引入最新的研究成果、学术观点和案例研究。通过分享最新的学科发展动态，教师可以帮助学生了解学科的前沿领域和最新的研究成果，让他们意识到学科的不断演进和变化。

教师还可以引导学生关注学科的发展方向和热点问题。通过介绍当前学科研究的重点和趋势，教师可以激发学生的思考和探索欲望。学生可以通过阅读相关文献、参与讨论和研究项目等方式，深入了解学科的前沿问题，并发展自己的研究兴趣和方向。

此外，教师还可以邀请行业专家、学科领域的从业者或研究者来讲座或开座谈会，分享他们在学科领域的实践经验和研究成果。这样的活动可以使学生与实际工作和研究领域紧密联系起来，了解学科在实际应用中的价值和挑战。

2. 教师需要将社会生活中的多种现象和专业课程内容结合起来

教师在教学过程中，可以将社会生活中的多种现象与专业课程内容结合起来，从而帮助学生激发学习兴趣，开阔视野并丰富知识。这种融合可以提升教学效果，并使学生更好地理解和应用所学知识。

（1）通过将专业课程内容与现实生活中的案例、事件和问题联系起来，教师可以帮助

学生认识到学科知识在解决实际问题中的重要性和实用性。教师可以引导学生分析和解读社会生活中的现象，从中提取与专业课程相关的概念、原理和方法，使学生能够将所学知识应用到实际情境中，培养解决问题的能力。

（2）教师可以利用丰富的教学资源，如新闻报道、影视作品、实地考察等，将专业课程内容与现实生活联系起来。通过引入真实的案例和故事，教师可以激发学生的兴趣和好奇心，促使他们主动探索和思考。学生可以通过观察和分析现实生活中的多种现象，加深对专业知识的理解，并在实际情境中运用所学知识。

（3）教师可以组织讨论和小组活动，让学生就社会生活中的问题展开思考和交流。通过多方位的讨论和合作，学生可以从不同的角度思考问题，了解不同的观点和解决方案。教师可以引导学生提出问题、提供信息、提供支持，从而激发学生的学习热情和创造力。

3. 向学生介绍多种搜索引擎

为了有效培养学生的自主学习能力，教师可以在课堂上引入多种搜索引擎和检索工具，并为学生进行演示和指导，帮助他们掌握查找和检索的方法。这样做有助于提升学生的文献检索和网络采集能力，同时也能开阔学生的知识面，为他们未来深入研究和学习打下基础。

（1）教师可以向学生介绍常用的搜索引擎，如谷歌、百度、必应等，并指导他们如何利用关键词进行检索。教师可以演示搜索过程，展示如何选择合适的关键词、过滤搜索结果，并解读搜索引擎中的相关功能和筛选工具。通过这样的引导，学生可以更加熟练地利用搜索引擎获取相关信息。

（2）教师可以介绍学术搜索引擎和专业数据库，向学生展示如何在这些平台上进行学术文献检索。教师可以演示如何利用高级检索功能、设置筛选条件和查找全文资源，帮助学生快速获取有价值的学术资源。这样，学生可以学会利用学术搜索引擎进行文献综述和深入研究，培养他们的信息获取和评估能力。

（3）教师还可以介绍其他专业性的检索工具和资源，如在线图书馆、电子期刊数据库、行业研究报告等。教师可以演示如何访问和利用这些资源，教导学生如何有效地进行信息筛选和整理，以支持他们的学习和研究。这样，学生可以了解到更多的学术和专业资源，提升他们的信息获取广度和深度。

通过在课堂上介绍多种搜索引擎和检索工具，并进行实际演示和指导，教师可以帮助学生掌握查找和检索的方法，提升他们的文献检索和网络采集能力。此外，这样的引导也有助于拓宽学生的知识面，使他们了解到更多的学术和专业资源，为未来的深入研究和学习打下坚实的基础。因此，教师在教学中应注重引导学生使用多种搜索引擎和检索工具，培养他们的自主学习能力和信息素养。

（三）课后借助网络实时反馈，提高学习成效

在实际教学实践过程中，诸多教师比较关注线下课堂教学，继而忽视了课后辅导的关键性。课后知识强化是学生学习中的重要环节，要想提高阅读汉语言文学典籍的能力，就需要掌握汉语言文学基础知识，进行大量练习，进一步理解文学典籍内容，才可以内化升华。和以往教学模式有差别，网络互动性打破了以往教学时空的局限性，教师与学生能够在课后借助网络展开交流，对学生巩固知识有关键作用，益于建立新的师生关系。

第一，提供多种教学资源。网络课堂教学资源由教师传输多种网络教学资源，比如视频和电子书等资源。在教学材料中发布网络上采集到的别的高校汉语言文学课程教学课件。各种风格课件比较，可以帮助学生掌握我国各大高校教学实况。

此外，教师还可以利用网络平台提供在线学习资源，例如在线课程、学习论坛和文献库等。在线课程可以包括录制的教学视频、讲座和讨论课，学生可以根据自己的学习进度和兴趣选择学习内容。学习论坛可以促进学生之间的互动和交流，提供问题解答和学术讨论的机会。文献库则为学生提供了丰富的阅读资料和研究文献，帮助他们深入学习和探索汉语言文学领域。

第二，引导学生进行自主学习。教师可以设计学习任务和项目，鼓励学生主动探索和独立思考。通过课堂讨论、小组合作和个人研究等方式，激发学生的学习兴趣和创造力。教师可以提供相关的指导和支持，引导学生有效地利用教学资源和学习工具，培养他们的自主学习能力和问题解决能力。

第三，注重反馈和评估。教师应及时提供学生学习成果的反馈和评估，帮助他们了解自己的学习进展和不足之处。通过定期的作业、测验和项目评估，教师可以评价学生的学习成果，同时也为学生提供改进和进一步学习的机会。此外，教师还可以鼓励学生进行自我评估和同伴评估，促进他们的学习互助和共同成长。

第四，进行网络教学互动。网络课堂可以设置课程通知、答疑、问卷等诸多栏目，为教师与学生、学生与学生交流互动提供大力支持。在作业方面，教师对课堂上学习的重难点知识，提供有关练习，如此可以巩固所学知识，弥补课堂教学中的不足，减轻批改作业的负担；答疑部分，学生能够把自身不理解的知识经过留言和教师沟通，如此可以节省课堂上的教学时间，提高教学效果。

第四节　翻转课堂模式在汉语言文学教学中的应用

一、汉语言文学教育的主要特点和重要性

作为最重要和最主要的社科人文类学科，汉语言文学的人文主义特点是其最核心的特点，因此，针对这一特殊学科的教育教学最关注的莫过于对传统优秀文化及人文主义精神的继承与弘扬。学习汉语言文学更加侧重于对其文化性、文学性、人文性的探寻、认知，进而提升个体的社会责任意识、文化认同。从这一角度看，汉语言文学的教育不同于医学、工程设计、商业管理等学科有着相对鲜明的针对性；相反，诸如文秘、广告、策划及一切与文字、表达等有关的领域都不同程度涉及汉语言文学范畴。因此，汉语言文学是极其泛化、关联甚众的学科。

不仅如此，由于汉语言文学往往间接影响着几乎所有行业、职业，所以现实职场中虽然没有专门以汉语言文学为名的职务或岗位，但其在几乎所有行业、职业中都会或多或少有所涉及。从这一角度看，汉语言文学的职业定位又极其模糊。若严格按照职业划分，这一学科几乎没有对应性，因此狭义上相对缺乏实用性。

汉语言文学的主要特点决定了这一学科的特殊性，而其人文性又决定了其不可或缺的重要性。汉语言文学几乎是学好其他所有专业的基石。无论是文科还是理科，扎实的汉语言文学基础都能在更大程度上提升学习者的理解力、表达力，帮助学习者更加准确掌握各种定义、定理或概念的内容。可以说，良好的汉语言文学功底一定程度上能够起到助力和推手的作用，使学习者在投入与他人相同或近似的时间与精力后获得更加丰厚的回报。比如，优秀的大夫往往能够凭借卓越的口头表达能力，更快地向患者说明病情并就治疗方案达成共识。甚至一位足球比赛解说员也需要卓越的汉语言文学基础，才能向球迷奉献一场精彩绝伦的解说。

二、汉语言文学教学构建翻转课堂的策略

(一) 利用翻转课堂迁移基础学习内容，提升课堂教学针对性

"汉语言文学是我国语言学科体系中的核心组成部分，是我国民族文化和民族精神的重要载体，随着时代的变化与发展，汉语言文学应当积极地遵循学科发展的内在规律和新

环境变化的教学需求，对汉语言文学的教学内容、教学形式、评价体系等进行一系列的变革。"① 新时期汉语言文学教学构建翻转课堂的首要策略，就是利用翻转课堂迁移基础学习内容，提升课堂教学针对性。

教材上基础性、学识性的概念与内容都可以迁移到课外，利用线上平台制作成主题课件，由学生自行在课余时间自学。比如对新课内容进行预习，事先通读并结合教师的视频课件形成初步印象，再就其中出现的疑点、难点等问题进行归纳总结。待开始课堂教学时，学生可以将课外预习时发现的问题向教师询问，课堂上重点答疑解惑。如此一来，有限的课堂时间便能发挥出最关键的释疑作用，从而大幅提升教学的针对性和有效性。而在课后复习时，学生又可以结合视频课件进行巩固，并通过视频课件上附带的测试题目进行自检自测，从而实现预习和课堂学习内容的内化与固化。

利用翻转课堂迁移基础学习内容不仅能够从根本上颠覆传统教学的局限性，而且能够形成一人一策的个性化教学模式。学生在自学过程中发现自身缺陷和不足加以修正和弥补，且能不限次数地回看并复习，同时结合线上测试等方式逐步摸索一条最有效率、最能被接受和认同的规律与习惯。久而久之，过去被动灌输式学习便能够发展成主动探究式学习而这恰恰是形成教育针对性的核心与重点。

（二）优化考核评价体系，丰富考试形式与内容

在新时期，汉语言文学的教学质量确实需要结合职场需求和现实应用，以更好地培养学生的综合能力和职业素养。优化考核评价体系和丰富考试形式与内容，可以有效提升教学的实用性和针对性。

一种可能的做法是在教学中引入翻转课堂和模拟实践的方法。通过视频测试环节模拟真实职场情境，让学生扮演特定职务角色，如企业文秘、广告文案撰写师等，完成相关任务。例如，要求学生结合企业的实际情况，撰写年度工作总结或制订广告文案，这样的考核要求既考查了学生对汉语言文学知识的掌握，又要求他们具备实际应用能力和创造力。

将汉语言文学的考核与真实职业相关联，不仅更具挑战性，而且能够有效激发学生的学习兴趣和动力，帮助他们树立正确的学习态度。这种考核方式迫使学生将理论知识与实践技能结合起来，要求他们深入思考和运用所学知识解决实际问题。学生将不再依赖死记硬背，而是更注重理解和应用能力的培养。

---

① 全朝阳. 新媒体环境下的汉语言文学教学策略分析——评《新媒体环境下汉语言文学教学优化策略》[J]. 新闻爱好者，2019（11）：后插13.

此外，还可以引入实习或实训环节，让学生有机会在真实职场中实践所学的汉语言文学知识。通过与企业或相关机构的合作，学生可以在实践中提升专业技能、锻炼沟通能力和团队合作精神，同时加深对汉语言文学在实际工作中的应用理解。

总而言之，新时期汉语言文学的教学质量应当紧密结合职场需求，通过优化考核评价体系和丰富考试形式与内容，提升学生的实践能力和职业素养。通过将考核与真实职业相关联，可以促使学生更好地理解和应用汉语言文学知识，培养综合能力，为未来的职业发展打下坚实的基础。

（三）分组合作提升学习自主性，培养终身学习意识和能力

汉语言文学作为一门学科，具有丰富的人文性，这缘于其悠久的历史和厚重的文化积淀。这种人文性使得汉语言文学的学习与时间紧密相连，可伴随学习者一生。

因此，在新形势下，汉语言文学教学的翻转课堂模式可以通过分组合作来提升学生的学习自主性，并培养其终身学习意识和能力。这种合作式学习方式特别适合于主题式探究的教学方法。

在翻转课堂中，教师可以利用视频课件为学生小组布置课后练习，其中涉及多个主题选择。学生小组在商议和协商的过程中，能够自主选择一个主题，并在小组内部分工合作。每个成员负责研究和探究主题的不同方面，并汇总成学习报告或小组论文。

通过这种分组合作的方式，学生能够主动地参与学习过程，积极探索并深入研究所选主题。每个学生都有机会发表自己的观点和想法，并通过小组内部的讨论与合作相互学习和促进。这不仅能够提升学生的学习自主性和批判性思维能力，还能够培养他们的团队合作精神和合作意识。同时，这种合作式学习模式也有助于学生在汉语言文学学科中进行深度思考和研究。学生可以根据自己的兴趣和专长，选择适合的主题进行深入探究，从而提升其对汉语言文学领域的理解和认识。

分组合作的学习方式在汉语言文学教学中具有重要意义。它不仅能够激发学生的学习积极性，还提供了口头表达和文字表达的实践机会，对于学生的语言能力和表达能力的培养非常有益。通过小组合作，学生可以相互交流、分享知识和经验，共同解决问题和完成任务。在合作过程中，学生需要进行有效的沟通和协调，培养团队合作意识和能力。他们可以分工合作、各展所长，形成合力，解决复杂的学习任务。这样的合作模式培养了学生的团队精神，加强了他们的合作意识和集体荣誉感。

同时，小组合作也促进了学生的批判性思维和创造性思维能力的培养。在小组合作中，学生需要进行思维碰撞和思想交流，发现问题、分析问题，并提出创新的解决方案。

这种批判性和创造性思维的培养对学生未来的社会生产和工作能力的提升具有重要意义。

除了个人学习能力的提升，小组合作还培养了学生的人际交往能力和合作技巧。学生在小组合作中需要相互倾听、尊重和理解，培养良好的人际关系。他们需要协调分歧、解决冲突，学会与他人有效合作。这样的交流和合作能力在学生未来的职业生涯中将起到重要作用。

第五章 新媒体环境下汉语言文学阅读教学实践

第一节 汉语言文学阅读教学的认知

一、汉语言文学阅读教学的作用

（一）提高语言应用能力

提高语言应用能力是每个学生在学习语言过程中的关键目标之一。通过阅读各类文学作品，学生可以得到丰富的词汇、短语和句型的训练，从而提高他们的语言理解和表达能力。文学作品不仅是为了娱乐和消遣，更重要的是它们蕴含了丰富的语言资源，对于学生的语言学习和应用具有重要的启发作用。

第一，阅读文学作品可以帮助学生扩展词汇量。文学作品通常使用丰富多样的词汇，这些词汇包括一些高级的、形象生动的词汇，有助于学生拓宽词汇范围并提高词汇的准确使用。例如，当学生阅读到描述自然景色的文学描写时，他们会接触到大量关于自然界的形容词和名词，比如"碧蓝的天空""翠绿的树叶"等。这些词汇会丰富学生的表达能力，使他们能够更准确地描述事物，并使语言更生动、更有趣。

第二，文学作品中的短语和句型也是学生提高语言应用能力的重要资源。短语和句型是语言表达中的常用结构，通过学习和模仿文学作品中的短语和句型，学生可以提高语言的流利性和准确性。例如，学生在阅读一篇描写人物性格的小说时，可以注意到作者使用了一些常见的短语，如"心地善良""乐于助人"等。学生可以通过模仿这些短语，将其运用到自己的写作和口语表达中，从而提高语言的表达能力。

第三，文学作品中的富有韵味和感染力的语言对于学生的语言鉴赏能力的培养也起到了重要作用。文学作品常常运用修辞手法、比喻和隐喻等修辞手段，通过独特的语言风格来传达情感和思想。当学生接触到这些优美的语言表达时，他们不仅能够欣赏其中的美感，还能够理解作者的深层意图。这种语言的鉴赏能力不仅有助于学生对文学作品的理解和解读，也能够提升他们自己的写作能力。学生通过模仿和运用文学作品中的精彩表达，可以使自己的语言更加生动、有趣，增强语言表达的准确性和生动性。

除了丰富词汇和短语，提高语言应用能力还需要学生不断地进行语言实践。通过阅读各类文学作品，学生可以接触到不同领域、不同题材的作品，拓宽自己的知识面和视野。这些作品包括小说、散文、诗歌等，每一种文学形式都有其独特的语言风格和表达方式。学生可以通过多样的文学作品来培养自己的语感和语境适应能力，在不同的语言环境中流畅地表达自己的思想和情感。

（二）培养思维能力

培养思维能力是阅读文学作品的一个重要收益之一。阅读文学作品不仅是为了欣赏故事情节和语言表达，更重要的是通过对作品的理解、分析和评价，培养学生的逻辑思维、批判思维和创新思维能力。同时，文学作品提供了多角度、深层次的解读空间，使学生学会全面、深入地思考问题的方法。

第一，阅读文学作品要求学生进行理解和解读。文学作品通常具有复杂的情节和多维度的人物形象，要完全理解作品的内涵和意义，学生需要进行深入的阅读和分析。他们需要从文字中抽丝剥茧，挖掘出作品中隐藏的思想、情感和象征意义。通过对文学作品的理解，学生能够培养出对信息的敏感性和理解力，从而提高逻辑思维能力。

第二，阅读文学作品还需要学生进行分析和评价。学生需要思考作品的结构、人物的性格、故事的发展等方面，并进行深入的分析和评判。他们需要关注作品中的细节、情节的连贯性以及人物的行为动机等，通过分析和评价来揭示作品的意图和作者的创作手法。这样的思考过程可以培养学生的批判思维能力，使他们能够客观地评估和判断作品的优缺点，并提出自己的观点和见解。

第三，阅读文学作品也能够激发学生的创新思维能力。文学作品中常常包含创造性的想法和独特的视角，通过阅读这些作品，学生可以受到启发，培养自己的创新思维能力。他们可以从作品中学习到作者的独特观点和表达方式，进而运用到自己的写作和思考中。通过对文学作品的深入研究和思考，学生可以开拓自己的思维边界，挖掘出新颖的思想和观点。

第四，阅读文学作品还能够培养学生的批判性阅读能力。文学作品中常常包含隐喻、比喻等修辞手法，学生需要从字里行间进行推理和解读。他们需要提出问题、分析细节，并质疑作品中的思想和观点。通过批判性阅读，学生能够培养自己的批判性思维能力，不仅可以深入理解作品，还可以运用这种思维方式来分析和解决现实生活中的问题。

总之，阅读文学作品对于培养学生的思维能力具有重要意义。通过对作品的理解、分析和评价，学生能够培养逻辑思维、批判思维和创新思维能力。同时，通过多角度、深层次的解读，学生可以学习和掌握一种全面、深入的思考方法。阅读文学作品不仅是为了获取知识，更是为了培养学生的思维能力，使他们成为具有独立思考和创造力的个体。因此，阅读文学作品是学生综合素质提高和个人成长的重要途径之一。

（三）传承优秀文化

传承优秀文化是阅读汉语言文学作品的重要价值之一。汉语言文学作品作为中国优秀文化的重要载体，承载着丰富的历史、文化、社会和人民的生活。通过阅读这些作品，学生可以深入了解中国的文化传统，增强文化自信，为维护和发展中华优秀传统文化做出贡献。

首先，汉语言文学作品是中国文化传统的重要组成部分。这些作品包括诗歌、散文、小说等多种文学形式，涵盖了各个历史时期和社会阶层的声音。通过阅读这些作品，学生可以感受到中国文化的深厚底蕴和博大精深。例如，古代的诗词作品展示了中国古代文人的情感世界和审美追求，揭示了中国古代社会的风俗习惯和道德观念。现代的小说作品则反映了中国社会的变迁和人民的生活状况，具有强烈的现实意义。通过阅读这些作品，学生可以深入了解中国文化的内涵和特点。

其次，阅读汉语言文学作品可以增强学生的文化自信。在当今经济全球化的时代，保持文化自信对于一个国家和一个民族来说非常重要。通过阅读汉语言文学作品，学生可以感受到中华优秀传统文化的魅力和独特之处，从而增强对自己文化身份的认同感和自豪感。了解中国的文化传统，学生可以更好地理解中国的价值观、思维方式和行为准则，形成自己的文化认同。这种文化自信心不仅对个人成长有积极影响，也对国家和民族的发展具有重要意义。

最后，通过阅读汉语言文学作品，学生可以为维护和发展中华优秀传统文化做出贡献。优秀的文学作品代表了一个国家的精神追求和文化传承。学生通过阅读这些作品，可以成为中华优秀传统文化的传承者和弘扬者。他们可以通过创作、翻译、演绎等形式，将中国的文学作品传播给更多的人，让更多的人了解和欣赏中国的文化。同时，学生还可以通过参与文学研究和批评，为中华优秀传统文化的发展和创新做出贡献。他们可以从作品中发现新的价值和意义，为当代社会提供有启发性的思考和观点。

（四）提升道德修养

提升道德修养是阅读文学作品的重要价值之一。众多汉语言文学作品蕴含了深厚的道德和人文精神，如忍耐、勇气、爱、公正等。通过阅读这些作品，学生可以接受良好的道德熏陶，提升道德修养，塑造良好的人格品质。

第一，汉语言文学作品通过塑造优秀的文学形象，向学生展示了道德行为的榜样。文学作品中的主人公往往具有积极向上的品质，他们的行为和处世态度可以启发学生，激励他们追求道德上的卓越。例如，许多文学作品中描绘了勇敢、正直、坚韧的主人公形象，他们在面对困境时表现出坚定的意志和正确的选择，这样的形象可以激发学生内心的力量，培养他们勇敢面对困难、坚守正义的品质。

第二，汉语言文学作品通过展现情感的丰富性和复杂性，培养学生的同理心和关爱他人的能力。文学作品中的情感描写能够引起读者的共鸣，让学生更好地理解他人的内心世界和情感体验。例如，当学生阅读一部描写友情的小说时，他们可以通过主人公之间的真挚情感，体会到友谊的重要性和珍贵性。这样的阅读体验可以培养学生的同理心，激发他们对他人的关心和理解，提升道德修养。

第三，汉语言文学作品通过展示人性的复杂性和道德抉择的挑战，让学生思考道德问题的复杂性和多样性。文学作品中的人物往往面临道德困境和选择，通过描绘他们的内心挣扎和抉择，可以引导学生思考道德问题的各个层面和多种可能性。学生可以从中认识到道德决策并非简单的黑白对错，而是需要考虑众多因素和权衡利弊。这样的思考过程可以培养学生的道德判断能力和责任意识，使他们成为有担当的道德决策者。

（五）增强情感共鸣

增强情感共鸣是阅读文学作品的重要价值之一。文学作品常常描绘人的情感世界，表达人的喜怒哀乐，反映人的悲欢离合。通过阅读这些作品，学生可以深刻感受作品中的人生百味，增强情感共鸣，丰富情感体验。

第一，汉语言文学作品能够激发学生的情感体验和情绪共鸣。作品中生动的描写和精细的情感刻画让学生能够感同身受，与作品中的人物产生共鸣。当学生阅读一部描写爱情的小说时，他们可能会体验到作品中主人公的甜蜜、痛苦、失落等情感，这让他们对爱情有了更深刻的理解和感受。通过情感共鸣，学生能够更加敏感地体察他人的情感，培养同理心和关爱他人的能力。

第二，汉语言文学作品提供了丰富多样的情感体验和情感表达方式。不同类型的文学作品展示了各种情感，如喜悦、愤怒、哀伤、忧虑等。通过阅读这些作品，学生可以了解和体验到不同情感的细微差别和表达方式。例如，一首抒情的诗歌可以通过细腻的语言表达出作者内心的柔情和浪漫，一部描写战争的小说可以通过紧张的叙事和悲壮的情感唤起读者的愤怒和悲伤。这样的情感体验和情感表达方式可以丰富学生的情感世界，使他们更加细腻、丰富地理解和表达自己的情感。

第三，汉语言文学作品还提供了情感疗愈的功能。在日常生活中，学生可能会面临各种压力和挑战，情感上也会经历波动和困惑。阅读文学作品可以成为他们情感释放和疏导的一种方式。当学生阅读一部鼓舞人心的故事或一首抒发内心痛苦的诗歌时，他们可以在作品中找到情感寄托和宣泄的出口。这种情感释放和疏导可以帮助学生调整自己的情绪状态，增强心理的稳定和健康。

第四，汉语言文学作品还能够培养学生的审美情趣和欣赏能力。文学作品中蕴含着艺术的美感，通过优美的语言、精心构思的情节和细腻的描写，激发学生的审美情趣。学生通过阅读文学作品，可以欣赏到作品中所蕴含的美，培养自己的审美意识和鉴赏能力。这种审美的培养可以提高学生的审美情趣、丰富他们的生活体验，使他们更加敏感和独到地观察和感受世界。

二、汉语言文学阅读教学的内容

（一）阅读理解

第一，理解文章的主旨是阅读理解的重要内容之一。主旨是文章的中心思想和核心观点，通过理解主旨，学生可以把握文章的整体意义。教师可以引导学生通过文章的标题、开头和结尾等关键信息来推断主旨。同时，教师可以提问学生关于作者在文章中想要传达的中心思想和观点的问题，引导他们从多个角度进行思考和分析。例如，当学生阅读一篇关于环境保护的文章时，教师可以提问"作者想要表达什么关于环境保护的观点"或者"文章的主旨是什么"，这样的引导可以帮助学生更深入地理解文章的主旨。

第二，理解文章的细节是阅读理解的重要环节。细节包括文章中的具体事实、例子、数据等。理解文章的细节有助于学生获取更具体的信息，加深对文章内容的理解。教师可以通过提问学生关于文章中的细节信息的问题来检查学生的阅读理解能力。

第三，理解文章的推理是阅读理解的重要能力之一。推理是基于文章中的信息进行逻辑推断和推理判断。教师可以引导学生通过文章中的线索来推断隐藏在文章背后的信息和意义。

教师还可以通过引导学生进行整体性的分析和思考，帮助他们理解故事或文章的主题和主要观点。主题是故事或文章的核心内容，而主要观点则是作者对特定问题或议题的观点和态度。教师可以要求学生总结故事或文章中的关键事件、人物以及作者对这些事件和人物的态度，进而推断出文章的主题和主要观点。通过这样的引导，学生可以更深入地理解文章的核心思想。

（二）词汇教学

第一，教师可以鼓励学生运用上下文来推测词汇的含义。上下文指的是文章中句子或段落之间的嵌套关系。通过理解上下文中的其他词语、短语以及句子结构等信息，学生可以推测出未知词汇的意思。教师可以引导学生注意上下文中的关键词、同义词、反义词或词组的解释，以帮助他们推断词汇的含义。同时，教师可以提供一些问题或提示，引导学生思考词汇的意思，例如，"根据上下文，你认为这个词的意思是什么"？或者"你能通过上下文中的其他信息猜测出这个词的含义吗"？这样的引导可以培养学生的推理和推断能力，提高他们通过上下文理解词汇的能力。

第二，教师可以教授学生一些词汇解读的技巧和策略。这些技巧可以帮助学生在遇到生词时更加自信和独立地理解词汇的含义。例如，教师可以教授学生如何使用词根、前缀、后缀等构词法来推测词汇的意思。学生可以通过词根或词缀的知识，将词汇分解成更小的词素，进而推测出其含义。此外，教师还可以教授学生使用词典和在线资源来查找词汇的释义和例句，帮助他们扩展词汇知识并提高词汇掌握能力。

第三，教师可以通过词汇预测活动来激发学生的兴趣和主动学习词汇。在阅读之前，教师可以提供一些关键词汇，让学生猜测其含义。学生可以根据已知的词根、上下文线索或个人背景知识来进行推测。在阅读过程中，学生可以验证他们的猜测，对比和调整他们的理解。这样的预测活动可以激发学生的主动参与和思考，提高他们对词汇的敏感性和准确理解能力。

第四，教师还可以设计一些与词汇相关的练习和活动，以帮助学生巩固和应用新词汇。例如，教师可以要求学生编写词汇卡片，包括新词汇的释义、例句和相关词组等。学生可以通过编写词汇卡片来加深对词汇的理解和记忆。教师还可以设计填空、造句、语境填词等练习，让学生灵活运用新词汇。这样的练习和活动可以帮助学生巩固对词汇的掌握程度，并将其应用到实际阅读中。

（三）文学分析

第一，理解和把握作品的主题。主题是作品所表达的核心思想、中心主题或主要观点。学生可以通过仔细阅读和思考作品的内容和情节，找出作品中反复出现的意象、关键词或情感，从中归纳出主题。例如，当学生阅读一首描写自然美的诗歌时，他们可以通过分析诗中的自然景色、情感表达以及作者的态度等，来推断出诗歌的主题可能是自然之美或人与自然的关系。通过分析作品的主题，学生可以深入理解作品的核心意义。

第二，分析文学作品中的角色和情节。角色是作品中的人物形象，情节是作品中的事件发展和故事情节。学生可以分析角色的性格特点、动机和发展，以及情节的起伏、转折和高潮。通过分析角色和情节，学生可以深入了解作品中的人物关系、情感发展和故事线索，这有助于他们对作品的整体把握和情节发展的理解。

第三，分析文学作品中的语言风格。语言风格包括作者运用的词汇、句法结构、修辞手法等。学生可以注意作品中的具体词语的选择和使用、句子的结构和节奏，以及作者通过修辞手法如比喻、拟人、夸张等来营造的效果。通过分析语言风格，学生可以揭示作品中的美感和独特之处，进一步理解作者的意图和表达方式。

第四，关注文学作品中的象征和隐喻。象征是通过具体事物来代表抽象概念或意义，而隐喻则是通过比喻的方式传递特定的含义。学生可以分析作品中使用的象征性的物品、动物或场景，以及隐喻所蕴含的隐含意义。通过揭示象征和隐喻，学生可以深入理解作品中的多层次意义和隐含信息。

第五，将文学作品中的各个元素进行综合分析，探究它们如何共同构建作品的主题和意义。学生可以思考作品中不同元素之间的关系，如角色与情节、象征与主题等。他们可以分析元素之间的互动和相互作用，揭示出作品的内在逻辑和整体结构。通过综合分析，学生可以深入理解作品的内涵和作者的意图。

在进行文学分析时，教师可以提供相关的指导和讲解，通过课堂讨论、小组合作和写作等形式，培养学生的文学思维和分析能力；同时，教师还可以引导学生阅读文学评论和研究，了解不同学者对作品的解读和观点，拓展学生对作品的理解和思考。

(四) 批判性思考

第一，学生需要学会提出问题并进行深入探究。阅读时，学生可以提出一系列问题，包括但不限于：作者的意图是什么？作品中的论点是否合理？是否存在逻辑推理错误？是否存在偏见或主观观点？学生可以通过对这些问题进行深入探究，从不同的角度和立场来思考文本，形成自己的观点和判断。教师可以鼓励学生提出具体的问题，并帮助他们分析问题的关键点，引导他们进行深入思考和探索。

第二，学生需要学会分析和评估文本的证据和论证。在阅读中，作者通常会使用事实、例子、统计数据等来支持自己的论点。学生需要学会分析这些证据的可信度、逻辑性和相关性。他们可以提出关于证据的问题，如来源是否可靠？是否存在偏见或不完整的信息？是否有足够的证据来支持作者的论点？通过评估和分析文本中的证据和论证，学生可以形成自己的观点，并对文本进行批判性评价。

第三，学生还需要学会考虑不同的观点和立场。阅读中，不同的作者可能持有不同的观点和立场。学生需要学会认识和尊重不同的观点，并从多个角度进行思考和评价。他们可以提出关于不同观点的问题，如这些观点的优点和缺点是什么？是否存在其他可能的解释或解决方案？通过思考不同的观点和立场，学生可以培养开放的思维，拓宽视野，形成更全面和深入的评价。

第四，学生还需要学会表达自己的观点和判断。批判性思考不仅是对文本的思考和评价，还需要学生能够清晰地表达自己的观点和判断。学生可以通过写作、口头表达和小组讨论等方式，表达自己对文本的评价和批判。教师可以提供写作指导和口头表达的机会，帮助学生提炼观点和思考，培养他们的表达能力和批判性思维。

总之，批判性思考在阅读中是至关重要的。学生需要学习如何提出问题、深入探究、分析和评估文本的证据和论证，考虑不同的观点和立场，并表达自己的观点和判断。通过批判性思考，学生可以培养独立思考和判断能力，提高阅读理解和批判性阅读的水平。教师在教学中可以提供引导和支持，帮助学生发展批判性思维，并将其应用于实际阅读和评价中。

三、汉语言文学阅读教学的方法

（一）课堂教学方法

在课堂教学中，教师可以采用多种方法来引导学生进行文学作品的阅读和理解。这些方法包括讲解导读、文本分析、阅读讨论等，旨在激发学生的兴趣，促进他们对文学作品的深入理解。同时，教师还可以设计相关的练习和活动，帮助学生巩固所学知识，并提高他们的阅读能力和文学素养。

第一，教师可以进行讲解导读，通过简要介绍文学作品的背景、作者的写作意图和主题等来激发学生的兴趣和好奇心。教师可以通过引用相关的引语、提供一些背景知识和历史背景，以及讲述作者的创作背景和社会环境，帮助学生更好地理解作品的文化背景和主题内涵。这样的导读可以激发学生的阅读兴趣，使他们更加主动地参与到文学作品的阅读和理解中。

第二，阅读讨论也是一种有效的教学方法。教师可以组织小组或全班的讨论，让学生分享对文学作品的理解和感受。通过讨论，学生可以倾听他人的观点和解读，从不同的角度思考和评价作品。教师可以提出一些开放性的问题，引导学生深入探究作品中的复杂性和多样性。同时，教师还可以起到引导和促进讨论的作用，帮助学生理清思路，提出更深入的问题，拓展讨论的深度和广度。

第三，教师还可以设计相关的练习和活动，帮助学生巩固和应用所学的知识。这些练习和活动可以包括填空、解释词义、分析句子结构、写作反思等，以帮助学生巩固文学作品的阅读和理解能力。教师可以根据学生的程度和需求，设计不同难度和类型的练习，让学生在实际操作中运用所学的知识，提高他们的阅读能力和文学素养。

（二）课外拓展方法

1. 阅读扩展材料

阅读扩展材料是一种有效的课外拓展方法，可以帮助学生更深入地理解和欣赏所学文学作品。教师可以推荐学生阅读与所学文学作品相关的扩展材料，如文学评论、研究论文、作者的其他作品等。以下是一些具体的扩展材料：

（1）文学评论和研究论文。教师可以推荐学生阅读有关所学文学作品的评论和研究论文。这些评论和论文由专业的学者和评论家撰写，提供了对作品的深入分析和批评。学生可以通过阅读这些材料，了解不同学者对作品的解读和观点，拓展对作品的理解和认知。此外，学生还可以借鉴评论和论文中的研究方法和论证技巧，提升自己的批判性思维和写作能力。

（2）作者的其他作品。如果学生对某位作家的作品产生了浓厚的兴趣，教师可以推荐他们阅读该作者的其他作品。通过阅读作者的其他作品，学生可以更好地了解作者的创作风格、主题和思想。这有助于学生对作者的整体创作风貌有更全面和深入的认识，并在多个作品中发现共性和变化，进一步加深对文学作品的理解。

（3）相关历史背景和文化背景的著作。有时，了解作品所处的历史背景和文化背景可以帮助学生更好地理解作品的内涵和意义。教师可以推荐学生阅读与作品相关的历史、文化背景的著作，如历史研究书籍、文化指南等。通过阅读这些背景材料，学生可以了解作品所反映的时代特征、社会背景和文化价值观，进一步理解作品的意义和价值。

（4）评论性文章和专题报道。学生还可以阅读与所学作品相关的评论性文章和专题报道，如文学杂志、文学网站等刊登的文学评论、专题报道和访谈。这些文章通常会对作品进行深入的解读、评价和讨论，提供了不同的观点和解读角度。通过阅读这些文章，学生可以拓宽自己的视野，了解不同文化背景下对作品的理解和评价，从中获得启发和观点。

在阅读这些扩展材料时，学生可以注意相关的观点、证据和论证方式，理解不同学者和评论家的分析和解读，以丰富自己的思考和理解。同时，学生可以进行读后感的写作或小组讨论，分享自己的阅读体验和对作品的理解。

2. 参观文学展览

参观文学展览是一种富有体验性和亲身感受的课外拓展活动，对于汉语言文学的学习和理解具有重要意义。教师可以组织学生参观与汉语言文学相关的文学展览或博物馆，为他们提供了深入了解文学作品的创作背景、时代背景和文化背景的机会。以下是一些具体的参观活动和展览形式：

（1）文学馆。学生可以参观专门展示和收藏文学作品的文学馆。这些文学馆通常展示着丰富的文学作品和相关文献，如古代诗词、名著、文学手稿、作家的生平资料等。学生可以通过参观文学馆，亲身接触和欣赏各种文学作品，了解作品的艺术表现形式和创作历程。

（2）作家故居。学生可以参观著名作家的故居，如鲁迅故居、鲁迅纪念馆、李白故居等。通过参观作家故居，学生可以近距离感受作家的生活环境、工作室和生平经历，深入了解作家的创作背景和创作理念。这样的参观活动可以帮助学生更好地理解和欣赏作家的作品。

（3）文学主题展览。学生可以参观以特定文学主题为中心的展览，如某个作品的展览、某个历史时期的文学展览等。这样的展览通常通过展示文学作品的原版文本、插图、影像资料和相关文献，帮助学生深入了解文学作品的创作背景和时代背景。学生可以通过观看展览、阅读展板、听取导览讲解等形式，增强对文学作品的感受力和欣赏能力。

（4）文学节、文学活动和演出。教师可以组织学生参加文学节、文学活动和文学演出等。这些活动常常涵盖了文学作品的朗诵、舞台剧表演、研讨会、座谈会等形式。通过参与这些活动，学生可以亲身体验文学作品的表演形式和艺术魅力，增强对文学作品的感受力和欣赏能力。

3. 参与文学社团或俱乐部

参与文学社团或俱乐部是一种有效的课外拓展方法，可以为学生提供与其他对汉语言文学感兴趣的同学交流、分享和讨论的平台。通过参与文学社团或俱乐部，学生可以深化对文学的热爱和理解，培养他们的表达能力和独立思考能力。以下是一些具体的社团活动和参与方式：

（1）朗读会。文学社团可以组织朗读会，让学生有机会朗读经典文学作品的片段或整篇文章。通过朗读，学生可以更好地理解作品的语言韵律、情感表达和声音效果。同时，朗读会也可以培养学生的语言表达和演讲技巧，提高他们的口语能力和自信心。

（2）文学分享会。在文学分享会中，学生可以分享自己对文学作品的理解和感受。他们可以选择一篇自己喜欢的文学作品，讲述作品的背景、主题和自己的阅读体验。通过分享，学生可以互相启发、交流观点，并扩展对文学作品的理解和欣赏。

（3）创作比赛。文学社团可以组织创作比赛，鼓励学生发挥创造力，创作自己的文学作品。比赛可以涵盖诗歌、散文、小说等不同文体，学生可以根据自己的兴趣和才华进行创作。这样的活动可以激发学生的创作热情，提高他们的文学表达能力和创造力。

（4）读书讨论小组。学生可以组成读书讨论小组，选择一本共同感兴趣的汉语言文学作品进行阅读和讨论。小组成员可以互相分享对作品的理解和解读，讨论作品中的主题、角色塑造、情节发展等。通过小组讨论，学生可以从不同的角度以不同的观点来理解文学作品，培养独立思考和批判性思维能力。

4. 参加文学研讨会或研究项目

对于对汉语言文学有更深入研究兴趣的学生，参加文学研讨会或研究项目是一种非常有益的课外拓展方式。这样的活动为学生提供了一个专业、深入的平台，让他们与其他研究者进行交流和分享，并在专业指导下展开研究和写作。以下是一些具体的参与方式和活动形式：

（1）参加文学研讨会。学生可以参加学校、学术机构或学术会议组织的文学研讨会。这些研讨会通常聚集了对汉语言文学感兴趣的学者、教师和研究生，他们会分享自己的研究成果、理论观点和学术见解。学生可以通过参与研讨会，听取专家学者的报告和讲座，与他们进行交流和讨论，了解最新的研究动态和学术前沿，拓宽自己的学术视野。

（2）参与研究项目。学生可以加入文学研究项目，与导师或研究小组一起进行深入的文学研究。在项目中，学生可以与导师和其他研究人员密切合作，共同制定研究方向和目标，进行文献综述、数据收集和分析，撰写研究报告和论文。通过参与研究项目，学生可以提升自己的研究能力和学术写作能力，深化对文学作品的理解和批判性思考能力。

（3）学术期刊投稿。对于有一定研究成果的学生，他们可以选择将自己的研究成果投稿到相关的学术期刊。学术期刊是学术界传播研究成果的重要渠道，投稿并发表论文可以使学生的研究工作得到更广泛的认可和影响力。同时，学术期刊的审稿过程也可以让学生接受专业的评审和指导，进一步提高研究的质量和学术水平。

（4）学术研讨小组。学生可以组织或参与学术研讨小组，与同学们一起开展文学研究和讨论。小组成员可以选择一个共同的文学主题或作品，每个人负责一部分研究内容，然后进行定期的研讨和讨论。通过小组研讨，学生可以互相交流、分享和批判性地审视彼此的研究成果，提升自己的研究能力和学术素养。

第二节　新媒体环境下汉语言文学阅读教学的依据与意义

一、新媒体环境下汉语言文学阅读教学的依据

（一）学生需求

"新媒体技术的出现推动信息传播进入电子时代，媒体形态多样化越来越强，对人类的生活、生产及学习方式都产生了极大影响，新媒体行业也一跃成为现代社会最主流的行业之一。"[①] 在新媒体环境下，学生的信息获取方式、学习方式、思维方式等都发生了重大改变，对汉语言文学阅读教学提出了新的要求。这样的变化主要体现在以下方面：

首先，新媒体环境下，学生的信息获取方式发生了变化。在过去，学生获取信息主要依赖于书本、老师和图书馆。而在新媒体环境下，网络成为学生获取信息的主要渠道。学生可以通过搜索引擎、社交媒体、在线教育平台等获取信息，这使得学生有可能接触到更广泛、更多元的信息和观点。因此，汉语言文学阅读教学也需要适应这一变化，利用网络资源，提供更丰富、更高质量的阅读材料，满足学生的需求。

其次，新媒体环境下，学生的学习方式发生了变化。在过去，学生的学习主要依赖于老师的授课和自己的阅读。而在新媒体环境下，学生的学习更加注重互动和实践。学生可以通过在线讨论、协作学习、项目实践等方式进行学习，这使得学习更加动态、更有参与性。因此，汉语言文学阅读教学也需要适应这一变化，提供更多的互动机会，鼓励学生主动参与，提高学习的效果。

最后，新媒体环境下，学生的思维方式发生了变化。在过去，学生的思维主要受到书本知识的引导。而在新媒体环境下，学生的思维更加开放、更加创新。学生可以通过网络接触到各种不同的观点和想法，这使得他们的思维更加多元、更具批判性。因此，汉语言文学阅读教学也需要适应这一变化，鼓励学生开展独立思考，培养他们的批判性思维能力。

这样看来，新媒体环境下的学生需求对汉语言文学阅读教学提出了新的要求。教师需要不断更新自己的教学理念和教学方法，以适应新媒体环境下的学生需求，从而提高教学

---

① 张波. 新媒体环境下高校汉语言文学教学创新策略［J］. 吉林省教育学院学报，2023，39（03）：99.

效果。同时，学校和社会也需要为教师提供必要的支持和培训，以帮助他们更好地适应新媒体环境下的教学。

（二）教育技术发展

新媒体技术的发展为汉语言文学阅读教学提供了新的教学工具和平台，这些工具和平台的出现对阅读教学产生了深远影响。如今，互动式阅读平台、AR/VR 技术等先进的教学技术成为阅读教学的重要依据，它们的应用极大地提高了阅读教学的效果。

互动式阅读平台是新媒体环境下的重要教学工具。这种平台集成了文本、图片、音频、视频等多媒体资源，为学生提供了一个全新的阅读环境。学生可以在这个平台上阅读、分享和讨论文学作品，使阅读过程变得更为生动和有趣。互动式阅读平台的一个关键特点是它强调读者的参与和互动，鼓励学生积极参与到阅读活动中，通过互动学习，提高阅读理解能力。

AR/VR 技术是新媒体环境下的另一个重要教学工具。AR 即增强现实技术，VR 即虚拟现实技术，它们可以提供沉浸式的阅读体验，使学生有机会置身于文学作品的世界中，更好地理解和体验作品的内涵。例如：通过 VR 技术，学生可以在一个仿真的古代城市中阅读古代诗词，感受诗人的情感和艺术创造；通过 AR 技术，学生可以在真实环境中添加虚拟元素，如在阅读《水浒传》时，看到梁山好汉的形象出现在自己的眼前，增强阅读的趣味性和实感。

这些新的教学技术不仅丰富了阅读教学的手段，也为阅读教学提供了新的可能性。在新媒体环境下，教师可以利用这些技术，设计更为生动、更为有效的阅读教学活动，激发学生的阅读兴趣，提高学生的阅读理解能力。同时，新媒体技术的发展也对教师提出了新的要求，教师需要不断学习新的教学技术、更新教学理念和方法，以适应新媒体环境下的教学需求。

然而，新媒体技术的发展并不意味着传统的阅读教学方法就完全失去了作用；相反，新媒体技术和传统阅读教学方法应该相辅相成，共同提高阅读教学的效果。新媒体技术提供了新的教学工具和平台，但教师仍然需要利用传统的教学方法，如引导学生深度阅读、进行文本分析等，帮助学生提高阅读理解能力，培养良好的阅读习惯。

总之，新媒体技术的发展为汉语言文学阅读教学提供了新的教学工具和平台，为提高阅读教学的效果提供了可能。教师应该把握新媒体技术的优势，灵活利用新的教学工具和平台，创新阅读教学方法，提高阅读教学效果。同时，教师也应该注意到，新媒体技术并不能替代传统的阅读教学方法，而应该与之相结合，共同提高阅读教学的效果。

（三）教育理论

教育理论对于汉语言文学阅读教学的进行具有重要的指导作用，其中包括认知心理学和学习理论等。在新媒体环境下，这些理论更是为阅读教学提供了重要的理论依据。具体来说，学习者中心、主动学习、合作学习等理念的强调对于阅读教学有着极其重要的影响。

首先，认知心理学强调学生的认知过程与学习效果的关系，它关注学生的知识获取、信息处理和问题解决等过程。这种理论提供了关于如何有效进行阅读教学的有用指导。例如，根据认知心理学理论，教师可以设计一些活动，帮助学生理解和记忆文本信息，提高阅读理解能力。同时，教师也可以通过引导学生反思和评价自己的阅读过程，帮助学生发现和改正阅读策略上的问题，提高阅读效果。

其次，学习理论，包括行为主义、认知主义和建构主义等学习理论，为阅读教学提供了理论依据。例如：根据行为主义学习理论，教师可以利用奖励和惩罚机制，激励学生积极参与阅读活动；根据认知主义学习理论，教师可以设计一些活动，帮助学生建立和整理文本信息的认知结构，提高阅读理解能力；根据建构主义学习理论，教师可以引导学生主动参与到文本信息的建构过程中，帮助学生形成深度理解。

新媒体环境下的教育理论强调了技术与阅读的融合。新媒体技术的广泛应用为阅读教学提供了全新的可能性。教师可以利用电子书、在线阅读平台和多媒体资源等工具，丰富阅读教学的形式和内容，提供更多样化、个性化的学习体验。同时，教师还可以借助社交媒体和在线协作平台，促进学生之间的互动和交流，拓展阅读的社交维度。然而，要充分发挥新媒体在阅读教学中的积极作用，教师需要具备相应的教育技术素养。他们应该了解和熟练运用新媒体技术，善于挖掘和整合优质的教育资源，设计并组织有效的教学活动。此外，教师还应关注新媒体环境下的信息安全和信息素养教育，引导学生正确使用新媒体工具，培养良好的信息素养和网络道德。

二、新媒体环境下汉语言文学阅读教学的意义

（一）提升信息获取能力

提升信息获取能力在新媒体环境下变得尤为重要。随着互联网和新媒体的快速发展，信息的获取渠道变得更加丰富和多元，学生可以通过网络平台轻松获得各类文学资源。在这种背景下，汉语言文学阅读教学可以起到关键作用，帮助学生培养筛选、判断、整合信

息的能力，提升他们的信息素养。

第一，帮助学生培养筛选信息的能力。在新媒体时代，信息泛滥，学生需要学会从海量的信息中筛选出有用的、可靠的内容。阅读教学可以引导学生在文学作品中寻找与自己需求相关的信息，通过对文学作品的评估和分析，培养他们判断信息价值和质量的能力。这种能力对于学生日后的学习和生活都具有重要意义。

第二，通过提供多样化的文学资源，帮助学生提升信息获取能力。教师可以利用网络平台、电子书籍等工具，为学生提供丰富的文学资源，涵盖不同题材、不同时代的作品。通过多样化的阅读材料，学生可以接触到不同类型的信息，培养他们获取不同领域、不同观点信息的能力。此外，教师还可以指导学生使用在线资源和文献检索工具，教授有效的搜索和筛选方法，使学生能够快速准确地找到所需的信息。

第三，注重培养学生的信息素养。"随着我国全面步入信息化社会，信息素养已成为新时代人才必备素质之一。"[①] 信息素养不仅包括获取信息的能力，还涉及对信息的评估、利用和创新能力。教师可以通过开展信息素养教育，引导学生对获取到的信息进行深入思考、评价和应用。学生需要学会质疑信息的真实性和可靠性，学会从不同角度审视信息，并能够灵活运用信息解决问题。这些能力的培养需要结合实际案例、开展讨论和实践活动，让学生在实际操作中提升信息素养。

综上所述，汉语言文学阅读教学在新媒体环境下提升学生信息获取能力具有重要意义。通过阅读教学，学生可以培养筛选、判断、整合信息的能力，提升信息素养。教师可以通过提供多样化的文学资源、引导学生有效获取信息、培养信息素养等策略，促进学生在新媒体时代中成为优秀的信息获取者和终身学习者。只有具备良好的信息获取能力和信息素养，学生才能更好地适应信息社会的发展，并在自己的学习和生活中取得成功。

（二）优化学习方式

优化学习方式是新媒体在汉语言文学阅读教学中的一大优势。新媒体为学习提供了全新的可能性，如在线互动、多媒体呈现等。通过充分利用新媒体技术，进行汉语言文学阅读教学，可以使学习变得更加生动、有趣，提高学生的学习兴趣和效率。

首先，新媒体在汉语言文学阅读教学中的互动性能够优化学习方式。传统的教学模式中，学生通常是被动接受知识和信息的。而新媒体技术为学生提供了更多参与和互动的机会。通过在线平台和社交媒体等工具，学生可以与教师和其他学生进行即时互动和讨论，

---

① 兰欣卉. 高职经贸专业信息素养教育改革策略研究 [J]. 北方经贸，2023，462（05）：146.

分享自己的想法和理解。这种互动性不仅增加了学习的趣味性，还促进了学生之间的合作和交流，培养了他们的思维能力和表达能力。

其次，多媒体呈现为学习提供了更丰富的表达方式。传统的文本阅读教学往往只通过书籍或教材来呈现信息，而新媒体技术可以通过图像、音频、视频等多种媒体形式来展示文学作品。这种多媒体呈现方式可以更好地激发学生的感官体验，增强他们的阅读理解和情感投入。通过音频朗读、视频解读等形式，学生可以更好地理解作品的语言特点、情节发展和人物形象，使学习过程更加直观和生动。

最后，利用新媒体进行汉语言文学阅读教学还可以实现学习个性化。每个学生在阅读能力、兴趣和学习风格上存在差异，传统教学难以满足每个学生的个性化需求。而新媒体技术可以根据学生的不同需求和水平，提供个性化的学习资源和指导。在线阅读平台可以根据学生的阅读水平推荐适合的文学作品，教师可以根据学生的学习情况提供个性化的反馈和指导。这种个性化的学习方式可以更好地满足学生的学习需求，激发他们的学习动力和积极性。

除了以上优势，新媒体还提供了更丰富的学习资源和信息获取途径。学生可以通过网络平台和在线图书馆等工具，随时随地获取各种汉语言文学资源，包括经典著作、名家讲座、学术论文等。这为学生提供了广阔的学习空间和知识来源，使他们能够更全面地了解和探索汉语言文学。同时，学生还可以通过在线讨论和协作平台，与其他学习者进行交流和合作，拓宽自己的视野和思维。

在充分利用新媒体进行汉语言文学阅读教学时，教师应注意合理使用和引导。新媒体技术本身并不是教学的全部，教师需要在使用新媒体的同时，保持对学生的指导和监督。教师应该选择优质的在线资源，引导学生正确使用和评估信息。此外，教师还需要熟练掌握相关技术和工具，灵活运用新媒体技术，为学生提供良好的学习体验和学习环境。

综上所述，新媒体为汉语言文学阅读教学提供了新的可能性，优化了学习方式。通过新媒体的互动性、多媒体呈现和个性化学习等特点，可以使学习更加生动、有趣，提高学生的学习兴趣和效率。教师应充分利用新媒体技术，为学生提供丰富的学习资源，引导学生参与互动和合作，实现个性化的学习。只有充分发挥新媒体的优势，结合有效的教学策略，才能在汉语言文学阅读教学中取得更好的效果，推动学生全面发展。

（三）拓宽学习空间

新媒体的出现为学习带来了巨大的变革，其中之一就是拓宽了学习空间。传统教育存在时间和空间的限制，学生只能在教室内、特定的时间段内接受教育。然而，新媒体技术的发展打破了这些限制，学生可以随时随地进行阅读学习，从而拓宽了他们的学习空间。这对于促进学生的自主学习、个性化学习以及终身学习具有重要的意义。

第一，新媒体打破了时间限制，使学习成为一个可以随时进行的活动。学生不再受制于传统的学习时间表，可以根据自己的时间安排和个人节奏进行学习。无论是在校期间还是放假期间，学生都能够通过在线阅读平台、电子书籍等工具获得各种学习资源。他们可以在公共交通工具上、家中、图书馆或咖啡店等地方进行阅读学习，利用碎片化时间进行自主学习。这种随时随地的学习方式极大地提高了学习的灵活性和便捷性，使学生能够更好地安排自己的学习生活。

第二，新媒体打破了空间限制，为学生提供了更广阔的学习空间。传统教室的教学范围受到地理位置的限制，而新媒体技术将学习从课堂扩展到了整个互联网空间。通过在线平台、虚拟教室和远程教育等方式，学生可以与世界各地的教师和学生进行交流和学习。他们可以参与在线学习社区、参加网络研讨会、观看在线课程等，与更广泛的学习群体互动、分享知识和经验。这样的学习环境为学生提供了更多的学习机会和资源，丰富了他们的学习体验，拓宽了他们的视野。

第三，新媒体的发展也推动了学生的自主学习。在传统教育模式下，学生通常是被动地接受教师的指导和安排。然而，新媒体技术赋予学生更多的自主学习权利和选择权。学生可以根据自己的兴趣和需求，在线搜索和选择适合自己的学习资源。他们可以自主决定学习的时间、地点和方式，根据个人的学习进度进行学习。这种自主学习的模式能够激发学生的学习动力和积极性，培养他们的自主学习能力和自我管理能力。

第四，新媒体技术促进个性化学习的发展。通过在线学习平台和个性化学习系统，学生可以根据自己的学习特点和水平，选择适合自己的学习内容和学习路径。个性化学习可以根据学生的兴趣和学习需求，提供量身定制的学习资源和学习支持，帮助学生更好地发挥自己的潜能。这种个性化学习使学生能够按照自己的节奏和方式进行学习，更好地适应自己的学习需求，提高学习效果。

然而，要实现有效的拓宽学习空间，教师需要做好相应的准备和支持。教师需要提供在线学习资源的引导和推荐，培养学生的信息素养和网络素养。同时，教师还应在在线学习环境中提供适时的指导和支持，确保学生能够正确利用新媒体进行学习。教育机构也应加强对新媒体教育的投入和支持，提供稳定的网络环境和技术设备，以确保学生能够顺利进行在线学习。

（四）提升跨文化理解能力

在新媒体环境下，通过网络可以轻松获取各类跨文化的文学资源，这为学生提升跨文化理解能力和增强文化包容性提供了重要的价值。跨文化理解能力是指个体能够理解、尊重和包容不同文化背景的能力，它在当今多元文化社会中显得尤为重要。通过接触和理解不同文化的文学作品，学生可以拓宽自己的视野、培养文化敏感性，并培养出具有包容心和尊重他人文化的品格。

1. 跨文化教育的重要性

跨文化理解能力在当今社会中的重要性不可忽视。随着全球化的进程加快，不同文化之间的交流和互动日益频繁，跨文化交际的需求也越来越迫切。跨文化理解能力不仅有助于促进不同文化之间的和谐相处，还能够拓展学生的思维方式和视野，增强他们的国际竞争力。在这样的背景下，通过接触和研究不同文化的文学作品，可以帮助学生深入了解不同文化的内涵和特点，促使他们对其他文化抱有尊重和包容的态度。

2. 文学资源的价值

文学作品作为跨文化教育的重要资源，具有丰富的文化信息和价值。文学作品蕴含着作者的文化背景、价值观和情感体验，通过阅读不同文学作品，学生可以了解和体验不同文化的思维方式、社会风俗和生活方式。文学作品可以帮助学生突破自身文化的局限，拓展对世界的认知和理解。通过文学作品，学生可以感受不同文化的美学追求、情感表达和思想深度，培养出更加敏感和包容的文化意识。

3. 新媒体的作用

新媒体在提升学生跨文化理解能力方面发挥着重要的作用，具体如下：

（1）新媒体为学生提供了更广泛、更便捷的跨文化文学资源。通过在线阅读平台、数字图书馆等工具，学生可以接触到世界各地的文学作品，包括经典文学、当代文学、民间文学等。他们可以通过网络自由选择、阅读和研究各类文学作品，从而深入了解不同文化的历史、人文、思想和艺术。这种便捷的获取方式为学生提供了更多元、更丰富的跨文化学习资源。

（2）新媒体提供了跨文化交流和互动的平台。学生可以通过社交媒体、在线论坛等渠道与其他文化背景的学生进行交流和互动。他们可以分享自己对文学作品的理解和感悟，同时也可以借助他人的视角和见解，丰富自己对不同文化的理解。这种跨文化交流的机会促使学生超越自身的文化背景和局限，开阔自己的思维和视野。

（3）新媒体也为学生提供了更多样化的学习形式和互动方式。通过多媒体呈现、虚拟实境等技术手段，学生可以身临其境地感受不同文化的艺术和表达方式。音频、视频、影像等多媒体元素的应用可以增强学生的感官体验，使他们更加深入地理解和感受跨文化的独特之处。这种多样化的学习形式和互动方式能激发学生的学习兴趣和参与度，增强他们对文化差异的敏感性和理解能力。

要充分发挥新媒体在提升跨文化理解能力方面的作用，教育机构和教师需要积极引导和支持。教育机构应加强对跨文化教育的重视，提供多样化的文学资源和学习平台。教师应引导学生选择适合自己的跨文化文学作品，组织相关的讨论和分析活动，促使学生深入思考和理解不同文化的内涵。同时，教师还应引导学生从跨文化的角度出发，开展文学创作和表达，使学生通过创作与他人分享自己对文化的理解和感悟。

第三节　新媒体环境下汉语言文学阅读教学的策略

一、利用新媒体工具提升阅读体验

新媒体工具，如电子书籍、多媒体教学平台、在线互动平台等，为汉语言文学阅读教学提供了新的可能。

电子书籍：电子书籍具有携带方便、资源丰富、检索简单等优点。学生可以随时随地阅读电子书籍，无须受时间和空间的限制。这对于满足学生的阅读需求，提高阅读效率有着重要的作用。此外，电子书籍还具有搜索、标注、复制等功能，可以帮助学生更好地理解和记忆文本内容。

多媒体教学平台：多媒体教学平台则可以丰富文学作品的解读。通过视频、音频、动画等形式，教师可以生动形象地展示文学作品的背景、主题、人物等内容，使文学作品"活"起来，提高学生的阅读兴趣和理解深度。比如，教师可以制作关于某一文学作品的多媒体教学视频，通过音乐、图片、讲解等方式，引导学生理解作品的情节、主题、人物性格等，使文学作品的解读变得更加生动有趣。

在线互动平台：在线互动平台则可以激发学生的学习积极性。通过在线讨论、分享阅读感受、发表读书笔记等方式，学生可以更加主动地参与到学习中来，深化对文学作品的理解，锻炼思考和表达能力。比如，教师可以在在线平台上组织书评活动，引导学生分享阅读感受、发表个人见解，通过互动讨论，激发学生的思考，增进学生对文学作品的理解。

总的来说，新媒体工具可以提升学生的阅读体验，激发学生的学习兴趣，提高学生的阅读效果。作为教师，我们需要充分利用新媒体工具，创新教学方式，提高教学效果。同时，我们也需要注意到新媒体工具的使用也带来了新的挑战，如网络安全、信息过载等问题，需要我们谨慎应对，确保教学的顺利进行。

二、引导学生主动互动学习

新媒体环境下，教师需要积极引导学生主动参与学习，激发其学习积极性，以更深层次地理解和接受汉语言文学知识。

首先，新媒体环境下的学习不再是传统的教师授课、学生接受的被动学习模式。新媒体工具如网络论坛、社交平台等提供了在线互动的可能，使得学生可以通过发表评论、提出问题、分享想法等方式，主动参与到阅读教学中来。通过主动参与，学生可以提出疑问、分享见解，既有利于锻炼他们的表达能力，也能激发他们的学习兴趣，提高他们的学习积极性。

其次，通过主动互动学习，学生可以从被动接受知识，转变为主动探索知识。当学生在阅读过程中遇到问题时，他们可以在在线互动平台上提出，和同学们一起讨论，寻找答案。这样的学习过程，使学生在解决问题的过程中深入理解文本，加深对知识的理解和掌握。而教师也可以根据学生在互动过程中反映出的问题和困惑，调整教学策略，以满足学生的学习需求。

再次，主动互动学习也能培养学生的批判性思维。在在线互动平台上，学生可以看到其他学生对同一问题的不同观点，从而促使他们反思自己的观点，开展批判性思考。在这个过程中，学生不仅可以学习到不同的观点，还可以学习如何理性地讨论和辩论、如何批判性地思考问题。

最后，主动互动学习有利于建立学生的合作精神。在线互动平台上的学习活动，往往需要学生进行团队合作。在这个过程中，学生需要学习如何有效地沟通、如何协作解决问题，从而培养他们的团队合作精神和协作能力。

总之，新媒体环境下的汉语言文学阅读教学，应注重引导学生主动互动学习。这样的教学方式，不仅能激发学生的学习兴趣，提高他们的学习积极性，也有利于培养他们的批判性思维和合作精神，更好地帮助他们理解和掌握知识。然而，我们也应注意到，新媒体环境下的主动互动学习，同时也带来了一些挑战，如网络安全问题、信息过载问题等，需要我们寻找合适的解决策略，确保教学的顺利进行。

三、整合网络资源

新媒体环境下，网络资源的丰富多样为汉语言文学阅读教学提供了广阔的可能性。教师可以根据教学需要，选择适合的网络资源，如优秀的文学网站、电子图书馆、在线讲座等，为学生提供丰富、高质量的阅读资源，拓宽学生的阅读视野。这样的教学方式，不仅可以提高学生的学习效率，也有助于激发他们的学习兴趣，培养他们的自主学习能力。

第一，优秀的文学网站。优秀的文学网站是汉语言文学阅读教学的重要资源。这些网站通常提供大量的文学作品，涵盖了古今中外的各种流派和体裁，可以满足学生的不同阅读需求。同时，这些网站还提供作品解读、作者介绍、文学评论等内容，可以帮助学生深化对文学作品的理解。教师可以根据教学目标，指导学生利用这些网站，有效地进行文学阅读。

第二，电子图书馆。电子图书馆是另一种重要的网络资源。电子图书馆通常具有海量的图书资源，涵盖了各种主题和领域，学生可以根据自己的兴趣和需要，自由选择阅读材料。同时，电子图书馆还提供了便捷的搜索和检索功能，学生可以迅速地找到所需的资料，提高学习效率。此外，电子图书馆还提供了一些增强阅读体验的功能，如标注、书签、朗读等，可以帮助学生更好地进行阅读学习。

第三，在线讲座。在线讲座则可以提供更深层次的学习资源。许多知名学者和专家会通过在线讲座，分享他们的学术研究和学习经验，为学生提供更高层次的学习视角和思考方向。通过观看这些讲座，学生可以了解最新的学术动态，拓宽学习视野，提高学术素养。此外，许多在线讲座还提供互动环节，学生可以提问，与专家进行直接交流，更好地理解和掌握学术知识。

总的来说，新媒体环境下的网络资源为汉语言文学阅读教学提供了丰富的教学资源，有助于提高教学效果，拓宽学生的阅读视野。然而，我们也应看到，网络资源的使用同时也带来了一些挑战，如信息过载、版权问题等，需要我们在利用网络资源的同时，也要注重培养学生的信息素养，学会筛选和评价信息，合理、合法地使用网络资源。

四、利用数据优化教学

新媒体环境下，可以通过数据分析了解学生的学习情况，如学生的阅读时间、阅读进度、阅读难点等，根据数据分析结果，调整教学策略，提高教学效果。

在新媒体环境下，数据分析成为优化教学的重要工具。这是因为新媒体环境中的学习活动大多数都可以被数字化，因此生成了大量的学习数据。这些数据反映了学生的学习行为和学习情况，如学生的阅读时间、阅读进度、阅读难点等。教师可以通过分析这些数据，了解学生的学习情况，从而调整教学策略，提高教学效果。例如，教师可以通过分析学生的阅读时间，了解学生的学习习惯。如果发现学生的阅读时间主要集中在晚上，那么教师可以在晚上安排更多的阅读任务；如果发现学生的阅读时间分布比较均匀，那么教师可以鼓励学生保持这种良好的学习习惯。

同样，教师也可以通过分析学生的阅读进度，了解学生的学习效率。如果发现某些学生的阅读进度远落后于其他学生，那么教师可以及时与这些学生沟通，了解他们遇到的困难，给予必要的帮助；如果发现大部分学生的阅读进度都比较慢，那么教师可能需要调整教学计划，减少阅读任务，或者提供更多的学习支持。

此外，教师还可以通过分析学生在阅读过程中的行为，如标注、笔记等，了解学生的阅读难点。如果发现大部分学生都在同一段落进行了标注，那么这可能表明这一段落的内容比较难理解；如果发现某些学生的笔记数量很少，那么这可能表明这些学生在阅读过程中的理解能力需要提高。

基于这些数据分析的结果，教师可以采取相应的教学策略，如调整教学计划、提供个性化的学习支持、加强阅读指导等，以提高教学效果。然而，数据分析并不能完全替代教师的教学判断。因为数据只能反映学生的外在行为，不能直接反映学生的内在思维。因此，教师在利用数据分析优化教学的同时，还应结合自己的教学经验和对学生的了解，做出全面的教学决策。

五、构建个性化学习路径

在新媒体环境下，个性化学习成为可能。这是因为新媒体提供了丰富多样的学习资源和灵活的学习方式，使得教师可以根据每个学生的学习情况和兴趣，设计个性化的学习路径，满足学生的个性化需求，提高学生的学习效果。

首先，新媒体环境中的大量学习资源，使得教师可以根据每个学生的兴趣和需求，推荐适合的阅读材料。例如，对于对古代文学感兴趣的学生，教师可以推荐一些古代文学的经典作品；对于对现代文学感兴趣的学生，教师可以推荐一些现代文学的优秀作品。这种个性化的阅读材料推荐，可以激发学生的阅读兴趣，提高他们的阅读动力。

其次，新媒体环境中的灵活学习方式，使得教师可以根据每个学生的学习能力和进度，提供个性化的阅读指导。例如，对于阅读能力较强的学生，教师可以给他们更多的阅读自由，让他们自己探索和发现；对于阅读能力较弱的学生，教师可以给予更多的指导和帮助，如指出阅读中的难点、解释复杂的语句结构等。这种个性化的阅读指导，可以帮助每个学生根据自己的能力和节奏进行阅读，从而提高阅读效果。

最后，新媒体环境还可以通过数据分析，进一步实现个性化学习。教师可以通过分析每个学生的学习数据，了解他们的学习情况，如阅读时间、阅读进度、阅读难点等，然后根据这些数据，调整教学策略，设计个性化的学习路径，满足每个学生的个性化需求。

总的来说，新媒体环境为个性化学习提供了可能。然而，我们也应看到，实现个性化学习需要教师具有高度的专业素养和技术能力，能够熟练地使用新媒体工具、精确地分析学习数据、灵活地设计学习路径。同时，也需要学校和社会提供必要的支持，如提供足够的学习资源、提供技术培训、提供教学评估等，以确保个性化学习的有效实施。

第六章 新媒体环境下汉语言文学写作教学实践

第一节 新媒体辅助语文写作教学的优势与必要

一、新媒体辅助语文写作教学的优势

（一）新媒体资源的丰富性、更新的即时性

"新媒体在教育行业得到广泛运用，可以运用于课堂教学的新媒体形式包括网络教学平台、社交网络、即时通信工具、视频网站、搜索引擎等。新媒体辅助教学具有轻便环保、内容丰富、形式多样、考核科学的特性和价值。"① 与传统媒体相比，新媒体的优势之一在于其蕴藏着丰富且便于获取的信息资源。在传统的纸质媒介下，我们需要通过翻阅书籍才能获取我们需要的资料；而在新媒体环境下，学生只要输入想要检索内容的关键词，就可以浏览到想要的信息。新媒体资源的丰富性满足了学生对信息的需求，便利了学生博观，也帮助学生做到厚积，从而顺势写出笔酣墨饱的文章。

新媒体资源还具有更新的即时性。所谓的即时性是指最新的消息状态能够得到及时发布，即使信息发生变化也能得到更新，同时当信息失去时效性后就被及时淘汰。像电视、报纸等传统媒体在传播过程中没有网络作为载体，导致传播速度慢，不能做到第一时间将最新信息传递到受众面前。而反观新媒体就可以借助互联网做到最快速的传播。及时性的消息更新满足了学生对外界的好奇心和探索欲，开阔了学生的写作视野，填补了学生两点一线的生活模式所带来的枯燥。

无论是作为日常的写作训练，还是高考考场作文，我们写作教学的精神就是要引导学

---

① 陈世华. 新媒体辅助教学：概念、价值和策略 [J]. 江西广播电视大学学报，2018，20（2）：74.

生去关注自我的成长、关注时代的发展。新媒体资源的丰富性、更新的即时性可以为学生写作提供新鲜的素材，帮助学生伸出触角，去联系生活、关联时代，打通生活与写作的"任督二脉"，为枯竭的文思注入一泉活水，让学生的真切感受尽显笔端。

（二）新媒体平台的开放性、主体的互动性

新媒体影响下的传播方式极具开放性，所谓的开放性是指能够实现所有人和所有人的交流与沟通。自主写作、自由表达，以负责的态度陈述自己的看法，表达真情实感，培育科学理性精神，学会用现代信息技术辅助交流。能独立修改自己的文章，乐于相互展示和评价写作成果。而我们的新媒体平台正是给学生提供了自由表达的便利条件，在新媒体平台上，每个学生都能记录自己的所思所悟，并发布文字信息、随拍照片、短视频等。新媒体平台不仅能够实现使用者的自由表达，还能够实现使用者之间的相互交流。老师、学生、家长通过文字发送等，从而实现及时的交流与沟通。

以最常见的微信公众号平台、微信朋友圈为例，学生可以充分利用公众号平台记录自己在成长过程中的点点滴滴，将自己学习上的趣事、生活中的观察或是瞬间的灵感都编辑在线，并将自己写好的成果或是阅览到的优质文章等分享到朋友圈。伴随着微信好友的点赞或评论，富有趣味的互动交流活动就展开了。教师也可以利用微信公众号平台发布班级学生的写作动态，将学生的写作成果分享到平台中，满足学生内心的一种成就感。

虽然微信在学生群体中的实际运用比较少，但学生家长大都能够熟练使用并且能通过文字、语音等进行交流。微信现下已成为连接学生、家长及学校的重要平台，能够帮助家长了解学生在校情况，同时也帮助老师及时了解学生在课外的学习状态。基于微信的语音聊天、视频聊天等种种强大功能，它已成为连接学生、老师、家长及学校的一座新桥梁。

新媒体平台开放性、主体的互动性特点将师生之间的距离拉近了，打破了传统教学中只能在课堂上交流的局限，极大地加强了教师与家长、教师与学生的沟通理解，并且实现线上的一种自由交流。同时也转变了学生的学习状态，由以前的被动状态向积极互动的状态转变，增加了学生的学习乐趣。简而言之，为师生及家长提供了便于沟通交流、学习互动、信息共享的平台，这是新媒体运用到教学上的特别优势之一。

（三）新媒体教学方法的交互化、写作成果的收藏性

我们传统的写作教学方法主要是课堂讲授法。课堂讲授法在具体操作上的表现为：老师根据教材参考进行授课，从教学的内容上看，偏重对概念及原理的讲解和分析，对现实生活中的实践问题、实际经验以及具体情况比较忽视。而现在，随着新课改的不断推进，

我们的课堂迎来了交互式这一崭新的教学方法。交互式教学法要求在课前的导入中为学生创设好情境，借助教学平台，老师和学生进就围绕某个问题行一种平等的交流和互动。在新媒体环境下借助网络教学平台可以让教师和学生能够更好地进行互动与交流，从而增强写作课的教学效果，这是交互式教学方法显示出来的益处。

另外，利用新媒体平台进行线上写作的优势之一是可以永久性地收藏自己的文章，而且可以实现动态化的修改，解决了纸质文章易丢失、难以留存、不便及时修改的问题。不仅是自己的写作成果，一些优秀的或者自己喜爱的范文、佳句也可以放置在自己的收藏夹，也可为喜欢的文章点赞，然后随时阅览。写作成果的永久收藏性，一方面，便于将自己的所思所感记录下来，作为成长的印记；另一方面，也利于丰富自己的写作素材。以笔者常用的新媒体优质创作平台简书为例，登录账号，就可以浏览到自己创作过的文章，可以点击分享生成图片或链接发送给简书好友、微信好友，进行互动分享；还可以选择继续编辑，完善文章；还可以收入专题，便于分类查找。类似这样的创作平台，还有豆瓣、知乎等。

二、新媒体辅助语文写作教学的必要

（一）满足学生自我实现的需要

马斯洛需要层次论中把人的动机需要分为五个层次，在五个需要层次中，位于最高层次的是自我实现的需要，也就是实现个人的人生价值、发挥聪明才智的需要。

学生具有较为强烈的自我中心主义倾向，在学习和生活上渴望被他人关注，尤其是来自自己的老师、家长以及同伴的认可。课堂写作下的作文评改常常是教师独白式，主要由教师一人评改，每次也只有几篇优质作文能在班级里获得展示的机会，大部分学生所写的作文只能孤芳自赏，因此并不能从写作中获取所需的成就感。而在新媒体平台，学生所写的文章能够拥有更多的读者，甚至是粉丝，这对写作者来说是心理上的一种驱动。现代心理学认为，对事物的渴求，可以把人的心理能量聚集在一起，并能让大脑处于兴奋的状态，然后成为推动行为活动的内驱力。

新媒体平台给学生提供了独立发挥的空间，帮助实现其在表达上的畅快、创作上的自由。总而言之，在新媒体平台上进行写作的方式不仅扩展了学生的课堂写作，还将学生的写作能力发挥到最大限度，对于学生来说就是一种个人才智的展现、个人价值的实现。

（二）激发学生写作兴趣的需要

教育最高超的艺术境界并不是对教学本领的传授，而是在于能够激励学生不断进步，唤醒学生内心的渴求，激发学生学习的兴趣。因此，要转变学生厌恶写作的心理，关键在于要激发学生内心的写作欲望，内驱力是激起学生写作动力的浪花。在课内，教师借助多媒体可为学生创设出声像俱全的丰富情境，使言、景、情自然地融为一体，渲染出融洽的写作氛围，帮助学生进入角色。当内心情感得到真切的流露时，便会激起"我手写我心"的欲望，自然写出文质兼美的好文章。在课外，像简书、豆瓣等新媒体创作软件往往界面美观、图文并茂，可以起到活泼学生情绪的作用，同样也可以吸引学生进入创作。

（三）为写作教学提供新载体的需要

与传统媒体相比，新媒体具有互动性、交互性的特点，它以互联网、手机等为载体，在使用的过程中发挥着快捷、便利的独特优势，满足了学生各个方面的需要。与此同时，也让我们教学的形式更加多样，给教学提供了新的载体。从课堂教学的实际改变来看，电子白板等多媒体设施渐渐在校园中普及。

以往的写作课比较直白，往往是老师直接抛出作文题目，帮助学生进行一个简单的材料分析或者审题后就直接进入学生写作环节，缺少情境的创设、氛围的调动。而借助新媒体可以改变传统的教学模式，使作文课堂的教学形式越来越呈现多样化，教学内容得到充分的拓展。在写作课中应用新媒体技术，可以让写作教学变得更加形象、生动、直观，从而塑造出一种愉悦的写作氛围，助力于打造高效的写作课堂。帮助学生进行自主写作，实现从被迫写作到主动写作的转变，让写作成为抒发心曲的乐事。从教学的外部环境看，新媒体使写作教学的环境从课堂扩展到了课外，在课堂之外也能借助新媒体实现写作教学的延展。例如，以前学生只能提交纸质的作文，而现在伴随着新媒体的出现，可以实现在线提交，便捷了写作教学的扩展渠道。

第二节　汉语言文学专业写作教学模式的构建

当今社会对有突出专业能力的应用型人才的需求极其迫切。"写作能力的高低已成为当今社会衡量人才的重要标准，作为汉语言文学专业学生，写作能力无疑是其必备的专业能力。"[①]就汉语言文学专业的毕业生而言，写作能力是最能彰显本专业人才优势的素质之一，也是社会对汉语言文学专业人才的基本要求。从汉语言文学专业已有的毕业生就业

---

① 李冠楠. 提高汉语言文学专业学生写作能力研究 [J]. 新一代（下半月），2013（6）：32.

情况看，主要从事语文教学、文化的普及和推广、新闻出版、文秘及行政管理等工作，这些工作都对写作能力有很高的要求。因此，在大学期间，应该让学生积累扎实的语言文学功底，培养文学气质、审美品位和创意思维，提高语言文字表达能力，为踏上工作岗位做好充分准备。因此，高校应对汉语言文学专业的课程体系、培养模式进行结构性调整和改造，选择从写作能力的培养入手，全面提升本专业人才适应经济社会发展的能力，从而形成自身鲜明的特色，是既切合实际又顺应时势的。

一、突破一体两翼模式，改革写作类课程教学

汉语言文学专业的写作类课程包括基础写作和应用文写作，写作类课程的内容结构通常是一体两翼，即以写作基础理论为体，以文学写作和实用写作为两翼。教学安排是：第一学期进行写作基础理论教学，通常是将写作过程分为感知、立意、构思、表达、修改等若干阶段，分别加以理论性的阐述，辅以各阶段的专项练习；第二学期进行文体写作教学，侧重于文学类、新闻类和评论类文体的理论知识和写作要领，辅以各类文体的习作；第三学期专门开设应用文写作课，进行公务文书、学术论文等应用文体的写作教学。

由于传统的写作基础理论是在对一般文章的写作过程的研究和总结的基础上提炼出来的，比较笼统。例如，基础理论中的想象与联想部分，与规范性很强的应用文写作并不合拍，但对创意性很强的广告文案写作就非常重要。又如就构思而言，规范型写作与创意型写作的要求完全不同，前者必须循规蹈矩，依规定或惯例而为，不可与众不同；后者则恰恰相反，往往只有打破常规、突破窠臼，才能实现作品的价值。因此，写作基础理论这一体，无法同时使文体写作的两翼齐飞，必须改革写作基础理论的教学内容。

要想改革写作基础理论的教学内容，首先应该理清各类文体写作的性质、特点和要求。前人对文体分类做过许多探索，划分的标准、角度和方法不同，分类也就各不相同。高校通用写作教材中最新的分类法是文学作品与文章（狭义）相分立的分类法，它以内容和功能为标准，把广义的文章先分为文学作品和文章（狭义）两大部类，前者以审美为主要功能，后者以实用为主要功能，下面再做多层次的划分。但这种分类法并不完善，文学部类与非文学部类仍有交叉。何况随着时代的发展，一方面，社会的需要使得各种新文体不断涌现；另一方面，一些传统的文体在内容和功能方面也发生了变化。例如，在当今市场机制下能够不靠资助而生存的文学作品，不仅类型越来越多样，内容和功能也都悄然发生着变化，文学作品的写作方式和方法，也都在随之变化。又如，广告文案一般被归属于实用文章，但广告文案的写作，必须兼顾审美和实用两大功能。因此，写作理论的建构应从写作本身出发，即以写作的运思方式和表达要求为标准，来划分写作的类型，按此标

准，写作应可分为创意型写作和规范型写作。

所谓创意型写作，即追求新颖和创造性的写作，要求感知角度独特、想象大胆新奇、立意出人意料、构思不拘一格及表达生动。其写作的目标是让作品对受众有足够的吸引力，能够在市场竞争中生存，并产生一定的经济效益和社会效益。在文化产业占 GDP 比重越来越高的大趋势下，社会对创意型写作人才的需求将急剧上升。创意型写作与文学写作的重叠度很高，但外延大于文学写作。创意型写作的教学不仅是培养文学创作者，更多的是着力于为整个文化产业发展，培养具有创造能力的从业人才，为图书出版业、动漫产业、影视产业、报刊业、新媒体业、广告业等所有文化产业提供具有原创力的文学创作者和创造性文案的撰写者。从我国当前汉语言文学专业建设和教学改革的角度看，创意型写作不仅能够提供学科和专业的可持续发展的原动力，且能够为我国文化产业创意人才资源的开发提供后备力量。

创意型写作的理论，学界还鲜有涉及，远未形成体系，我们也只是在初步探索当中。在高校基础写作教材尚未革新的情况下，我们目前仍以传统的阶段论为基本框架，但要在各环节的教学中突出强调创意型写作的新颖性和创造性的特点，如开放性、多角度的感知，别出心裁的想象和联想，新颖的立意和构思，陌生化的语言表达等，着重培养学生的创造性思维，为创意型写作能力的形成和提高打下基础。

至于规范型写作，即体式有法定或约定俗成的、规范的文章的写作，绝大部分应用文写作皆归属此列。其理论相对比较简单，现有的写作基础理论和应用文写作理论完全可以指导规范型写作的教学。值得一提的是，规范型写作的教学重点，并不在对于各类规范性文体的体式的掌握，而在于逻辑思维能力的培养，因为任何规范体式的形成，都源自日常生活和工作中严谨的逻辑思维。

为了区分创意型写作和规范型写作这两大类不同性质、特点和要求的写作类型，教师可对两大类写作的理论分别展开教学，学生在均衡提高写作能力的同时，根据自身兴趣和特长，有选择地侧重某一方面能力的发展。

二、确立大写作观，开辟写作教学多样化课堂

传统观念中的写作课只是汉语言文学专业的一门课程，限定在本门课程课堂教学的狭窄范畴中。大写作观认为，写作教学其实是对各种写作资源的整合过程，也是一个极具开放性的系统化工程，要把写作教学这个系统放在校园、社会这一大系统之中，拓展写作教学的广度和深度。在大写作观的视野下，其他课程也可以成为学生写作的园地，校园活动可为学生写作创造良机，而丰富多彩的社会生活，则是学生写作的源泉和指向。

首先，汉语言文学专业各门课程都应该和写作挂钩，也都应该有写作的要求和历练。一方面，要引导学生在各门课程的学习中贯穿写作意识，自觉地培养写作思维，训练文字表达能力；另一方面，也要求各门课程的教师，把写作因素渗透到课堂教学和课后作业之中，从各个不同方面促进学生写作能力的提高。

其次，组织开展丰富多彩的校园文化活动和社会实践活动，激发学生的写作热情，为学生学习写作提供更多的机会。

三、构建网络实践平台，创新写作教学与训练

写作类课程（包括基础写作、应用写作等）是实践性极强的基础性课程，所以传统写作类课程的教学向来十分重视实践环节的设计与训练。但是，写作能力的提高、写作技艺的熟谙，仅靠有限的课堂练习及课后作业又很难达到理想目的。有鉴于此，在写作类课程教学过程中积极引导学生创立网上培训基地和写作实践平台，极大地丰富了教学资源和教学手段，调动了学生的写作积极性，培养了颇具规模的写作梯队，形成了对传统课堂教学的有益补充。

（一）网络传播的特点为写作提供条件

网络传播具有传统媒体所不具有的独特优势，它的无边界、超媒体、跨时空、高速度、交互性、数字化的特点，为其成为写作实践活动的良好平台提供了得天独厚的条件。

一方面，网络传播可以跨越地域、边界的限制方便地进行全球性的传播，这在很大程度上引发了学生的写作欲望，因为他们知道，自己的文字真真切切地与别人、与更多的人发生着关联；同样，自己也可以轻松地分享到外面精彩纷呈的世界。同时，互联网以超媒体、超文本的方式组织各种信息，白纸黑字的线性文本结构在网络平台上完全可以变成网状的多媒体和超文本结构。这种超文本结构大大拓展了学生的创作表现空间和个性表达空间，他们在网上实践平台所实现的自由与独创都达到了前所未有的程度；此外，网络的实时传播、瞬时传播和及时传播的特点，也使传统媒体望尘莫及。而且网络平台实际上是一个自由而无限的虚拟空间，它在传递各种信息的时间上和容量上是可以不受限制的。这些特有的优势都使网上写作实践平台最大限度地吸聚了学生写作资源，最大限度地释放了学生的的写作能量，实现了对传统课堂教学的超越。

另一方面，网络传播的广泛普及，给受众的地位和作用带来了根本性变化，这也改变了网上写作平台作者与读者的传统角色。在传统的大众传播过程中，受众总是被动地接受大众传媒传递的信息，不能同传媒主体进行平等的交流，更没有条件主动发表声音。而网

络写作实践平台则从根本上改变了读者（写作者）的这种被动地位和角色，使他们具有了前所未有的平等独立性和亲历参与性。这让学生开始主动收集材料，进行精心的取舍、分析和加工，并开始对自己的描述、解释和评论加以尊重，而不再像过去那样只是为了应付作业而练笔写作。同时，网络实践平台对个性化的保护与对交互性的支持，使得每一个学生作者和读者都可以充分地表达自我，在较少受到外界因素干扰、保留完整内心的前提下力求凸显个性，并尽量做到有效地与他人进行交流。相比传统教学模式中练习只为交给老师评阅、作业只能由老师批改，学生自己则很少获得相互间的评判、交流的状况，网络平台无疑也最大化地实现了教学相长的教育规律的科学要求。对于有着强烈个性化色彩和互动性要求的写作行为而言，这种平台就显得尤为可贵。

（二）充分利用网络在线资源，强化读写互动关系

互联网是一个有着海量资源的巨大的信息数据库，有随时可以获得的优质信息，也有通过传统方式难以找到的信息。对于写作而言，互联网已成为一个不可替代的有效辅助工具，尤其是网络在线阅读，更是深化了阅读与写作的交互关系。阅读与写作原本就是传统语文学习的一体两面，二者相辅相成、不可割裂。阅读是写作的准备和前提，不但可以从中提取成熟的写作技巧和优秀的文化精神，而且还可以把自己的写作感悟、写作范式重新投放到各种鲜活、具体的写作流程中加以检测和比较。在互联网环境下，这种检测和比较行为就会更加便捷和直接。

所以，在网络化环境下，就要求我们更加充分地利用网络在线资源，把阅读论与写作论作为一个有机整体融通起来，正确把握理论、阅读与写作三者的互动关系，使学生认识并努力将写作与科学的思维方式、生活的哲学感悟、深厚的文化涵养、非智力情感因素、敏感的语体把握、自觉的文体意识、艺术的审美趣味、电脑的知识技能结合起来。在此基础上，启发学生灵活地在阅读活动和写作小组的交流活动中学习别人的写作经验。

四、网络环境下当前高校写作学课程教学新探

20世纪末21世纪初，社会全面进入网络时代，数字、读图、符号和信息成为人们交流、沟通乃至办事的核心关键词。这种新兴媒体极大地改变和影响着社会的方方面面。在教育领域，多媒体技术对传统的口头讲授、粉笔板书形成极大的冲击。当前，高校诸多课程正在网络环境中做出必要的调整，使教学内容、教学方法、教学手段等适应信息化时代的变化与要求。中文专业的写作课程自不例外。近年来，部分教师就此话题展开过研究，并具有一定启发性，但作者认为随着博客、飞信及微信等新兴交流方式的涌现，其中还有

很多问题值得思考和探讨。

（一）建构师生共享、互动的网络平台

网络空间如能充分利用，定能成为师生互动的有力平台，它架构起任课教师和学生之间的桥梁，使双方都突破时空的限制，达到互动的及时性和便捷性。当前，高校写作课教学不能只是简单地利用电脑来查阅资料和制作课件，应充分利用这一平台，发挥其功能，使之成为任课教师的万能钥匙，以及学生的得力助手。作者以为，可结合写作学课程的性质与特征，从如下四个方面去建构这一立体化平台：

1. 教师备课平台

教师备课平台包括传统纸质备课教案所涉猎的全部内容，目前在国内部分高校均有开设。例如，写作学课程教学大纲、教学计划、教学要求、内容安排以及任课教师介绍等基本信息，电子教案、简明教材和录像资料、多媒体课件是网络载体的优势所在。此外，电子版书目推荐、练习题及资料引申等也必不可少。当然，录像资料不见得一定是任课教师现场主讲的，凡是相关的均可，或者是导论和概要式的，以避免学生提前了解后较少出勤，对教室课堂缺少好奇和期盼。备课平台不仅可供教师进行电子式备课，很多资源也可直接用来制作课件，便捷灵活。而且对学生开放后，可使其自主学习，增加了解，或者课后温习，以备巩固和强化之用。然而，当前部分高校普遍存在的突出问题表现在：这些栏目设置要么很空，要么很陈旧，没有与时俱进，经常更新（尤其是教案、习题和书目等）显得尤为必要。

2. 搭建学生学习的网络空间

搭建学生学习的网络空间可从以下四个方面去填充：

（1）文献资料可为学生提前准备有关教材，或者获取书目后投石问路地进行阅读，以将写作课学习延伸到课外，尤其是涉及写作研究新进展的论文成果，可带领学生了解学科动态，触摸学科前沿；或者只是和写作内容相关的资料展示（如国内写作学会的综述等），也有助于学生扩大视野。

（2）网站链接可引领学生进入兄弟院校写作课程建设网，或者能促进学生积极阅读、积累素材的网站都可，如国学网、榕树下、学术批评等。

（3）教学资源下载可适当丰富一些，比如包括各省历代高考作文题、《美文》各期目录电子版、前几届学长的优秀习作、重点院校的考研文学评论题荟萃以及与写作相关的名家报告等视频资料，只要不涉及版权且对学生提高写作能力有切实帮助的资料，都可提供

给学生。

（4）也可设置练习题（或思考题）栏目让学生当场检测，据参考答案自己评判。上机测试省时省力，也是当前网络发展的一大趋势。这些资料需要老师花大力气搜集和整埋。

3.师生互动平台的搭建

师生之间异地异时的互动凭借网络得以实现和延续。这大体又包括教师答疑、师生讨论以及学生建议三个栏目。

教师答疑专供教师（同时或异时地）解决学生遇到的各种问题，以网络形式及时回复，在互动中解决学生困惑，也让教师了解到学生的所需所求，以便及时调整教学方式或进程。

师生讨论则主要在师生之间、生生之间展开，可围绕课程讲授、写作体验等展开，忌将原本是 QQ 聊天的内容曝光。既然是讨论，最好建议每次抛出一个开放式话题，让师生畅所欲言。选派其中一名干部学生总结每次谈话的最终要点，以逐步改进学生的思想认识。

学生建议栏则可反映学生对这门课程的感受、评价以及改进建议，包括对教和学相关方方面面的看法，为让学生担负责任可采用实名制，以形成师生共同改进、相互促进和提高的良好学习氛围。无论哪种形式，师生互动平台的落脚点都在学生，而任课教师只是参与者，最终都是利用网络以指导和服务于学生，体现出新时期以学生为本和主体的教学观。

4.教学效果检测的平台

教学效果检测既包括学生对任课教师在网上的评教，也包括由学生完成的题库自我检测的设置，还包括教师对学生作业的网络批改，从而实现无纸化写作、无纸化递交、无纸化批改、无纸化考试的实践性教学环节。除期末考试外，学生的平时专业、自我训练都通过网络顺利完成，既便捷又灵活。

（二）相关网络资料库的建设

网络作为一种新兴交流媒介，原本就深受学生的喜爱。因此，写作学教学改革充分应利用学生经常浏览网站的机会，来激发他们的写作兴趣，使其每一次浏览都有所收获。在网络平台上建构资源库比发放传统纸质资料的方式更加节省物力和财力，而且配以图画乃至背景音乐等，可更加唯美、形象和生动。此外，网络资源库还可弥补写作教学中内容庞杂、课时有限的不足，督促学生自己去补充知识，增长见识，拓宽视野。约略说来，资料库的建设可从以下五个方面展开：

第一，收集、呈现古今中外名家论写作的格言与警句。可分为绪论（整体认识）、材料、主题、结构、表达、语言、文体及修改等类别，数量不在多，而要精，具有代表性。

第二，近代中外作家的创作谈。和创作格言凝练精辟不同的是，这一板块集中收集了中西方文学家们关于创作的各种感受、体会和认识，更多的是较详细的经验总结。

第三，写作文献资料的介绍，相关刊物、著述和文章都可。比如陈列近 30 年来写作学科发展演进历程中具有典范性的教材和著述，既可展示每一代表作的梗概介绍和全书目录，也可做出凝练的评析，让读者可以概览中国当前写作学科的演进态势。同时，选录国内写作学方面的专业期刊，对该刊物主办单位、栏目设置、电话邮箱等稍作介绍，以引领学生常去翻阅，并积极投稿。此外，任课教师率其团队在建设网页时应多关注学科前沿，平时做有心人，多收集国内外典范性的好文章及时予以刊登，虽然不见得配备电子版原文，但论文摘要和来源还是须必要的，以方便学生了解概况，学会查阅，这对日后须读研深造的同学十分有益。这种资源库要经常充实与更新（教师通过布置作业让学生查阅后上交分享，既可督促他们去查阅、关注，也可适当减轻教师负担），不仅对引领学生养成良好的学习习惯有利，对迎接学科建设和检查评估也有很大作用。

第四，国内相关网站的链接。这是网络平台的常用功能，主讲教师精选国内能促进学生阅读和写作的网站均可，以及兄弟高校中写作课程建设得比较好的院系。

第五，刊登学生的优秀习作，同年级或前几届学长的均可，只要具有典范性，在构思、主题、语言、文体等方面可圈可点，都可不拘一格地刊用。这不仅能起到示范作用，也能极大地激发学生的写作热情。虽然作为网络资源刊登文章的门槛要比纸媒低一些，但能让学生看到辛勤耕耘后的成果可以与大家分享，总是很欣慰的，一旦形成传统就可净化校园风气，后几届学生上路就轻而易举了。

这五个方面的资源齐头并进地建设，使学生既能模仿、借鉴前辈、名流、大家，又可看到自己的实践足迹，极大地配合了写作学课堂教学。

（三）视频和文字资料的恰当运用

多媒体网络系统具有很强的人机交互功能，能很方便地进行师生之间、生生之间的信息交流。多媒体网络系统的突出优势表现在教师在具体的教学过程中根据教学目标和教学对象通过周密的教学设计，合理选择和灵活运用现代教学形式，丰富写作信息，让学生在较短的时间里掌握知识，提高能力。

这种现代化的教学手段集图片、声音、动画、视频等于一体，其信息资源的丰富性和教学的直观性是传统教学无法比拟的，它将课堂教学引入一个全新的境界。然而，当前很多高校教师过于依赖或误解了多媒体技术使用，要么大量视频的播放以形成形象感，忽视了必要而基本的分析讲解，要么不断地进行课件翻页，且文字过多过密，上课如同念经一般，有照本宣科之嫌，学生自然生厌。这已引起学界的警惕和重视。

视频并非越多越好，而是必须和所讲内容紧密相关，主讲教师要善于剪裁和取舍。这似乎是一句空话，但任何一门课程都应遵守。然而当前很多教师为了发挥多媒体的直观性和生动性功能，在视频选取方面比较盲目。写作课要在不断的实践之间串讲很多理论知识，引导他们去实地"下水游泳"，正是课程的性质决定了它不可能像中国传统文化、中国现当代文学那样使用很多配套视频来增强形象感。当前关于作家创作谈的一些视频也极为有限。

教师只能在讲到观察、构思等专题时播放一些社会热点话题场景，让学生现场即席写作，或者以插曲和片花的形式上来形成话题素材，比如通过两幅绘画构图、色彩的对比展示，让学生进行体验；或者在指导学生如何写影评文体时，适当地播放电影的某一部分，已进入语境之中；或者讲到某一公文格式时，链接到政府网站现场演示（不具备讲坛上网的教师也可采用电子版扫描后上传）。总之，多媒体的利用必须紧密结合具体知识点，以服务于教学为根本指归。虽然写作课运用视频教学的机会不及文字多，但只要任课教师平时多留意，搜集和储备相关资料，就能积少成多。

利用网络进行多媒体教学固然有其优势和长处，但多媒体教学也是一把双刃剑，其缺陷和不足也是极为明显的。

第一，任课教师必须平时熟练备课、打开思路，形成大写作观念，做生活的有心人来储备素材。将写作纳入社会生活之中去浸润和磨砺，毕竟写作的取材来自包罗万象的现实生活。因此，任课教师不能只是满足于把写作理论知识讲解得全面而完备，必须增加学生执笔锻炼的机会，要在实践活动中增强其写作能力，书本讲授可贯穿其中。只有形成大写作观念，搜集和整理视频、文字资料才更加开放和多元，不至于面对知识要点捉襟见肘，或者导致视频、文字内容极为单一和贫乏。

第二，课件的制作与资料的运用不可太过花哨，使形式大于内容，展示过多，讲解过少，本末倒置。多媒体技术只是一种教学工具，发挥电脑功能，作为教学的辅助，主讲教师不能在声音、图像、文字的编辑方面只求形式完美，而忽略基本的口头讲解和知识分析，以致喧宾夺主。当多媒体的平面展示代替了必要的讲解时，学生对知识点的理解和掌握无法得到落实，而且其思考和感受的能力被剥夺殆尽，这是需要引起警醒的。此外，课件教学切忌照本宣科，教师应提升教学技能，形成以学生为本位和主体的教学观，发挥课堂的主导作用。

第三，多媒体教学不能减少学生执笔锻炼的机会（尤其是课时很紧时）。写作能力的提高绝不只是靠教师口干舌燥、苦口婆心讲解得来的，何况许多学生对较空泛的理论知识退避三舍、望而生畏，增强笔头表达功夫必须仰仗多读、多思、多写三结合。尤其是学生练笔的机会不得剥夺。教师必须经常结合视频、文字等教学资料布置学生感兴趣的话题，督促他们勤写、多练，在亲自写作中体会写作的各种奥秘。

网络环境带来社会的全方面变化，多媒体技术改变着当前高校写作学课程教学的内容、方式、手段和效果，任课教师既要投入心血、组建团队、与时俱进地精心建构各种资料库，也要在教学过程中恰当地使用视频和文字资料，努力增强自身学科意识，提升自己的教学技能，克服网络和多媒体教学带来的负面效应，终能开拓出新时期写作课教学的一片新天地。

第三节　新媒体环境下语文写作教学的实现

随着信息技术的迅速发展，新媒体正广泛地影响和改变着学生的学习方式与生活方式，信息传播的方式也发生了翻天覆地的变化。从传统媒体的报刊、广播、电视，到现在的手机、网络等新兴信息传播方式，在这些媒体的影响下，学生的视野也随之扩宽。"语文写作是语文教学过程中至关重要的环节，学生的写作水平能够直接体现其语文综合素养。"[1] 同时，学生的写作方式也在发生着改变。如何将新媒体与语文写作教学衔接起来，这对语文教学工作者提出了新的挑战。

一、深化新媒体认识，注重培养学生的媒介素养

在跨媒介阅读与交流任务群的学习目标中提出，学生要学会辨析媒体信息的真实性，辨识媒体立场，学会多角度分析问题，形成独立判断。据此，我们可了解到在跨媒介阅读与交流任务群中，教师应当逐步培养学生客观、理性辨析媒体信息的能力。

而学生正处于朝气蓬勃的青春期，思想还并不成熟，对新鲜事物有强烈的好奇心，新媒体信息包罗万象、鱼龙混杂，不可避免地会给学生带来诸多负面影响。学者王尚文指

---

[1]　王婷. 新媒体环境下高职语文写作教学策略分析 [J]. 现代职业教育，2021（13）：172.

出，语文素养与媒介素养是"同心圆"，而理解与运用语言文字既是语文素养的核心，也是媒介素养的关键。因此，学生自身应正确认识、接触、使用新媒体，提高甄别、处理信息的能力；教师应引导学生学会分析、解读新媒体信息，批判性地接收新媒体信息。

（一）学生通过对比阅读，学会辨析新媒体信息

面对海量丰富、繁杂多样的新媒体信息，学生该如何辨析、选择有效的信息，这对学生的信息辨析能力提出了更高的要求。对于学生自身来说，应注重阅读训练，特别是对比阅读，训练自身辨析信息、分析观点的能力。对比阅读指的是将内容或形式类似的信息内容进行对比分析，信息内容至少是两则，也可以是两则以上。学生通过对比阅读，不仅可以学习到广博的知识，扩宽自己的阅读视野，还可以锻炼学生学会从多角度、多层面分析信息内容，主动运用所学知识进行比较思考，锻炼学生的思维能力。因此，学生自身不仅要多阅读，扩大自己的阅读面，还要常常进行对比阅读，从对比中学会客观、理性地看待媒体信息。

教师利用交互白板精心设计对比阅读的活动情景，可以方便地解决 PPT 或 Flash 课件中难以实现的交互等问题；在课堂上可适时地使用遮盖功能来集中学生的注意力；使用文字拉幕、页面快照等功能来突出教学中的重难点；利用交互白板自带的工具与资源库，可及时解决教学过程中的生成性问题。从而让学生处于一种积极的状态，唤起学生已有的知识结构，对新信息进行判断与辨别，让写作课堂更加精彩而且富有成效。

在交互式电子白板的教学过程中，教师可通过预设的资源引导学生进行对比阅读，一方面，能逐渐培养学生的批判思维能力，学会分析问题、提炼观点；另一方面，有助于学生从不同角度辨析媒体信息，学会筛选、整理信息。当然教师也可调用计算机及网络中的各类资源（包括多媒体课件和各种类型的素材等），也可以根据课堂教学的需要自行选用。

（二）教师组织专题教学，引导学生整合新媒体信息

专题教学的理念呈现出整体性特征，强调连贯而持续的教学过程，从而培养学生理性思维的发展。在专题教学中，人人都是课堂参与者，每位学生都可以根据专题主题或内容进行思考，自由发表观点。可见，专题教学模式注重的并不是结果，而是强调学生参与课堂活动、训练思维的过程。

在语文写作教学中，教师也可以借助新媒体，依据教学内容，采用这种平等自由、开放互动的教学模式。这样既能促进师生、生生之间的交流互动，也能训练学生学会整合新媒体信息，提高学生的媒介素养。

第一，收集材料依据演讲这一主题，分小组收集、整理材料，做好前期准备。通过多种渠道，学生收集了丰富的材料。学生借助电脑、手机、书籍、报刊等多种渠道收集写作材料，锻炼了学生搜索、筛选、辨析、整合信息的能力。

第二，模拟演讲教师不限主题、不限时间、不限形式，在班上开展模拟演讲的活动。有的学生借助音频，为自己的演讲添加背景音乐；有的学生借助小视频，吸引众多眼球；还有的学生两两配合，发挥各自优势。学生借助图片、音频、视频、PPT等多种形式融入自己的演讲，引导学生充分使用新媒体资源，为自己的演讲活动增添趣味。

第三，研讨与表达教师播放精彩演讲视频，引导学生展开交流。学生分享、交流一次成功的演讲应具备什么样的条件。教师播放短视频，模拟演讲情境，激发学生兴趣，让学生感同身受。

以专题为主的作文学习，不仅让学生在学习过程中更加积极主动，帮助学生更好地理解和掌握知识，还训练了学生的批判性思维能力，学会理性思考、客观判断。面对新媒体的海量信息，学生定能加以筛选、辨析、整合，媒体素养也必能有所提高。同时，发挥新媒体在写作活动中的积极影响，让学生接触新媒体、使用新媒体，并引导学生正确地认识新媒体，不断提升学生的媒介素养。这不仅有利于学生将新媒体与写作活动有机结合起来，还为学生奠定了终身学习的写作素养。

二、融汇新媒体资源，丰富学生的写作指导

（一）强化受众意识，激发学生的写作动机

所谓受众意识指的是学生在写作时要充分考虑到受众的层次和需要。因此，教师在写作教学中引导学生强化受众意识，指的是在语文写作过程中，学生要有设想的受众作为阅读者，充分考虑到受众对象的需要，积极主动地进行写作。在受众意识的引导下，学生在写作过程中不但会用阅读者的标准来规范自己，而且能够意识到自己在写作中的主体地位，端正自己的写作态度。

教师引导学生强化受众意识，可以利用新媒体多向互动的优势，来向特定的受众群体传递信息。首先，引导学生设想受众群体作为阅读者。通常来说，针对同一话题材料，假如阅读者是亲朋好友，文章语言也许会充满温情与真诚；假如阅读者是论辩对手，文章言辞也许会更雄健有力；假如阅读者是社会公众，写作文风也许会更磅礴大气。围绕作文题意，教师引导学生拟定设想的受众对象，那么学生就能很快找到感觉，进入角色。其次，多渠道发表学生的作文。例如，在校园广播上诵读作文、在墙报上张贴作文、在学生之间

互相评阅作文、在学校公众号上刊登作文、在学校微博上连载作文等途径。这样一来，学生自然而然会注意到来自不同受众群体的意见，从而丰富了学生的情感体验，激发了学生的写作动机。

因此，教师引导学生在写作过程中强化受众意识，可以帮助学生儿设想受众群体，然后通过多种途径发表学生的作文。

（二）扩大阅读视野，分类积累写作素材

在写作过程中，学生对写作材料的积累和运用会直接影响到学生写作质量的高低。在写作学习过程中，很多的学生认为积累写作材料只是单纯地摘抄，这样的积累方式缺失了学生的思维参与，导致学生在写作过程中，容易描绘不出详细具体的写作素材内容，这样的积累方式无疑是低效的。

随着信息化校园的推进，许多新媒体技术运用到课堂教学中。很多学校将移动终端类引入教学活动中，学生借助移动学习设备（平板电脑、智能手机等）进入课堂活动。这不仅激发了学生主动学习的兴趣，也让课堂教学变得更加生动有趣。因此，在平日的语文学习中，教师要引导学生借助移动学习设备将写作材料进行分类积累，利用新媒体教学的优势，发挥写作材料的高效性。例如，借助微信公众号、博客等新媒体平台，分类整理写作素材，从而让学生学会积累和使用写作素材。

1. 借用微信公众号整理写作素材

教师常常设置创设情境类、时事热点类、材料提取类的写作训练，借助微信公众号来分类整理写作素材，将写作材料试划分为人物故事类、社会热点类和文化历史类，这样不但贴近教师写作教学的指导，也符合学生在写作中常用材料的类型。利用公众号进行素材分类整理的过程中，首先，是筛选优质的微信公众号；其次，是要明确微信公众号的内容特色。

因此，在写作学习中，教师推送优质的公众号，分类梳理公众号的内容特色，一方面，可以帮助学生分门别类地积累写作材料，也能便于学生进行记忆，让素材积累方式更加开放与丰富；另一方面，拉近了学生与时代的距离，使得写作学习更贴近社会生活，与时俱进。

2. 借助博客建立写作资源库

新媒体平台为学生创造了更为开阔的学习世界，学生可以多途径、多渠道浏览丰富的作品，获取多样的知识。教师可以引导学生在阅读过程中，把自己看到的优秀文章、趣味

故事、名言警句、热点时事等收集在一起，师生共同努力，借助博客建立一个写作资源库。依据平时的写作训练，整理出不同类型的材料模块，有针对性地为学生提供丰富、实用的写作材料。

借助博客建立班级写作资源库，是一个长期积累的过程。首先，要确保写作材料做到与时俱进、不断更新，为学生写作提供真实、有效的素材；其次，在积累写作材料的过程中，要选择有针对性、有代表性、有益于身心健康的写作材料。

因此，学生在平时的学习中应当多积累写作材料、分类积累写作材料，将写作材料融入自己的思想，进行内化、系统化。这样在写作活动中，学生才能有材料可写、有的放矢，否则作文必然空洞无味。

3. 注重学以致用，指导学生规范写作

新媒体为学生带来了形式自由、话题多样的写作形式，这种自由、无拘束的写作深受学生喜爱。学生在新媒体平台上进行创作，多是记录一些生活趣事，或是抒发自己的真实情感。然而，这也给学生的写作带来了一定的影响，许多学生在写作过程中出现了复制抄袭、大量使用网络语言等问题。对于学生不规范运用网络语言这一问题，教师要及时地引导学生规范使用网络语言，避免学生对网络语言的简单崇拜与单纯模仿。因而，教师作为引导者应当充分重视，明确各种媒体的优势，熟练运用各种媒体，利用各种媒体的优势特点来开展写作教学，指导学生规范写作。

不同媒介元素的配合作用是显著的，可以实现一加一大于二的效果。因此，教师可以基于学生的写作兴趣，融合文、图、视频、音频等多种媒体资源进入写作课堂，有针对性地培养学生学会运用不同媒体，了解到各种媒体的特点，从而指导学生进行规范的语言表达。

（1）利用电影空镜头，训练景物描写。空镜头即景物镜头，指没有人的镜头。电影中的空镜头往往有烘托背景、渲染环境、触景生情等功能，这与写作中的景物描写有共通之处。因而，在写作训练中，可以充分利用景物镜头，让学生发挥联想与想象，激发学生积极主动地进行写作。例如，教师播放一段景物镜头，让学生进行观看，然后结合前后剧情，让学生试着用自己的语言来描绘这一景物镜头。教师可以借助这种训练方式，有针对性地进行写作指导，引导学生从不同的角度感受文化内涵，从而提高学生的审美能力，训练学生的语言表达能力。

所谓一切景语皆情语。学生在景物描写之前，必先细微观察、仔细揣摩，认真体会景物镜头所呈现的景与情，进而通过文字表达出来。从同学们的景物描写片段中，老师感受到一幅幅优美惬意的画面，最突出的特点就是同学们抓住了当地鲜明的特征，渲染了寂静

的氛围。从同学们的语句中，老师还看到了当地人民淳朴自然的一面，描绘的画面让人感觉舒适又惬意，洋溢着幸福安详的气氛。

（2）通过电子阅读，训练细节描写。老师在发布写作任务后，可以带学生到电子阅览室进行阅读。引导学生多阅读经典文学作品，教学生学会品味语言、鉴赏语言，逐步培养他们的语感，并给学生适当的时间扩展相关材料，丰富学生的见识，帮助学生积累写作材料，进行写作构思。这种写作教学模式的转换，不但在形式上有所创新，让学生感到新颖有趣，而且能引导学生认识到书面语言的规范性、严谨性，让学生自主摒弃不良的网络语言，使得学生的语言表达更加规范化。

因此，教师利用音频、视频、图片、文字等丰富的媒体形式，将写作活动与我们生活实际联系在一起，创设写作情境，让学生对写作活动不再感到排斥与厌烦；同时有利于活跃课堂的气氛，加强学生对写作课堂的参与，也有利于学生语言表达的规范化。

三、利用新媒体优势，注重写作训练的多样化

写作是将人的内在思维转化为书面语言的过程，也是一个人与复杂的外部环境进行交流和沟通的过程。然而，随着信息时代的发展与变化，写作不断给我们呈现出新的面貌，给我们带来新的视觉享受。例如，学生的写作渠道更加多样，写作思路更加开阔，写作的素材资源也更加丰富。那么，我们应当充分利用新媒体的优势，将新媒体有机融入写作活动中，引导学生灵活运用文字、静态图、动态图、音频、视频等资源进行写作训练。

（一）定格新媒体的互动性，构建写作新平台

利用新媒体平台可以实现读者与作者之间进行互动交流，不仅可以实现即时互动，也可以进行延时互动。在新媒体环境下，实现即时互动是非常简易的。例如对于一篇文章，可以在任何时间发表跟帖，对于他人的回复点评，可以选择任何时间来阅读、回复。因此，写作教学过程中，应充分发挥网络新媒体的力量，立足新媒体的互动性优势，形成课堂教学与在线学习一体化的模式，构建语文写作新平台。

1. 建立写作精品网络课程

在新媒体背景下，语文写作在教学内容上体现出时代性、多元化的特点；在教学方式上体现出丰富多样、多向互动的特点。因此，写作教学应充分发挥新媒体的优势，建立符合时代特征的写作精品网络课程。

（1）开设写作精品网络课程。教师可以借鉴各个高校的写作精品课程，来构建自己的精品课程，或是与高校进行合作，更好地完善写作教学精品课程。还可以将师生演讲视

频、辩论赛视频等内容，通过教学网络平台向学生展示，并在写作精品课程内设置讨论环节，通过师生交流、生生讨论等方式，及时地反馈学生的观点。

（2）共享写作精品网络课程。只有共享了写作教学网络平台与资源，才能让学生学习到更多、更丰富的写作知识。

（3）及时更新写作教学精品课程。我们要确保网络写作平台的资源、信息等等及时更新，能跟上时代发展的步伐，做到与时俱进。因而，建立写作精品网络课程，完善系统的课程网络体系，能更好地推动语文写作教学与新媒体有机结合。

2. 丰富写作交流平台

利用新媒体丰富多样的特点，学生写作交流的渠道呈现出自由、开放的发展趋势。丰富多样的交流渠道拓宽了学生的交流方式，锻炼了学生的表达能力，增强了学生的写作积极性。因而，充分利用新媒体的互动性，丰富写作交流的平台，可以让学生多多参与到写作交流中。

（1）在创作中交流。学生经常使用 QQ 空间、微信朋友圈、微博等新媒体平台转发链接，发布照片、发表近期的所见所闻等。发布的内容常常会获得他人的点赞与评论，针对评论学生再进行回复，一来一往，交流自然而然就产生了。在新媒体平台上，因为学生发布的内容，让志趣相同的学生一起交流与分享感兴趣的事，了解到彼此的趣味经历、各地的风土人情。

（2）在分享中交流。学生在新媒体上浏览到优秀的文章，可以借助新媒体的转发功能进行分享。在分享优秀文章过程中，不仅能培养学生学会筛选信息，而且还能提高学生鉴赏文章的水平。同龄学生的心智水平较为接近，同学之间互相推荐优秀文章，想必能更加符合学生的阅读期待。学生在转发文章时，可以从语言表达、情感抒发、修辞运用等方面来阐述自己的推荐理由，由此来吸引其他学生。当其他学生在阅读完文章后，也可以记录下自己的阅读感受，和推荐的同学进行交流讨论。例如，在微博、微信朋友圈中转发他人的文章，并写上自己的转发理由，让更多的人欣赏到优秀文章；还可以直接转发给同学，一对一地分享交流；也可以转发到班级群中，进行集体分享交流。

（3）在竞赛中交流。新媒体写作竞赛推荐微写作竞赛，是因为微写作涵盖了多种多样的文体形式，而且篇幅较短，在两三百字。学生创作只需要用较短的时间，还可以加上照片、音频、视频等，利用新媒体丰富的形式，体现出一种以图表意少文多图的特征，让写作内容更加生动有趣，吸引学生积极参与写作竞赛与交流。与此同时，新媒体平台还具有实时互动的优势，每篇文章能够得到即时的评价，让学生能迅速了解到自己文章的优势与不足所在。还可以将新媒体写作与社团活动结合起来，利用新媒体进行社团写作活动，在社团成员中进行竞赛与交流。通过丰富多彩的新媒体写作活动，拉近师生之间的距离，也让写作过程不再枯燥乏味，不仅让学生体验到写作的乐趣，同时还能有针对性地提高学生的写作水平。

（二）立足新媒体的多样性，让写作回归生活

生活是一切文学艺术取之不尽、用之不竭的唯一源泉。随着新媒体技术的迅速发展，搭建写作教学与学生生活联系的桥梁是非常有意义的，写作教学结合新媒体进入课堂，发挥新媒体的实用性，整合新媒体的教学资源上升为"互联网+语文"。在5G、互联网的信息大背景下，传统课堂结合在线学习，利用新媒体的优势，教师可以为学生模拟写作活动情境，引导学生结合生活经历，身临其境地去感受，从而引起学生写作的内在需要，让写作回归生活。

1. 引导学生借助新媒体发表所思所感

将写作活动与学生生活相贴近，引导学生将生活中的点滴小事，融进写作中，将自己真真切切的感受、感想，运用新媒体及时进行表达和抒发。例如，教师可以引导学生借助新媒体多多关注社会热点、社会时事、社会反响强烈的事件，培养学生的社会责任感；还可以开展多样的课堂教学方式，例如演讲报告、读书讨论会、课堂辩论、社会调查等，培养学生关心社会生活的意识。这样不但陶冶了学生的审美情操、开阔了学生的眼界，而且还能指导学生学会学以致用。

2. 灵活选用生活中常见的新媒体资源

教师应通过图文并茂的教学方式，创设学生熟悉的教学情境，为学生提供一种新的学习环境，从而激发学生写作的积极性。因此，教师在进行写作教学设计时，要注重学以致用，并结合学生的生活实际。

例如，以"人性的光辉"为题学习记叙文时，老师可以用学生熟知的人物孔子为切入点。创设写作情境，选择文本、图片、视频、音频等常见的媒体形式，带领学生从不同的媒体信息中，感受孔子的人物性格，从而上升到孔子的人性光辉。或者是教师教学生学会迁移，鼓励学生多多运用身边的媒体资源，参观城市博物馆、纪念馆，采访城市中的老百姓，从点滴中丈量所在城市的文化内涵，寻找身边有价值的人物，挖掘他们身上的闪光点，获得自己独到的观察和认识，写出自己的所思所想，最后在课堂上进行分享与交流，完成一篇优秀的作文。

由此可见，写作源于生活，写作教学也应回归生活，新媒体将学生的写作活动延伸到

生活中，让写作成为学生生活的一部分。借助新媒体多样性的特点，教师可以为学生提供海量的写作资源，创设生活化场景，引导学生结合生活经历，独立地观察、分析、体验生活，从而赋予写作教学生活的气息。

因此，新媒体技术的出现，大大拉近了写作活动与学生生活的距离。教师在作文教学中必须充分发挥新媒体的优势，引导学生用心想象、用情感悟，借助新媒体主动书写自己的生活体验，实现写作内容的生活化、写作过程的生活化，让写作回归生活。

（三）基于新媒体的丰富性，训练学生的写作思维

发散思维是创造思维的主要组成部分，人的创造力主要是依靠发散思维。其中发散思维，指的是人在思考过程中，表现的一种发散的思维方式。发散思维的主要表现是思维具有流畅性、变通性和独创性。因而，在写作过程中，教师引导学生从不同角度分析写作材料，从不同层面进行写作思考，从正反两方面进行比较等方式，不仅有利于发散学生的思维，也有助于学生在写作过程中开阔视野，灵活分析写作材料。

1. 借鉴写作经验，学会多样分析

教师在进行逆境与成才写作教学时，可以先引导学生从材料感受作者笔下身处逆境、受磨难而奋进的圣贤之人，明确逆境虽然常常使人痛苦，但也能磨炼人的意志，让学生明白逆境难不倒有心人。同时，教师还可以让学生课前搜索现代社会人们在逆境中的心态，课上教师挖掘学生争论的热点，鼓励学生根据古今中外人们面对逆境的态度展开辩论。引导学生从多角度展开分析与交流，充分自由地表达观点。

2. 借助社会时事热点，学会多向分析

在信息化背景下，信息传递更具有实时性和便捷性，人们对于时事资讯有了更高的关注度和更广的参与度，时评写作这种形式就有了更加旺盛的生命力。关于时评类议论文写作，主要是对于新闻热点的相关话题发表自己的见解，以说理评论为主，也是近年来高考常见的题型。

教师要引导学生多多关注社会时事热点，搭建自由开放的交流平台。可以举行辩论会，组建学习共同体，使用博客、贴吧、微博等，借助新媒体平台引导学生展开交流。在师生、生生互动中，进行讨论、分析时事热点，从而让学生树立起正确的人生观、世界观、价值观。

教师可以组织学生观看新闻类节目、新闻类电子报刊，从中学习分析时事热点的角度，多层面分析热点，并且可以适当联系社会中类似的现象，学会举一反三。

　　网络上对于时事热点的评论信息可能良莠不齐，教师要引导学生带着一种理性的思维，加以判断、整合。例如，被誉为中国首善的陈光标高调慈善一事引发人们热议，有人批评，有人认可。那么对于这类材料，教师引导学生从思辨的角度进行分析解读，表达自己的看法，或批评或认可。还可以将学生分为不同小组，通过新媒体收集相关的素材，进行小组讨论与展示，辩证分析，阐述利害关系。这既符合语文新课标多读、多想、多写，多角度观察社会的要求，还能以时事评论的文体教会学生辩证思考、理性分析，帮助学生开阔视野，培养社会责任感。

第七章 新媒体环境下汉语言文学教师的教学能力培育

第一节 汉语言文学教师教学能力的培养

一、汉语言文学教师教学讲授能力

教学讲授能力是指在课堂教学中，教师通过口头语言向学生系统连贯地传授文化科学知识的行为方式。课堂教学讲授能力即使在现代教育和教学手段高度现代化的国家，都仍是课堂教学活动中应用最频繁、最普遍的教学技能。讲授能力是教学活动中涉及的基本技能，也是最为重要的技能之一。因此，汉语言文学教师拥有良好的讲授能力，对于成功地进行教学意义重大。

（一）教师教学讲授能力的类型

1. 教学讲解能力

课堂教学讲解能力是指教师通过说明、解释、论证来分析教学内容，帮助学生理解知识的一种课堂教学讲授能力。在实际教学中，课堂教学讲述能力和课堂教学讲解能力经常综合利用。课堂教学讲解能力通常又可分为课堂教学解说技能、课堂教学解析技能和课堂教学解答技能。

（1）课堂教学解说技能。这是由教师进行各种具体事例的讲解营造一个情境，让学生在情境中对概念有所认知，也可以更好地让学生从已知的概念推导未知的知识，并对事物的本质和特征有所掌握。这一方法对于学生翻译古文、外语以及专业术语或者解释疑难词语的学习而言都是非常有利的方法。

（2）课堂教学解析技能。对教学内容的规律、原理和法则进行分析和讲解需要通过课堂教学解析技能进行，同时常伴随严密的逻辑推导的课堂教学讲解能力，是基础知识和基本技能学习中的重要教学技能。应用该技能有两条途径：一是归纳，即通过对事实、实验以及经验等进行归纳并获得共同因素的把握，同时对本质属性进行概括，以简练明了的语言来进行结论和运用于具体实践的一种方法，它可以通过对比较容易混淆、较相似的概念，然后可以对分界点和联系点予以明确；二是演绎，是通过对规律、法则以及原理进行讲解，然后再通过实例验证的一种方法。

（3）课堂教学解答技能。这一方法主要是集中在对课堂教学中的问题予以解答。它通常是以真实材料为例进行问题的引出，或者是将问题直接提出来，接着采用一定的标准和方法来进行问题的解答，同时对各种解答方法进行比较和选择，之后再进行论据的提出和论证的验证等，通过逻辑推理的方式得出结论。

2. 教学讲述能力

教学讲述能力在各科教学中均可应用，其又可分为叙述式讲述能力和描绘式讲述能力。

（1）叙述式讲述能力。叙述式讲述能力是指教师用不加任何感情色彩的语言客观地把事物在时间上的发展变化、空间上的位置延伸，以及它们之间的联系简洁明了地讲述出来的课堂教学技能。叙述式讲述能力的运用要求教师语言条理清楚，注意突出重点和关键部分，对于事物、现象发生的顺序与结构必须有明确具体的交代。

（2）描绘式讲述能力。描绘式讲述能力是对某一历史事件和历史人物的本质特征、情景场合、地理环境、外貌形象或行为事迹进行绘声绘色、生动细致讲述的课堂教学技能。运用描绘式讲述能力进行教学，除要求条理清楚、用词准确外，语言还要细腻形象、生动有趣。

3. 教学讲读能力

运用讲读的语言技能，一方面，汉语言文学教师要注意进行精讲，讲重点、讲难点、讲思路、讲方法，帮助学生深刻理解；另一方面，运用讲读能力的重点在"读"。教师首先要进行泛读。教师的范读除要具备发音准确、句读分明、速度适宜、节奏鲜明、语调恰当等基本条件外，还必须饱含深情，能真正做到以情感人、以情动人。

汉语言文学教师在范读时，要掌握好分寸感，做到适度、得体，切忌过分夸张、装腔作势。同时，教师要指导学生进行多种形式的阅读。从要求上看，可以将精读与泛读结合起来。一般性内容可以泛读，意在扩大视野，增加储备；重点内容则应精读，甚至能熟练地背读，意在加深理解，深化认识，真正内化为学生自己的知识结构。从方式上看，应该将朗读与默读结合起来。对于叙述性或说明性材料，以默读为主，对于情节性或富有鼓动性的材料，以朗读为主，甚至将朗读与角色扮演结合起来，让学生如身临其境，产生强烈而深刻的内心体验。

此外，在阅读过程中教师还应注意适时向学生提出问题，使其带着问题阅读，以帮助理解。

4. 教学讲演能力

讲演是教师通过深入分析教材，揭示其内在联系，论证事实，得出科学结论，在向学生传授系统知识的同时，培养其正确的立场、观点、方法的讲授方式。它与讲述、讲解、讲读的不同之处在于，其涉及的内容范围更深、更广、更具前沿性。

由于讲演所需时间较长而且集中，加之讲演形式单一，中间很少插入其他活动，因此，在运用课堂讲演能力时，要求语言除具有逻辑性、科学性外，还应具有启发性，能有效调动学生学习的积极性、主动性，启发引导学生积极思维、独立思考，避免满堂灌，造成学生消极被动地接受知识而抑制学生的创造性，阻碍学生思维的发展。在运用讲演能力时，语言还要有趣味性。教师幽默风趣的讲授，能使学生兴趣盎然地汲取知识，而不会因为时间过长而降低学习兴趣。讲演时还应将口头言语与其他语言形式结合起来，如恰当运用板书对口头讲授进行补充说明，使学生加深对学习内容的印象，从而提高讲演效果。如能合理运用现代声光电教学手段进行演示，讲演的教学效果会更加明显。

（二）教师教学讲授能力训练与应用

1. 教学讲授能力训练的目标

讲授能力训练的目标包括：①掌握各种课堂教学讲授能力类型并能熟练运用；②能辨析出他人讲授能力的类型并且评出优劣；③能选择设计出适合教材内容、教学对象的最佳讲授类型，并能说清楚选择和设计的理由；④讲授能做到发音正确、吐字清晰、用词准确、语言流畅。

2. 教学讲授能力的应用要求

学习与研究课堂教学讲授能力的理论知识，并能自如运用于课堂教学学习与研究课堂教学讲授能力的理论知识，是理解该技能的内涵与掌握教授技能的前提条件，学习的内容包括课堂教学讲授能力的概念、优缺点、适用范围，各种课堂教学讲授能力类型的名称、概念、相互间的区别和联系、各自的应用要求等。

（1）力争博览群书。一个教师要具有扎实的技能，必须以广博的各门学科知识为基础。这是因为，教师的讲授对学生的影响并不限于某门学科、某种专门知识。随着传播科学文化知识渠道的增多,学生通过各种渠道深入社会、了解社会,开阔了眼界、增长了知识,他们不论在知识的广度上还是在深度上都明显比过去有所提高。这一方面给学生带来了方便;另一方面,又对教师提出了更高的要求,他们希望在教师身上获得求之不尽的知识,教师的一段知识贫乏的讲解人比如何也不去满足学生对知识的需求。

一个合格的教师要想设计出令学生满意的讲解,无论从事哪一学科的教学,都必须掌握和本学科相关的文化基础知识。同时,要把文史地、数理化、音体美等学科知识作为知识结构的整体来认识,对哲学、社会学、伦理学、美学等应广泛涉猎。除此之外,还要及时了解与教学内容相关的新兴学科、边缘学科的基本内容。

(2)深入钻研教材。设计讲授是为了通过讲授而达到教学目标,促进学生的发展,至于促进发展应达到何种程度,则要根据教学要求和学生实际而定,因此,讲解准备过程的重要一环是深入钻研教材。钻研教材要以课程标准为指导,根据教学目标和教学原则,具体地研究和组织教材,并把教学内容和一定的讲授形式结合起来。钻研教材要有一个整体观念和发展观念。整体观念,就是要从教材的整体和学生心理发展的整体来研究,把一章一节教学内容和整个教学目标联系起来;发展观念,就是要把一节课、一个章节、一个单元的教学目标,同一个学期、一个学年以至全学科的教学目标联系起来,使一节课、一个章节、一个单元的教学成为促进学生长期发展的有机组成部分。立足于上述整体与发展的宏观意识,便可从微观入手抓教材中知识结构的重点来进行设计讲授了。

(3)了解学生实际。教学包括教师的教和学生的学,它是由教师的控制系统和学生的控制系统相结合而成的。从教师方面而言,深入钻研教材仅是所讲授信息输入前准备工作的一个环节,为保证讲授信息输入的顺畅,教师还必须了解、研究学生,通过观察、教学检查等方法,了解学生的整体基础知识、智力水平,了解学生对上一单元、上一课时讲授信息的接受程度。当然,教师对朝夕相处的学生的基本情况还是比较了解的,但具体体现到每一册教材、每一节课中却不一定了如指掌,为使每一次讲授都能讲到重点上、问到关键处,教师应特别重视"了解"学生。

(4)判断知识的性质,选取合适的类型,写出教案。根据教材内容、学生特点及其他诸方面因素选取合适的课堂教学讲授类型,根据该类型的相关要求,写出教案。之后熟悉教案—实习(录像)—评价(放录像、自评、他评)—再实习(录像)—再评价(放录像、自评、他评)。

二、汉语言文学教师教学的语言能力

（一）教师教学口头语言技能作用与类型

"课堂教学语言是介乎生活口语和书面语之间的特殊形式的语言。即经过筛选的、符合现代汉语规范的、生动活泼而又庄严周密的洗练的语言。"[①] 汉语言文学教师教学语言的作用主要在于组织、指导、激发学生学习，对学生在学习中产生的疑难问题给予点拨指导，对学生在课堂学习中所做的努力及进步给予肯定，从而使学生积极、主动、有效地学习。教学语言技能较高的教师能通过自己的教学语言，能够有效地组织指导全体学生进行自主、合作、探究性学习；还可以使教学过程显示出极大的艺术性，从而产生积极的教学效果。总而言之，不同的教学语言将起到不同的作用。

例如，汉语言文学教师在教学中，用启发性教学语言能够帮助学生自己学会学习，发展学生的思维能力；用适当的反思性语言可以有效地引导学生进行反思活动，教师在课堂教学中，应针对不同的问题、不同的情况、不同的学生，把握最佳教学时机去启发、去赏识、去激励、去反思，才能充分发挥教学语言的作用。教学口头语言技能类型主要包括叙述性语言、描述性语言、论证性语言、说明性语言、抒情性语言、评价性语言等方面，下面主要阐述叙述性语言：

叙述性语言，是指教师在课堂教学中，将教学内容向学生做较客观的陈述介绍的语言。叙述性语言一般可分为以下内容：

第一，纵向叙述。教师在课堂教学中，根据事理在时间上的延续性进行的叙述方式是纵向叙事。有顺叙、倒叙、插叙等不同的叙述方式。顺叙是按人物的经历或事件发生、发展的先后顺序进行的叙述；倒叙是把事件的结局或事件中最突出的片段提在前面叙述，然后再按时间顺序叙述事件的其他过程，这种叙述方式的特点是能造成悬念、激发兴趣，取得吸引学生注意力的效果；插叙是暂时中断所叙述的事件，插入与之相关的另一事件的介绍，然后再接着叙述原事件。这种叙述方式的特点是加大了叙述的容量，使叙述富于情趣和变化，有时能起到活跃课堂气氛的作用。

第二，横向叙述。横向叙述适用于介绍具有空间关系、逻辑关系（如主次关系、因果关系等）的事理知识。

第三，交叉叙述。交叉叙述就是把纵向叙述和横向叙述结合起来进行。

---

① 李艳菊. 论语文教师教学语言的基本特征及能力培养 [J]. 科技信息, 2008 (33)：637.

（二）教师教学口头语言技能的使用要求

1. 从教学活动角度看使用要求

课堂教学包括导入新课、讲授、板书、实验、练习、运用现代教学手段等一系列教学活动。在这些活动中，教师的语言技能水平直接影响着学生的学习质量。教师在导入新课时，要想使课堂学习吸引住学生，就需要教师精心设计导入语言。

（1）课堂讲解的语言。对课堂讲授阶段使用的教学语言的要求主要体现在以下三个方面：

第一，逻辑性。教师必须考虑用怎样的语言，在适合学生思维水平的前提下进行引导。

第二，透辟性。教学语言的透辟性主要指阐发得透彻，引导得"清澈见底"。要达到这一要求，教师必须吃透教材，对全课乃至整个章节的内容都了然于胸，这样，教学中才能做到前后贯通、得心应手，才能根据学情选择恰当的方式、得当的语言加以引导、讲解。

第三，启发性。教学语言的启发性主要能充分激发学生学习的内部动机，有利于培养学生的认知兴趣和思维能力，以增强语言的感染力，促使学生思考，积极寻求问题的解答方法。

（2）归纳、总结的语言要求。教师的语言应力求体现凝练性、平实性和延伸性。教学语言的凝练性主要指语言简练。教学语言的平实性主要指质朴、严谨、实在。教学语言的延伸性主要指教师的语言要有顺延、伸展的作用，促使学生从自己的头脑中去寻找与所学内容有联系的知识点，或积极去探求与所学内容联系密切的新知识，以达到使知识融会贯通、拓展延伸的目的。

2. 从课程改革角度看使用要求

基础教育课程改革要求教师的角色及行为必须发生重大转变，即要求教师成为学生学习活动的组织者和引导者。教师角色的转变赋予教师教学语言全新的内涵。课堂教学语言必须做出以下转变：

（1）讲解性语言应大幅度减少。教师角色的变化——由知识传授者转变为学生学习的引导者，使教师的责任转变为学生创造各种有利条件，促使学生通过自主、合作、探究性的学习，顺利完成学习任务。这就意味着教师讲解性的语言必须大幅度减少。教师应不低估学生的学习能力，不高估自己讲解的价值，讲解性的教学语言在课堂中就会慢慢减少。

（2）引导性语言应大量增加。要让学生采用自主、合作、探究性的学习方式进行学习，必定要以原有的知识为基础，因此，引导学生把已知和未知联系起来，便成为教师教学语言应完成的主要任务之一。

（3）组织指挥性的语言应大量增加。要让学生采用自主、合作、探究性的学习方式进行学习，必须将学生有效地组织起来，且要在学生学习的过程中进行有效的指挥调控，这就意味着教师组织指挥性的语言应大量增加。

（4）鼓动激励的语言应大量增加。要让学生采用自主、合作、探究性的学习方式进行学习，学生的情感、意志等起着重要作用，而教师鼓动、激励的话语是学生情感、意志的催生剂。由此可见，教师激励的语言应大量增加。

总而言之，面对课程改革的要求，教师必须不断调整自己的教学语言技能，以适应学生学习方式的转变，凸显学生的学习主体地位，最终实现教师角色的真正转变。

3. 从教学语言构成要素看使用要求

教学语言是传递教学信息的基本方式，是由语音、语调、语速、节奏、音量、词汇、语法的相互联系、相互制约的语言要素构成的。要把教学信息生动、准确地传递出去，便于学生接受和理解，必须理解教学语言的基本构成要素及其意义。语音是人类发音器官发出的具有区别意义功能的声音，是语言的基本构成单位。语调是指讲话时声音的高低。语速指的是讲话的快慢。语速是否科学合理，对教学效果的好坏有直接影响。一般情况下，教学语言的速度以每分钟200~250字为宜。教师说话的速度要有快有慢，教师要学会变化语速。在教学中，变化语速主要是引起学生的注意，促其将精力集中到听课上来；在学生紧张疲惫、跟不上教学进度时，要放慢语速；在学生因已经厘清了正在进行的教学内容，而表现出漫不经心的样子时，则宜加快语速，迅速进入下一个环节的教学。语言节奏是指语调高低、快慢的变化。音量是指声音的高低，实际上是强度、长度、高度的总和。一般情况下，一节课中教师不能自始至终使用一种音量，要学会变换音量。音量变化的方法主要有以下方面：

（1）多种音量法。教师可运用多种音量交叉使用的技巧，以引起、保持学生的注意。如一位教师在讲了一个有趣的故事之后，引来了学生的一片笑声和议论声。当他开始把声音变弱，形成安静低沉的声调时，学生便会更加专心地听讲。在某些情况下，低声细语能使语言更传神。当然，这时教师不仅要讲得慢，而且要讲得清楚，要让每一位学生都能听得到。

（2）高音量法。在学生注意力不太集中时，运用高音量法能避免学生精力进一步分散。如果学生只是窃窃私语，用高音量法较好；若课堂上出现的是乱哄哄的场面，教师声音再大也不足以引起全体学生的注意，那就要采用其他办法了。

（3）短暂停顿法。短暂停顿是一种有效的音量变化方式，它能使学生通过抬头查看教师而将注意力迅速地转移到教学内容上，具有较高的警戒作用。应注意的是停顿时间应控制在3秒钟左右，3秒钟左右的停顿足以引起学生的注意。过长的停顿既浪费教学时间，又会使学生产生难以忍受之感。

变化音量最重要的是使声音具有起伏变化，使声音的强度不维持在一个水平上。对于大多数教师而言，不要总是用过高的音量不停地讲。心理学的研究表明，声音的强度与人们的情绪有着直接的关系。平时人们的日常对话，声音的强度大约为60分贝。高音教学若超过了一定的强度，达到80分贝以上，就会成为噪音，学生就容易产生疲劳感，神经系统即进入保护性的抑制状态，学生随之就会产生对待学习的消极情绪。同样，教师总用过低的音量讲课，学生会因辨别不出语音而影响听课效果。因此，教师在变化音量时要避免音量过高或音量过低的情况出现。

在课堂教学语言中，对词的要求是规范、准确、生动。用词规范、表述准确，不仅能正确地传达教学信息，又能使学生迅速把握语义、掌握知识。同时，注意选用富有形象性、感染力的词，能使教学语言形象生动，增强语言的感染力。

语法是遣词造句的规则，按照这一规则使用教学语言，就容易被学生理解；反之，则会带来学生理解上的困难。符合语法规范的教学语言，就是教学中教师"知而能言，言而能顺"，句子通顺连贯，语段合乎逻辑，语言得体。一环扣一环地学习知识，从而达到理解、掌握知识的目的。

（三）教师教学形体语言技能操作及应用

1. 教学形体语言技能的操作表现

就与课堂亲切程度而言，教师的形体语言技能主要表现在面部动作、手势、身体姿势以及空间沟通和仪容仪表等方面。

（1）面部动作

第一，面部表情。面部表情是心灵呈现的最佳舞台，是最能集中体现教师情感的形体语，它主要通过眼、眉、唇等器官和面部肌肉的活动来传递信息。一般而言，凡是有经验的教师，都善于运用面部表情的变化来充分表达自己的情感。教师面部表情可分为两种：一种是常态基本表情，表现为和蔼可亲、热情开朗、常常微笑，这种表情可给学生创造一个轻松愉快的情感环境；另一种是随机而变的表情，表现为与学习内容同步，随内容的变化发生喜怒哀乐的变化，随教学流程的发展而发展。这种表情的变化使教学动态活泼，使知识变得浅显而有趣。这样学生就可以通过表情感受到教师的真诚、爱护、信任、鼓励，使师生关系和谐发展。

第二，眼睛动作。眼睛动作是形体语当中最为重要的沟通方式。合理运用眼神会对教学起到事半功倍的效果。一般而言，与学生交谈期间眼睛动作有两种作用：①搜索信息；②发送信息，即强调谈话内容，提醒注意听取对话。教学中运用眼睛动作来组织教学，进行师生交流，可以再现教学内容，创造特定情境，引导学生进入教学意境。通过眼神暗示、诱导，能够达到启迪学生心智的目的。

教师常用的眼睛动作主要有注视、环视。教师注视包括授课注视、亲密注视和严肃注视。授课注视可激发学生思考，集中学生注意力，认真听讲；亲密注视表达一种亲近情感，可改善师生关系；严肃注视一般多用于组织教学，进行管理和制止不良行为。教师环视指视线在较大范围内有意识地做环状扫描式搜索。一般教师多在讲授前、讲授完部分或整体内容后或是在提问之后使用，环视可起到加强管理、调整气氛的作用。

第三，微笑。面部动作的重要性常常与微笑相关联。教师在与学生交往的过程中，要鼓励学生，运用语言的同时，热切地注视他，面带微笑，这会增强学生的自信心。教师微笑的功能主要表现在它可以为教师创造出良好的授课心境，发挥出最佳教学水平，可使学生提高学习兴趣和效率，增强理解，改善师生关系。

（2）手势。手势实际上是形体语的核心，因为手势最多，也最细腻生动，运用起来更自如。手势的效果在于是否用得恰当、适时准确。教学中手势的一般要求：①与授课内容相一致，手势的多少要根据需要而定；②讲究手势艺术，运用手势要注意适度，手势要简单精练，动作准确、协调优美；③避免消极的手势，如斥责性的食指动作，威胁性的挥舞拳头等。优秀教师更应当学会用适度的张力、适度的幅度以及准确地把握动作的范围，使手势在课堂教学中发挥其特有的艺术功能。

（3）姿势。姿势分为站姿、走姿和坐姿。标准站姿应该是抬头、提胸、收腹，两腿分开、直立，双脚成正步式45°。走姿应行走时步伐稳健，步幅不大不小，步速不快不慢，上身直立，双眼平视，双手自然摆动。坐姿要正，不可以贴靠在一张桌上，使学生以为教师精力不足；不可手托下巴，表现出漫不经心。

教师运用姿势要注意协调、适当、简练、稳重，应与所讲内容和自身气质性格等因素相联系。总而言之，端正的体姿、矫健的步伐，无形中会增加教师讲课的吸引力和知识的可信度，使学生保持长久的兴趣和注意力。

（4）空间沟通。有经验的教师在讲台上每隔一段时间总要变换一下位置或走下讲台，在座位间的过道里来回走动，一是为了适应教学，不至于长久站立而太累；二是通过距离的调节来加强学生接收信息的效率。空间距离还伴随着音量的改变。对学生个别问题的处理，教师往往走近学生，近距离低声说话，而教师面对全体学生上课时就要在讲台上远距离大声讲话。同时，利用空间距离也要注意方式，注意情境式场合的选择，注意学生的年龄和性别。

（5）仪容仪表。教师的仪容仪表是一种静态的形体语，也是心理学上说的第一印象，它包括教师的服装、发型、面孔以及眼镜、饰物等，是教师形象中最明显最易于被学生观察到的部分。因此，仪容仪表对塑造教师个体形象有直接的影响。教师的服装应以整洁、大方为原则。教师的发型一般是生活中通常保持的发型，教师在选择发型时：一要与职业特征相契合；二要与个人的气质、脸型和精神风貌相一致。女教师的妆容一定要淡雅、自然、适当，饰物应自然大方，不宜夸张。

2. 教学形体语言技能的应用要求

教育教学的目的之一是让学生在体验感悟中获取真知，应该做到让形体语言技能更好地为师生服务，发挥最好的效能。

（1）形体语言技能应用原则

第一，适用性。教师运用形体语言的目的是更有效地进行教育教学。如未能达到预期目的，那说明这样的形体语言是无效的，面对已经出现的严重局面，凭借一个眼神、一个简单的手势制止下来，是无法实现的。适用原则强调教师在运用形体语行为时要有针对性，要对实施对象有深入的了解，因地因时制宜，有的放矢，这样才能使形体语行为发挥最大的功效。

第二，情境同一性。教师的形体语行为是在教书育人过程中的内心情感的真实反映，是自然发生的，这就说明教师在发出形体语言行为时要表现自如、得体。①教师形体语行为要与当时的教学情境相适应，注意课堂气氛，衡量采取何种形体语言能为课堂艺术锦上添花；②教师要力求避免下意识的体态语行为，下意识的动作往往是不规范的；③教师要在尊重学生人格的前提下，运用适当的形体语传递善良的愿望，积极向上的人生品质，使学生产生情感上的共鸣；④不同年龄、不同性别、不同经历的学生心理承受能力有别，教师要有针对性地运用形体语言。

第三，程度控制。由于教师的一言一行都在学生的视野之内，教师在运用形体语行为时要考虑到自己的所作所为都有可能对学生产生某种影响，因而应时刻对自己的形体语行为进行适当的调整和控制。程度控制原则要求教师的形体语行为注意适当的幅度、力量和频率。教师上课，不同于演员演出。一般的室内课堂教学多数情况下学生处于思索状态，主要是被教师语言表述的教学内容所吸引。因此，教师的形体语动作不宜过分夸大，以免有失去平衡之感；而且动作频率过高会分散学生的注意力，打乱学生的思维方式，造成学生情绪紧张。教师应结合教育教学要求和内容，调控自己的形体语行为，做到动静有度、举止有措、用得其所。教师要善于把不利于教学交往的形体语行为掩藏，而且要"择其善"，真正发挥"以姿势助说话"的作用。如教师在非常生气时，应把这种情绪转移到教学之外的其他情境进行处理，而学生看到的将是适度的表现。

第四，追求美感。教师的言行举止往往起着净化学生心灵的作用，给学生以美的享受。教师的仪态、衣着、表情、手势、语言、书法等无不影响学生。如果严于律己、为人师表，以向学生进行美育的标准来要求自己，就会对学生起到潜移默化的教育效果。教师的形体语不仅能配合语言给学生以教育，还能最大限度地表现出艺术的魅力。在形体语行为的运用过程中，教师的眼神、表情、手势、姿态等和谐配合，相得益彰。站要直、行要稳、手臂挥洒自如、目光炯炯有神。矫正不良行为习惯，使自己的形体语行为赏心悦目、自然大方，达到形神统一的行为美的要求。讲授时应是生动形象，是有分析、有讲解，带着教师深厚的、健康的、质朴的感情的，只有这样才能使学生获得美的教育。

（2）形体语言技能注意事项

第一，注意教学时不要轻易背手。背手是一种消极性形体语。教师背手一般会让学生感觉教师严肃、有权威。因此，在监考及巡视学生作业和练习完成情况时，教师可以适当地采取这种体态。但是，教师在讲台上讲课时不能背手，因为这样一来便无法用双手做出一些辅助口语行为的动作，影响讲课效果，同时也使教师显得呆板，影响学生对教学内容的兴趣。另外，在与学生交谈时，不应将双手背于身后，否则，会给学生在心理上造成一种压力，妨碍师生间的情感交流。

第二，注意双手撑在讲桌上的动作。上身呈向前倾斜状，双手撑在讲桌上以承受身体的部分重量，减轻腿的压力，这种体态在教学中十分常见。对于长时间站立讲课的教师而言，这种姿势比较舒服，却有一定的消极作用，如形象呆板。因此，教师可适当使用双手撑在讲桌上的动作，抖腿但是一节课中出现的次数不应过多，每次持续的时间不宜过长（数分钟），应该是越少越好。

第三，注意控制腿部抖动。腿部抖动即一脚为主承受身体重量，另一只脚抬起脚跟，不停地颤动。采用坐姿时，将一腿搭在另一腿上，不停抖动。作为教师，应尽量避免这些动作，可能会给学生留下轻浮、不稳重的印象。

第四，尽量不要近距离站立于回答问题的学生跟前。学生上台表演，站立于学生附近，或者提问学生时，走下讲台，站立于学生附近。这样既使学生内心更紧张，又不能使全班同学听到回答者的声音，失去了它的教育意义，这是应该尽量避免出现的情况。

三、汉语言文学教师教学板书能力

教学板书能力对于汉语言文学教师而言是必须的，这也是评判教师的一个标准，因此，教师需要不断增强教学板书能力。板书的好坏与教学质量息息相关，同时公正美观的板书可以影响学生的审美能力，调整学生的整体学习态度。在教育教学过程中运用板书能力也可以突出教学重点，让课堂更加生动形象，激发学生学习的积极性。同时不同形式的板书可以让学生对知识有不同的理解与记忆，拓展学生的思维。因此，一个好的老师需要具备一定的板书能力，并要不断提升此方面的能力，让教学更具效率。

教学板书能力是汉语言文学教师在课堂教学中准确、有效、灵活地在黑板上以凝练的文字、符号和图表、图画等，传递教学信息的教学行为方式。教学板书能力的训练目标可确定为：①提高对教学板书意义的认识，重视板书，把板书当成课堂教学重要的辅助手段；②能够说明教学板书的作用；③能够熟练地运用实例说明教学板书的基本格式、原则、技术要求，并掌握一些基本的书写和绘画技能；④能够运用板书的有关知识，准确、有效、灵活地进行板书；⑤能够处理好写与讲、板书与时间的关系；⑥能够对自己和其他教师的板书做出实事求是、富有建设性的评价。

（一）教师教学板书设计优化

教师在教学过程中需要不断提升板书设计，板书设计不同于简单的板书罗列，需要根据教学内容去进行构架。教学板书的设计与编排可以让学生从中快速找出重点难点，高效率地完成学习任务，提升整体的教学效果。

1. 教学板书设计意识

这里重点阐释教学板书设计中的教材意识。钻研教材包括两个方面的要求：一是掌握教材体系；二是了解每个教学内容。教材体系是板书设计的重要依据之一。尤其应该注意的是，只熟悉本学期教的一册内容是不够的，因为知识的传授和能力的培养都是一个前后关联的系统，如果忽视了这一点，就会割裂知识的传授和能力训练各阶段之间的内在联系。所以，在进行板书设计之前，必须清楚这样一些问题：教材编排的系统，各册教学的内容，本册教材所处的地位，双基教学的任务，思想教育的要求，课型的特点，单元教学的重点等。这样才能从整体上把握教材体系，从而避免教学设计的随意性，使板书设计具有科学性。

2. 教学板书设计方法

（1）从钻研教材题目入手。有的课文题目往往是课文内容的概括、文章中心的揭示。

从解题入手设计板书有如高屋建瓴，能收到事半功倍的效果。

（2）从分析课文的篇章结构入手。文章结构清楚了，板书也就纲举目张了。如果教材的结构比较明显，课文的总的部分往往是文章的中心，可抓住中心立意性部分设计板书。

（3）板书的设计还可以从钻研课文中关键段落中的关键词语入手。一篇课文里的重点段落往往有许多关键词语，而这些词语既是学生应该掌握的内容，又是突破重点或难点的关键。这些词语找准了，板书的设计就灵活了。

板书的设计没有固定模式，不同的科目、不同的教学内容，板书都会有所不同，任何课文的板书都是对内容的提炼。因此，教师应该在钻研教材上下功夫，板书的设计要紧扣教材，不能只追求形式上的花样创新。

（二）教师教学板书书写能力

教师要不断提高自己的板书能力，为提高教学质量服务，可以从以下方面入手：

1. 利用好黑板

目前，一般教室的黑板都由四块玻璃板组成，中间 1/2~3/4 的位置写主板书，包括章节标题及主要内容，但一般不写到底，留下 15cm 左右，以免后面的学生看不到。其他 1/4~1/2 写副板书，即写一些提示性内容及辅助性图表、符号等。

2. 注意板书与板图位置

在教学中，板书常与板图结合在一起使用，在设计时要统筹安排。一般而言，板图画在黑板两侧，但不宜将反映教学主要内容的板图放在黑板的边缘位置。使用小黑板或挂图时，板书应根据情况而定，若使用时间较长又要遮住部分黑板时，被遮住的部分不宜板书；若使用时间较短，使用完毕后应及时取下，以免影响下翻板书。

3. 注意板书的书写

（1）书写格式

第一，标题的位置。居中：鲜明集中，统领整个教学内容。靠左：从头开始，明确内容顺序、过程。

第二，大小标题的序号。标题的序号是内容层次结构的反映，表现出各部分的关系及条理性。一般而言，标题序号的顺序是："一、"；"（一）"；"1."；"（1）"；"①"；"A."；"a."等。注意：带括号的序号及标题后面没有标点符号，其余都有标点符号，大多使用圆点。

（2）粉笔字书写的方法

第一，执笔方法。写板书宜采用捏、挡和指实、掌虚的三指执笔法，倾全身之力于笔端。捏，是用拇指、食指第一关节的指肚捏住粉笔下压；挡，是用中指指肚侧上方将粉笔挡住，上顶。这样用三指就可牢牢控制粉笔，其余各指自然弯曲于掌内。由于粉笔质脆易折，执笔位置距笔前端不要太远，约 1 cm 处即可，笔平卧于掌心，粉笔与黑板保持 30°～60°的夹角。指实是要切实捏住粉笔，便于用力，避免字迹不清。掌虚能保证手腕灵活，运笔自如。

第二，书写姿势。

头平：是面部与黑板始终保持平行，以保证视线齐平，这样写出的字才能横平竖直，行款整齐。否则，写出的字可能变形。

身正：是身体要保持正直，不要左右偏斜。由于黑板是固定不动的，不但要保持身正，身体还要随着书写不断平移，保证每一行字既不"上楼梯"也不"坐滑梯"。

臂曲：是手臂自然弯曲，使臂、肘、腕、指力量均匀地抵达笔端。左手或持书本，或空手下垂，或轻按黑板。

足稳：两脚要分开站稳，若两脚平行，可与肩同宽，若两脚前后分开，步幅的大小要视能否站稳而定。要站稳，身体距黑板一尺左右较好。太近，易后仰失去重心；太远，易前倾站立不稳。

第三，字的大小。在一般的标准教室内，每个粉笔字写 7 cm×10 cm 大小为宜，以保证后排学生能清晰辨认。

第二节　汉语言文学教师科研与管理能力的培养

一、汉语言文学教师教育的科研能力

（一）教师教育科研能力的要求

1. 坚持教育科研正确方向与科学态度

（1）从实际出发，把握科研方向。教育科研的范围极其广泛，既有宏观问题，又有微观问题；既有理论问题，又有实际问题。但不论研究怎样的问题，都不应忘记教育科研的使命在于揭示教育的现象和规律，为教育改革和发展服务。更何况教育科学是具有很大应用价值的科学，如果进行纯理论的经院式研究，就失去了教育科研的意义。为此，教师进行教育科研，应从教育实际出发，以研究教育事业改革和发展中的重大现实问题和理论问题为中心，以建立教育科学体系为目标。

从实际出发包含从教师的工作实际和自身特点的实际出发的意思。一般而言，教师身处教学第一线，担负着繁重的教学任务。教师不像专门的教育科研人员那样有较多的时间和精力从事科研，教育理论知识也相对而言比较薄弱，但教师对教育现实问题更为敏感，具有丰富的教育实践经验。因此，教师从事教育科研，应结合本职工作，偏重研究实际问题，而不宜脱离自己的工作实际，丢掉自身的长处和优势，去搞理论性较强的研究，有时可以从总结经验入手，致力于把经验上升为理论的研究，从而用教育理论指导教育实践。

（2）坚持实事求是的科学态度

第一，对客观真理要忠诚。科学研究的目的在于探索真理，并用真理为人类服务，教育科研也不例外。而真理具有客观性，是不以人的主观意志为转移的。从事教育科研，先要能孜孜不倦地追寻真理、服从真理，坚持不渝地捍卫真理，以实践作为检验真理的唯一标准。

第二，在教育科研过程中要严肃认真、一丝不苟。科学知识要求清晰、准确。在教育科研过程中，要用科学的方法去收集充分的事实材料，在进行定性和定量分析时要实事求是，在此基础上所得的结论要合乎逻辑，经得起实践的检验。

第三，要解放思想，有勇于探索的创造精神。科学研究作为创造性的认识活动，要破除对已有科学体系"完美无缺"的想法，消除教育科研"高深莫测"的神秘感，既尊重权威又不盲从，服从真理而不随声附和多数。

第四，要谦虚谨慎，团结互助。进行教育科研，要求我们在真理面前谦虚谨慎。科学研究过程作为探索真理的过程，其任何成果都是建立在前人成果的基础上的。何况在科学技术高度分化和高度综合化的今天，许多课题的研究需要多方面人员互相配合、协同合作。因此，从事教育科研，要遵守科研道德，谦虚谨慎、互相尊重、取长补短、团结协作。

第五，要坚忍不拔，顽强探索。任何工作要取得成就都需要付出时间和精力，都会遇到各种困难。进行教育科研，要有坚忍不拔的顽强意志，要刻苦勤奋、持之以恒，要能在挫折面前不悲观失望，在失败面前不徘徊退缩，始终有决心、有信心、有恒心。

2. 熟悉并遵循教育科研的一般步骤

开展任何工作都必须遵循一定的科学程序，科研工作也不例外。一般而言，开展教育科研要经过以下步骤：

（1）选择课题。选择教育科研课题至关重要，它是教育科研的起点，但决定着教育科研的方向，关系到教育科研的结果，乃至于关系到整个教育科研工作的成败。在科研工作的起始阶段，人的头脑并非一片空白，他有长期积累的某些事实和理论。在此基础上选择课题，提出假说，即为"引起"。在以后的研究过程中，研究者收集大量的资料来检验假说。在检验中，有的假说被证实，有的被推翻，有的被修正，有的有新的发展。这便是"调整"和"控制"。选题过程就是提出假说的引起过程，假说的质量如何、是否科学合理、是否有价值，无疑会影响教育科研的进展和结果。

（2）查阅文献。严格地讲，查阅文献与选择课题同时开始，并贯穿教育科研的始终。而且，查阅文献是教育科研的重要方法之一。

查阅文献，是为了避免重复或重蹈覆辙。系统而周密地了解前人对自己所要研究的课题是否做过研究、如何研究、有何成果，可以保证自己的研究建立在最先进的教育科学水平的基础上，而且可以避免把时间和精力浪费在重复研究方面。

查阅文献，是为了能吸收前人的经验和成果，以便有所进展和突破。在科学史上，任何科学成就都是继承、总结前人已经积累的研究成果并有所发展的结果。

查阅文献，了解对本课题的研究有哪些可供参考和借鉴的资料，并利用这些已知的成果向未知领域进军，这样才能创造出先进的科学成就。

查阅文献，能借鉴研究方法和扩大眼界。广泛地参考同类研究所采用的方法，了解和分析各种方法的优缺点及其成败得失，才有可能使自己的研究有更科学的方法，从而超越前人的水平，达到更佳的境界。有时候，有的文献与自己的研究课题并无直接关系，但它可以使研究者熟悉有关科学领域的情况，可以发展思维的广泛性和深入性，从而进行相似思考，获得"触类旁通"的效果。

（3）制订计划。所谓研究计划，是根据所研究课题的性质、内容所拟订的实施方案，包括研究题目、研究范围（研究对象、内容及采用资料等方面的范围）、研究的目的意义、研究的主要方法和手段、研究人员及其分工、主要资料来源、研究步骤（包括各阶段的时间分配计划及阶段成果）、经费预算等。

研究计划制订得科学周密、切合实际，就能使研究工作更有目的、有计划地进行，可以减少盲目性，提高自觉性，取得事半功倍的效果；就能使正确的结论合乎逻辑地从研究中产生；就能使各方面的研究工作协调地配合起来，形成一个或大或小的系统工程，按时、保质保量地完成科研任务。

（4）搜集资料。这里的资料不仅指通过查阅文献所获取的资料，而且指在查阅文献的基础上，针对所要研究的课题，采用观察、调查、实验等方法从研究对象处获取的事实材料。搜集资料是研究工作的一个重要方面，属于基础工程。科学研究也必须建立在大量的事实材料的基础上。有了事实材料，才能对材料进行整理分析，得出以事实为依据的可靠结论，并以此指导教育实践。所搜集的资料要丰富，在整理分析时才不会捉襟见肘，研究结果才全面深刻；所搜集的资料要真实，结论才可靠；所搜集的资料要新颖，才有可能使科研工作有新的进展，研究成果才有创造性。

（5）整理分析。整理分析是对所搜集的资料进行分类、核查、挑选、汇总、统计，并积极进行定性和定量分析，使感性认识飞跃为理性认识，从而得出科学的结论。对资料的整理分析能使研究成果瓜熟蒂落、水到渠成。从某种意义上说，整理分析的结果本身就可能是重要的研究成果。例如，对调查所得的资料进行整理分析，写出调查报告，如果该调查报告抓住了主要问题，做到准确可靠，而且调查的问题是人们过去所不注意或不了解的，那么这份调查报告本身就具有科学价值，就是研究成果。

（6）撰写报告。经过对资料的科学分析之后，将研究过程以及所取得的结果用文字表述出来，这项工作就是撰写报告。

撰写报告是教育科研工作必不可少的环节，教育科研报告是整个教育科研工作全过程的缩影，更是研究结果的文字记载。研究报告写得不好，研究成果就不能全面正确地反映出来，将影响研究成果的社会价值或经济价值。所以，撰写报告是研究工作的最后环节，也是相当重要的环节。

以上是教师教育科研的基本步骤，在实际工作中，上述步骤的运作往往是交错进行的，不能截然分开。

（二）教师教育科研能力的提升

根据教育的本质和特点可以看出，教育科学研究是高校教师工作中的重要活动任务。例如，教师的课前备课是进行如何讲好一堂课的策略性研究，上课活动进行过程中可以看作是一种临床性研究，旁听其他教师讲课是比较性研究，评价教师讲课是有一定诊断性研究，每一堂课结束后做的总结是反思性研究，而平时的读书写作是对各种知识的综合性研究。总而言之，教师的教育科研离不开实践，或者教师的科研是一种"理性"的实践。教师只要以教育教学为中心、以学校课堂为现场、以学生成长为主体，不断进行常规性、创造性的实践、反思、总结，就都可以成为一名学者型、研究型教师。要提升高校教师的教育教学研究水平，需要注意以下方面：

1. 坚持不断学习科学理论

高校教师必须系统地学习和掌握教育学、教育心理学等教育科学理论，以提高自己的专业知识水平。同时，也要广泛涉猎一个或几个相关学科领域，特别是需要结合自己研究的教育课题，有目的、有意识地形成自己合理的知识结构。高校教师从事任何研究，如果没有扎实的理论根基，对教育现象的认识就容易浮于表面，也就难以发现其中的教育规律，这样的教育科研即便经常进行，也难以获得水平的提升，更难以获得有用的成果。

2. 扎根开展教育实践

理论与实践的关系是众所周知的，简单地说就是理论来源于实践，实践需要理论的指导。观察、思考和实验是研究自然科学的三种主要方法，靠观察来搜集事实，靠实验来证实思考的结果。在这一点上，教育科学研究与自然科学研究是一样的。高校教师具有丰富的实践资源、条件和基础，在科学理论的指导下，观察、思考和实验就会更有价值。这个价值就在于在实践中发现问题，在研究中解决问题，同时也以实践检验研究成果的价值大小。

3. 培养良好教风学风

所谓学风，对学生而言，是学习之风，包括学生的学习态度、学习氛围；对高校教师而言，是为学之风，具体体现为教师的教学之风、学术之风。教师坚持发展自己良好的学风需要做到：踏踏实实地将教育教学工作视为自己的事业追求，这是做好教育科研的基础，也是教育科研的目的；以刻苦钻研、勇于探索的精神思考和解决教育教学问题；坚持务实严谨的治学作风，不马虎、不急躁、不闭塞，孜孜矻矻，潜心研究，持之以恒。

4. 凝练科研思路范式

每个教师都有自己的个性特长及教育教学关注点，在进行教育科研的过程中，要善于发挥自己的特长，只有这样才会开创出属于自己的研究领域和学术专长。从研究方向和研究方法的角度看，可以侧重教育教学技巧的研究，采取案例分析，从点到面，发现新的问题，提出自己的观点和对策；也可以侧重教育教学的策略研究，采取调研统计，由面到点，提出自己的见解和方略。一个教师要形成自己的研究风格并不是一件容易的事，首先，需要学习别人的研究风格；其次，在这一基础上形成自己的风格，体现自己的价值，并从中体会到教育科研的乐趣。

二、汉语言文学教师教学组织管理能力

"课堂是教师和学生平等沟通、学习交流的场所，课堂教学效率的高低往往与教师课

堂组织管理水平的高低相一致。"① 教师教学组织是指教师在课堂教学过程中为完成教学任务，采用许多方法对课堂教学进行控制和组织管理。在教学过程中实施教学组织旨在让教师不断调节和控制教学活动中的节奏、学生注意力、速度和段落衔接以及教学方式，保障教学设计方案能在教学活动中顺利开展，进而推动教学目标的实现，获得更好的教学成效。教学组织管理能力是教师能力的重要组成部分。

（一）教师教学组织的步骤

教学组织能力是指教师通过一系列的行为方式，对学生的集中注意力、学习方式引导、纪律管理、和谐的教学环境等方面进行调控，促进预定教学目标和教学成效的实现。因此，开展课堂教学的支撑点在于教学组织能力，它是保障课堂教学顺利开展的重要内容，不仅对课程教学的成效和教学目标的实现产生一定影响，还会影响到学生的情感、智力和思想等方面的发展。教学课堂井然有序、拥有得当的组织方法，学生的注意力集中，教师循循善诱，自然会使课堂教学得到良好的效果。

教学组织能力是课堂活动正常开展的有力支撑，对课堂教学的方向起决定性作用。教学组织中的主体是学生和教师，组织行为的主导角色是教师。教师采取的教学组织行为可能是只言片语，也可能和其他教学行为融合开展，也可能在教学课堂中开展，但是在课堂教学的过程中随处随时可见教学组织能力的"身影"。组织课堂教学的过程如下：

第一，开展组织教学的预备阶段。教师在课堂教学开始之前，站在教室门口用一系列行为提醒学生准备好开始上课，如语言、手势或眼神。

第二，组织教学在开课之前的准备。课堂铃声响起，教师走进教室在开始讲课之前提醒学生安静，让注意力集中起来，保持井然有序的课堂纪律和活跃的教学气氛。

第三，正式开课的组织教学。课堂教学正式开始之后，教师作为组织教学的主导者，要对教学活动进行组织，既要将教学内容的相关概念和内容讲述清楚，也要发挥出学生的主体作用，调动他们的积极性，使其在课堂教学活动中充分投入。如果有个别学生违反课堂纪律，就要妥善进行处理，不能因为他们而影响课堂秩序，也不能在课堂教学中花费过多的时间和精力处理。

第四，组织教学的巩固阶段。当教师通过一节课堂教学或者一段时间的课堂教学完成了某个阶段的教学任务，便要对教学内容开展巩固，比如组织讨论、做实验、做练习或者提问等方式，了解和掌握学生的学习情况，对于大部分学生反映出的共性问题，要特别重视。

---

① 　钱东霞. 试论教师课堂教学的组织管理技巧［J］. 河南教育（高校版），2008（09）：75.

（二）教师教学组织管理要求

教师在进行课堂教学时，应遵循学生心理成长的特点，依照课堂教学任务，创造和谐的课堂氛围，使学生形成良好的素质和习惯，具体要求如下：

1. 明确目的与教书育人

教学组织的一项重要任务是育人。教师进行教学组织管理时，应充分发挥教学组织技巧的特殊作用，从而使学生在学习过程中对学习目标的认识更加清晰，热衷学习科学知识，养成优秀的行为习惯。在不同学科的教学组织过程中，包含很多德育内容，教师在教授科学知识的同时，要兼顾学习目的进行思想品德教育。这种方式的吸引力和说服力俱佳。此外，教师在教学过程中展现的认真的学术态度、高超的教学艺术，高度的教学责任感，都起到了表率的作用，在耳濡目染中可以影响学生，使学生逐步形成正确的学习态度和纪律行为。

2. 了解学生与尊重学生

学生的兴趣爱好和性格特点多种多样，各不相同。进行教学组织管理时，教师需要充分了解每个学生的特点，并以此对学生提出个性化要求；同时，教育和管理学生应采取恰当的方式。例如：有的学生自制能力弱，教师需要对其加强引导和监督，指导学生从点滴小事一步步成长，最终形成自制能力；有的学生身体素质差或心理承受能力较差，教师需要给予他们特别的关注，多鼓励学生。教师在管理学生时，要尊重学生的人格，始终采取正面教育的方式，提倡多表扬和鼓励，激发积极乐观因素，消除消极悲观因素。所以，管理经验丰富的教师在课堂上看到有的学生注意力分散的时候，会采取各种不同的方法对学生进行暗示以及启发。面对个别较为顽固的学生，教师从不会当着全班同学的面进行责备，而是在课堂上对学生进行冷处理，保留空间，下课以后再处理问题。教师只有平等地对待学生，多与学生沟通，与学生像好朋友一样畅谈，处理问题注重从学生立场考虑，这样才能充分了解学生，知道他们的内心状态和真实想法。

传统的观点认为，课堂管理是出于应对性的要求，通常是遇到学生扰乱课堂秩序时教师的应对方法。遇到学生行为超出教师的预期时，教师需要采取一些措施进行矫正。但是学生做出违规行为的深层原因，容易发生这类行为的情况以及发生过程，教师无法提前知晓。现代课堂管理相关理论研究指出，学生的所有行为包括违规行为，都是在他们内在需要的驱动下产生，为实现这种需要进行试验得到的结果。如果一个学生出现不良行为，其原因主要是课堂情境不能满足他们的需求，如归属感、认同感和爱。

3. 要求合理与发扬民主

学生对教师历来是尊敬和信服的，因此，教师在学生面前总是有一定的威望。但是，如果教师的威望没有被合理运用，就必然会消失殆尽，教学组织任务也会面临各种困难。因此，开展教学组织管理工作时，教师必须维护自身的威望并要合理运用。基于自身的威望，教师可以向学生提出恰当的教学要求，并制定相关的制度。所谓恰当，是指对待学生不能过于严苛，导致他们应接不暇，但是，管理也不能太松散，这样又不能实现管理目的。

设定恰当的要求，制定相关制度，满足这些要求的全过程离不开学生的协同合作。在这个过程中，我们必须注重民主，引导学生积极参与，使他们逐步养成自我管理的习惯。实施教学组织过程中，学生的主观能动性发挥非常关键的作用。教师适时引导，在民主的氛围中，师生共同沟通讨论、思考办法，得出满足要求的计划，制定规章制度并进行不断完善，引导学生自主分工，管理事务，确保制度的实施和执行。在一个学期里，教师就根据这些规定，指导学生逐步形成按规定办事的习惯和作风。学生如果形成良好的课堂行为习惯，教师组织教学的过程便会更加顺利。

4. 重视集体与形成风气

集体舆论是公正而且具有威慑力的，课堂风清气正，学生便可以受到集体的影响和教育。集体与个体两者的精神世界互相作用。个人可以从集体中汲取精华，获得集体的关爱和关心，在集体的促进下不断提升。每个人的内心世界都是五彩斑斓的，一个个不同个体彰显出集体的生机勃勃和无限的生命力量。在教学组织管理时，教师需要重视集体，形成团体和谐的风气。

5. 从容不迫与沉着冷静

不焦虑、不急躁是教师应具备的一种心理素质，这种心理素质的形成是建立在对学生的关爱、尊重、理解以及高度的责任心上。具备了这种心理素质，教师可以公平地看待每个学生，尊重和保护他们的自尊，指导他们学习时富有耐心；在遇到突发情况时教师可以从容不迫，不会受到情感的影响而做出冲动的行为。教学组织管理中，教师应时刻保持对社会和学生的高度责任感，注重自己的行为以及产生的影响，始终坚持教育的根本利益和宗旨，并解决好遇到的问题。

6. 灵活应变与因势利导

教育机智包含随机应变和因地制宜，教师的教育机智具体是对学生活动高度敏感，当学生遇到突发情况时要迅速反应，快速启动适当的程序。它主要体现教师的随机反应能力，解决问题可以因地制宜，可以对课堂的不利的行为进行引导，使其向学生或者集体有利的方向发展，适当解决个体问题；或者基于现实状况，采取灵活的方式运用不同的教育方式和技巧，有目的性地教育学生。

在教学组织管理中，教师应充分利用突发事件中的革……点，或小中见大，或由此及彼，或顺藤摸瓜，引申出深刻的意义，深化教学内容，从而化解矛盾，消除冲突。有时上课会碰上个别调皮的学生恶作剧，给老师出难题，在这种情况下，需要机智灵活地妥善处理或借机对其循循善诱，用教学内容中的道理去说明，使之深化；或善意引导，晓以大义，以宽容的态度、渊博的学识、透彻的分析去征服学生的心。

第三节　新媒体环境下教师教学能力的发展与提升

一、新媒体对教师教学能力发展的影响

教育教学改革的重点之一是如何提高教师的专业技能，它关系到教育效能和学生的学习质量，以及学生的可持续发展问题，甚至整个教育行业的发展。教师的教学能力寓于整体教育过程之中，是教师专业能力中最主要的能力素质，主要表现为教师能否通过教学活动优质、高效地训练和提高学生的素养。

新媒体技术的日新月异使传统的课堂教学模式受到了挑战，"终身教育""远程教育""网络教学""交互式学习"等已对教师所从事的事业发起了挑战。由于新媒体在操作和使用上的简单快捷，技术要求较低，受到广大教师的青睐。新媒体的应用不仅局限于人们的交流、娱乐，还可以帮助教师在新媒体上共享教学成果，提高教学技能。新媒体技术下教师教学能力主要有课前准备能力、课堂实施能力、课后反思能力、教学研究能力。

(一) 教师课前准备能力的提高

一堂课要取得好的教学效果，课前准备是基础。课前准备是指上课前教师为这节课所做的一切准备工作，如熟悉课标和教材、选择教法、了解学生、准备教具、设计教学过程等。概言之，教师的课前准备能力应该包括教学选择能力和教学设计能力。

新课程强化了教师须具备教学选择能力的要求，赋予学校和教师很大的课程选择自由和教学的自主权，对于教学方法、教学材料、教学模式等的选择都由教师自行决定。教师的教学选择能力，就是指教师为达到有效教学设计而做的教学资源选择的能力。这种选择

并不意味着教师对相关信息的简单复写与占有，而是对所选资源在理解的基础上的加工与改造。新媒体资源为教师选择提供了更加便利的条件。如从网络、声像等材料中精选一些优秀材料充实原有的教学内容。

教学设计能力是指教师在教学选择的基础上，整合各种教学因素（学科领域、学习环境、信息技术、评价理念等），确定教学目标、编写教案和设计教学过程的能力。它是教育理论在教学活动中的实践与应用，包括以下一些能力要素：设计教学目标的能力、设计教学方案的能力和设计教学过程的能力。教师通过新媒体，可以有效促进教师及时总结教学中的经验教训，从而更有效地处理和运用教材，逐步掌握教学规律，提高自己的专业技能。只有通过反思，教师才会不断地剖析自己在课堂教学中的优缺点，细致冷静地加以推理总结，具体地对某一个问题的对策、某一教学环节中学生的质疑，甚至某一个辩论回合展开思考。

在反思中，已有的经验得以积累，成为下一步教学的能力，日积月累，这种驾驭课堂教学的能力将日益形成。而新媒体是一个基于网络的交流平台，信息具有很强的共享性。教师在新媒体上分享自己的教学反思，不仅可以通过同行等的建议来提高自己，还可以对新手教师以及一线教师有一定的启发性，有利于教师专业技能的共同提高。

（二）　教师课堂实施能力的提高

教师的课堂实施能力，是指教师为实现所设计的教学方案灵活而有效地进行课堂教学的能力。进入 21 世纪，现代化教育技术飞速发展，各种现代化教学设备如投影、录像、录音、多媒体电脑等进入课堂，它的作用和效果是任何传统的手段无法比拟的。这就要求教师不仅要懂得现代教育技术的基本知识，而且要具备熟练操作、合理使用现代化教学设备的能力。教师使用现代教育技术的能力主要体现在以下方面：

第一，使用视觉媒体。视觉媒体指幻灯、投影媒体，由于它们操作简单、使用方便，在教学中被普遍采用。

第二，使用听觉媒体。

第三，使用多媒体进行教学。在信息传递过程中，使用单一媒体所起的作用毕竟是有限的，一旦应用多媒体技术将信息集合为一体时，就可以最大限度地传递和接收信息。运用多媒体进行教学，可以完成模拟实验的任务。它使教学过程变得生动活泼，能提高学生的感知水平和学习兴趣，增强知识的可接受性；同时，它还能开发学生智力，有利于发展学生的形象思维和抽象思维能力。

第四，进行网络学习的能力。网络作为知识与信息的载体，蕴含着巨大的学习资源。

通过网络学习，能充分利用各种资源和信息。因此，教师应具备两种能力：在网上进行交流和沟通的能力、浏览与查询信息的能力。

新媒体技术给学生生活、学习、思想带来积极影响的同时，也造成很大的负面影响。在新媒体技术背景下，教师应以努力引导学生理智、科学地使用新媒体，合理利用新媒体的积极因素，努力消减其不利影响，让新媒体为学生的思想进步、健康生活、学习成长服务，同时利用它实现对学生的精神、心理、人格、情感的塑造，同时学生也应该加强自觉性，管好自己。

新媒体辅助教学是现代教学与现代教育技术、信息技术有效整合的具体实现，是将教育技术的主要功能和多媒体网络教学的主要配置系统集中于教学一体，在教学过程中教师可根据不同的课程要求和内容，灵活地用相关的媒体进行教学，把大量的知识、信息，科学、快速、有效地传输给学生，为学生提供多元化、立体感的信息，充分调动学生视觉、听觉、触觉等感官综合、协调作用，增强记忆效果，让学生从形象生动的直观出发达到丰富的感性认识，最终形成规律、定律等心理定式。

（三）教师课后反思能力的提高

教学评价是由教学实践到科学分析，由感性认识上升到理性认识的过程，它是通过系统地收集信息，对教学做出价值判断的能力。对教师来说，还应具体分析从教学设计到课堂实施的过程，发现不足，进行总结分析，不断改进提高。教师的课后反思能力，是指教师在课后把自我和教学活动作为意识的对象，不断地对自我及教学进行积极主动的检查、评价和调节的能力。换句话说，教师的课后反思能力就是教师完成课堂教学任务后对所上的课所做出的评价。

新媒体的出现，改变了传统的教师与同行之间的关系。教师之间不仅要相互分享经验教训，从同行的总结中学习并反思自己，同时还要积极地对同行提出建设性的意见，促进共同发展。新媒体有效地打破了教师职业原本封闭的隔绝局面，实现了同质团队和异质团队之间的交流与合作，出现了许多以反思为主题的由一线教师承担的各级各类研究课题，从而大大促进了反思性教学的实践运用和理论发展。

（四）教师教研能力的提高

新课程改革明确提出了教师要做"研究型教师""专家型教师"。新媒体在校本研修、网络教研、学科共同体联动等方面发挥了得天独厚的作用。一方面，为广大一线教师提供了各种共享资料，丰富了教师的资源；另一方面，为教师提供了即时交流的平台，可以围绕教材教法、学案设置、学程安排、作业批改、文本解读等任何一个方面或对话，或请教，或商榷，或质疑，或争辩，可以不留情面地畅所欲言，真正达到"百花齐放，百家争鸣"，在比较中知优劣，在论争中明是非，在碰撞中长智慧，在坚持中共成长，在合作中求发展。

二、新媒体环境下教师教学能力的提升

（一）建立教师学习共同体，提升教师教学能力

随着新媒体技术的发展以及网络终端设备的普及，网络教育应运而生并日益普及。学习共同体作为一种网上协作学习型组织，是促进学习成员交互和社会性知识构建的重要途径。网络学习共同体是指在基于网络的虚拟环境里，学习者及其助学者（包括教师、专家、辅导者等）共同构成的具有明确学习目标的学习共同体。学习者彼此之间经常在学习过程中进行沟通、交流，分享各种学习资源，共同完成一定的学习任务，因而在成员之间形成了相互影响、相互促进的人际关系。

组建教师学习共同体，可以从理念上和实践中提高教师工作能力和培养效率。只有加强教师、专家和教育技术教师的协同工作，才能将信息化教学的实质内容传递给教师；才可以通过各种手段，采取灵活的教学方法，将信息化教学思想运用于课堂之中，彻底打破传统教学手段的"瓶颈"，提高课堂教学的效率，实现教师信息化教学能力培养的有效提高。

（二）建立良好支持环境，提升教师教学能力

在新媒体时代，应该有效利用网络技术为教师的教学能力提升提供一个便捷有效的学习平台。

首先，教师只有在网络学习过程中充分感受到新媒体在教学中的应用，才有可能使教师形成正确地对待新媒体技术的态度、意识和技能。

其次，教育研究机构应着眼于利用新媒体技术开发与教师教育相关的精品课程群，让教师在利用新媒体技术进行学习的同时，发展自身的信息素养。

最后，教育行政部门和研究机构要构建良好的网络教育教学环境，案例讨论可以在网上即时进行，也可通过非即时方式进行。

除此以外，还可设计课程网站、教学贴吧、专题讨论等，为教师提供资源共享的空间。

总之，各级教育单位要构建一个学生与教师、教师与教师、专家与教师之间的实时与

非实时的全方位交流和资源共享平台。在这个平台上，教师可以通过研讨会、教学观摩、个别顾问等形式交流经验和思想，在知识的传递与共享过程中增加教师之间合作的机会，创建共同学习、相互促进的学习气氛，可以使教师之间在进行交流和自己的实践行动中对教学有更多的认识、理解和体验通过不断地学习、反思和解决新的问题，获得与具体情境相联系的知识和智慧，积累比较丰富的实际课堂教学经验，增加教师知识结构中实践知识的比重。

（三）加强新媒体技术培训，提升教师教育能力

新媒体技术的发展，人们的学习和交流打破了过去的时空界限，为人类能力的提高和发挥作用带来了新的空间。新媒体技术为教师终身学习提供了多方面兴趣和自学的可能，使教师从自己的生命体验中懂得终身学习的价值，努力在自己的教育实践中培养学生对学习的兴趣、习惯与能力。教师在帮助学生学习的过程中不断发现自我、开发自我、超越自我，改善心智，一步步成为理想的教师。

参考文献

[1] 阿孜古丽·艾孜孜. 浅析汉语言文学教育 [J]. 数字化用户, 2017, 23 (21): 173.

[2] 陈世华. 新媒体辅助教学: 概念、价值和策略 [J]. 江西广播电视大学学报, 2018, 20 (2): 74.

[3] 程尹乔. 网络语言生态位视角下现代汉语规范化研究 [J]. 今古文创, 2022, (12): 126-128.

[4] 代娜. "双创" 背景下高校汉语言文学人才培养策略 [J]. 吉林省教育学院学报, 2023, 39 (05): 157-161.

[5] 刁晏斌. 现代汉民族共同语的多元观 [J]. 云南师范大学学报 (哲学社会科学版), 2016, 48 (05): 12-20.

[6] 董思聪, 徐杰. 词汇规范的标准问题与方言词汇进入共同语的条件 [J]. 汉语学报, 2022 (03): 68-77.

[7] 樊星. 汉语言文学教学与人文素养的培养 [J]. 山东商业职业技术学院学报, 2022, 22 (3): 52-54, 64.

[8] 付翠, 施春宏. 现代汉语规范化依据的定量分析 [J]. 佛山科学技术学院学报 (社会科学版), 2010, 28 (04): 80-85.

[9] 高升. 线上教学背景下汉语言文学教学模式初探——评《汉语言文学课程教学研究》 [J]. 语文建设, 2020 (10): 4.

[10] 耿玮彤. 浅谈新媒体环境下汉语言文学的发展 [J]. 魅力中国, 2020 (42): 110.

[11] 管琰琰. 论茶文化在汉语言文学教学中的融入 [J]. 福建茶叶, 2017, 39 (11): 210-211.

[12] 韩艳红. 新媒体环境下汉语言文学教学优化策略 [J]. 记者摇篮, 2021 (2): 51-52.

[13] 兰欣卉. 高职经贸专业信息素养教育改革策略研究 [J]. 北方经贸, 2023, 462 (05): 146.

[14] 蓝芳. 新文科背景下汉语言文学专业实践课程改革 [J]. 安顺学院学报, 2023, 25

（02）：82-87.

[15] 李冠楠. 提高汉语言文学专业学生写作能力研究 [J]. 新一代（下半月），2013（6）：32.

[16] 李宁. 论现代汉语规范化的重要性 [J]. 文学教育（中），2010（02）：117.

[17] 李艳菊. 论语文教师教学语言的基本特征及能力培养 [J]. 科技信息，2008（33）：637.

[18] 李宇明. 世界汉语与汉语世界 [J]. 中山大学学报（社会科学版），2021，61（03）：65-76.

[19] 刘光婷. 论现代汉语规范化问题 [J]. 梧州学院学报，2010，20（05）：63-66.

[20] 刘进才. 方言土语与现代汉民族共同语的建构 [J]. 汉语言文学研究，2017，8（01）：117-123.

[21] 刘帅. 慕课对汉语言文学专业教学的影响研究 [J]. 新丝路，2017（8）：107-108.

[22] 刘太胜. 规范化现代汉语视野下网络语词的讹变 [J]. 西昌学院学报（社会科学版），2017，29（01）：79-82.

[23] 罗义华. 汉语言文学教学中审美教育的实施路径探究 [J]. 湖北开放职业学院学报，2023，36（04）：179-181.

[24] 马晓华. 高校汉语言文学专业教学模式应向创造性教学转变 [J]. 内蒙古师范大学学报（教育科学版），2002，15（1）：29-31.

[25] 孟一帆. 新媒体环境下汉语言文学教学优化策略分析 [J]. 文存阅刊，2021（12）：128，127.

[26] 潘淳. 新媒体环境下教师教学能力发展研究 [J]. 中国电化教育，2014（05）：85-88.

[27] 潘伟斌，何林英，刘静. 现代汉语言文学研究的多维视角探索 [M]. 长春：吉林大学出版社，2019.

[28] 齐瑞星. "互联网+"视域下高校汉语言文学教学策略探讨——评《移动互联网数字阅读环境下的文学传播研究》[J]. 中国科技论文，2022，17（1）：10.

[29] 钱东霞. 试论教师课堂教学的组织管理技巧 [J]. 河南教育（高校版），2008（09）：75.

[30] 全朝阳. 新媒体环境下的汉语言文学教学策略分析——评《新媒体环境下汉语言文学教学优化策略》[J]. 新闻爱好者，2019（11）：后插13-后插14.

[31] 沈阳. 从现代汉语规范化角度把脉新兴流行晋语 [J]. 语言战略研究，2016，1（03）：70-75.

［32］苏金智. 中华民族共同语：概念形成与地位功能演进［J］. 厦门大学学报（哲学社会科学版），2023，73（02）：97-106.

［33］谭为宜. 汉语言文学专业建设视域下的文学社团建设［J］. 广西社会科学，2012（8）：181-184.

［34］田喆，刘佩，石瑾. 汉语言文学导论［M］. 长春：吉林文史出版社，2019.

［35］涂彝琛. 试论共同语中儿化词的演变及原因［J］. 文学教育（下），2020（03）：10-13.

［36］王焕玲. 应用型本科汉语言文学专业古代汉语课程实践教学研究［J］. 教育与职业，2014（15）：157-158.

［37］王婷. 新媒体环境下高职语文写作教学策略分析［J］. 现代职业教育，2021（13）：172.

［38］王艳红. 论汉语言文学的优化教学［J］. 课程教育研究，2016（26）：47-48.

［39］王一川. 泛媒介互动路径与文学转变［J］. 天津社会科学，2007（1）：87-90.

［40］尹岗寿. 试论社会流行语与现代汉语规范化［J］. 文史月刊，2012（S3）：190.

［41］张波. 新媒体环境下高校汉语言文学教学创新策略［J］. 吉林省教育学院学报，2023，39（03）：99.

［42］张士千. 汉语言文学的审美教育［J］. 青年时代，2019（2）：209，213.

［43］张忆辰，李若男，刘蕊，等. "互联网+"背景下新媒体营销特征与策略创新性研究［J］. 中国商论，2022（21）：129-131.

［44］章志芳. 传统茶文化融入汉语言文学教学研究［J］. 福建茶叶，2017，39（4）：274-275.

［45］钟兰兰. 汉语言文学教学研究［J］. 魅力中国，2019（18）：254.

［46］周蔚. 分析汉语言文学的学习策略［J］. 文渊（中学版），2020（7）：378-379.

［47］周兴红. 增强文化自信，积极推进民族共同语普及［J］. 数据，2022（06）：177-179.

［48］周兴华. 汉语言文学专业"应用性"的当下之思［J］. 黑龙江高教研究，2008（1）：172-174.

［49］朱丽. 课程思政理念融入汉语言文学教学探究［J］. 辽宁开放大学学报，2023（01）：42-44.

［50］朱圣男. "线上+线下"混合式汉语言文学教学的策略研究［J］. 经济师，2021（7）：179，181.